Xavier-Marie Bonnot est né en 1962 et vit à Paris. Après des études de lettres et d'histoire, et un doctorat en cours d'écriture, il est devenu réalisateur de documentaires pour la télévision. Son premier roman, *La Première Empreinte* (2002), a reçu successivement le prix des Marseillais et le prix Rompol, et a été finaliste du Prix SNCF. Ont suivi *La Bête du marais* (2004) – finaliste du prix Rompol –, *La Voix du loup* (2006) – tous trois publiés aux éditions L'Écailler et repris chez Pocket –, *Les Âmes sans nom* (Belfond, 2008 ; Pocket, 2010), *Le Pays oublié du temps* (Actes Sud, 2013) – Prix Plume de Cristal du roman policier 2011 –, *Premier Homme* (Actes Sud, 2013) – prix Lion Noir 2014 –, *La Dame de pierre* (Belfond, 2015) et plus récemment *La Vallée des ombres* (Belfond, 2016).
Les romans de Xavier-Marie Bonnot ont été traduits en anglais, en espagnol, en russe, en allemand en japonais et en italien.

LA DAME DE PIERRE

XAVIER-MARIE BONNOT

LA DAME DE PIERRE

ROMAN

belfond

Les protagonistes et les actions de cette histoire sont nés de mon imagination.
Toute ressemblance avec des situations ou des personnages ayant existé reste donc parfaitement fortuite.

MIXTE
Papier issu de sources responsables
FSC® C003309
FSC www.fsc.org

Pocket, une marque d'Univers Poche, est un éditeur qui s'engage pour la préservation de son environnement et qui utilise du papier fabriqué à partir de bois provenant de forêts gérées de manière responsable.

ISBN : 978-2-266-26943-8

Pour Karine
qui connaît les forces de la montagne
et Thierry, l'ami rencontré là-haut.

« Soudain je me sens comme répudiée
Et cette solitude se fait énorme
Quand debout sur les collines de mes seins,
Mes sens réclament des ailes ou une fin. »

Rainer Maria Rilke,

Nouveaux poèmes[1].

1. Traduction de Lorand Gaspar, Le Seuil, 1972.

Prologue

Un bouquet tout simple était posé sur le cercueil. Des fleurs de myrte, blanches et pures, que le vent des hautes terres faisait frémir.

Le soleil passa le col des Hirondelles et baigna la vallée. Au-dessus du village de Saint-Vincent, l'aiguille Sans-Nom semblait plus haute que d'ordinaire, fantastique. En automne, les montagnes paraissaient se retirer dans leurs mystères d'altitude.

Au moment où les employés des pompes funèbres franchissaient le seuil du petit cimetière, un grondement leur fit lever la tête et les figea, l'espace d'une seconde. Un sérac venait de s'abîmer sur la moraine du glacier du Plan, hommage de titan à Vicky, celle qui allait reposer dans cette terre rude.

Vicky était morte depuis un an.

Au bout d'un long supplice dont Pierre connaissait chaque station.

Dans un étrange courrier gardé chez son notaire, elle avait ordonné son enterrement dans ce village qu'elle connaissait à peine. Après tout ce qui s'était passé, Pierre n'avait pas cru à pareille demande. Il avait décidé de tout pardonner et s'était battu pour que les dernières volontés de Vicky soient respectées. La famille de la défunte ne voulait pas de cette nouvelle sépulture mais sa mère avait fini par céder.

Le prêtre s'approcha de la tombe dont la plaque de granit avait été retirée.

Pierre était seul. Personne, de la famille de Vicky, n'avait voulu faire le déplacement. Sa mère trop âgée, son père mort, les autres trop indifférents.

L'homme de Dieu ouvrit son missel à l'endroit où il avait placé un signet rouge et récita d'une voix que la vieillesse avait voilée :

Garde mon âme dans la paix près de toi, Seigneur.
Quand je crie, réponds-moi, Dieu, ma justice !
Toi qui me libères dans la détresse,
Pitié pour moi, écoute ma prière !

Le prêtre se signa et s'écarta, un pas discret de côté, pudique, pour se recueillir une dernière fois.

Les cordes de chanvre frottèrent le cercueil.

Pierre leva les yeux vers les montagnes qui se découpaient sur le ciel.

Un souvenir surgit, tandis que l'employé municipal refermait le caveau.

Une soirée d'automne, plus froide que les autres. Quand il entendit parler de Vicky pour la première fois.

L'AUTOMNE

1

Cette année, la tourmente est venue quelques jours avant la fête des Morts. Pas moyen d'échapper au glas de la Toussaint. D'abord le râle du vent dans les frênes déplumés. Puis le silence.

La mort rattrape toujours ceux qui la fuient.

La neige est arrivée en fin de journée.

Pierre s'attarde quelques instants sur le pas de la porte à regarder les flocons tourbillonner dans la lumière froide du crépuscule. L'hiver s'empare lentement de son petit monde. Il aime ça.

La semaine dernière, un garde du Parc national des Écrins a annoncé que des loups avaient été repérés dans le secteur. Au moins trois bêtes qui viendraient de Pologne ou d'Italie, personne ne sait vraiment. Pierre n'a pas encore vu de traces, les fauves restent discrets.

À l'autre bout de la place de Saint-Vincent, les Magnin, Alfred et Suzanne, ont déjà éclairé l'unique ampoule de leur séjour, ils n'aiment pas la fuite du jour, si rapide en cette fin d'automne. Leur fenêtre dessine une croix noire dans un rectangle tremblant de lueur. De temps à autre, Alfred, le plus jeune des deux, s'arrête devant les carreaux et jette un œil vers l'extérieur.

Pierre regarde sa montre, 17 heures. Demain, à la même heure, il ne sera plus seul. Sa sœur, Claire, descend de Paris, comme on dit ici. Elle a pris quelques jours pour les fêtes de la Toussaint. Pierre l'attend avec impatience. Il a astiqué la maison comme jamais. Claire est un peu sa moitié. Il n'a plus qu'elle dans la vie.

Une deuxième lumière vient de s'éclairer chez les Magnin, la lucarne de l'écurie. Alfred doit surveiller son troupeau. Dans un jour ou deux, la période des agneaux va débuter. Les mères vont agneler, il faudra être à leurs côtés, nuit et jour, pour les aider. Les deux vieux possèdent encore quelques brebis qui vont donner des petits.

Pierre enfile ses bottes, passe une veste de chasse et sort sur la place. Sa bergerie est à deux pas à l'orée du village. Quand il pousse la porte, les moutons, en alerte, dressent la tête. Leurs pattes fébriles foulent la paille. Les bêlements fusent à droite, à gauche. Capitaine, le chien, jappe en agitant la queue. C'est un énorme patou que Pierre a pris quelques années plus tôt pour se protéger des loups. Il le détache et fait jaillir la lumière.

Un néon scintille au fond de l'écurie. Deux mères sont allongées, des soubresauts déforment leurs ventres ronds et tendus comme des peaux de tambour. Pierre les ausculte quelques minutes. Les petits naîtront dans la matinée. Il étend un peu de paille fraîche à l'endroit où elles feront leurs petits, et remplit les mangeoires pour le reste du troupeau.

Capitaine grogne. Pierre lève la tête.

Un son lointain, inconnu, un appel.

Pierre va à la porte et regarde dans la direction de la maison des Magnin. La lucarne de l'écurie est toujours allumée. Alfred doit parler à ses bêtes et vociférer en vieux dauphinois.

Capitaine gronde toujours, plus bas, les yeux étincelants.

Dehors, à nouveau un appel, une plainte lointaine. Une voix d'homme, fluette. Ça semble venir de plus haut, vers le chemin du plan des Aiguilles.

Le chien aura flairé quelque chose, peut-être un chamois surpris par la neige.

Pierre caresse Capitaine qui ne cesse de fixer la porte de la bergerie dont les battants du haut sont ouverts et laissent voir un large carré de nuit.

— Calme, mon chien ! Calme !

Pierre attrape la torche qu'il laisse dans la bergerie, et sort.

Il neige abondamment, une poudreuse qui tourbillonne sous les réverbères chaque fois qu'un souffle de vent la rabat. Les toits de Saint-Vincent sont déjà chargés d'une couche épaisse. Le village se tasse et se déforme lentement, les arbres se tordent dans le froid, l'église ressemble à une bête fantastique, toute blanche.

Pierre écarquille les yeux et scrute chaque recoin de ce décor familier. Dans le brouillard qui s'installe, les troncs gris des arbres prennent des allures de fantômes aux bras décharnés.

Entre les deux grands frênes qu'Alfred a taillés l'été dernier pour faire de la feuille, une forme noire évoque un moine coiffé de son capuchon.

Pierre observe un moment cette silhouette de pénitent. Rien ne bouge. Il s'en retourne à la bergerie.

Capitaine semble s'être calmé. Il est allongé sur la paille, ses yeux ne perdent rien des gestes de son maître.

— On commence à avoir l'âge où on entend des voix, mon pauvre vieux ! Trop de solitude. Demain Claire sera là et tout ira mieux.

Le chien répond d'un grognement et se dresse d'un coup, le museau tendu.

Pierre écoute à nouveau.

Il entend distinctement le prénom de sa sœur, deux fois.

Claire ! Claire !

Un cri désespéré.

Impossible de dire s'il s'agit d'une voix de femme ou d'homme.

— Le vent nous joue des tours. Ce n'est pas la première fois.

Capitaine aboie et retrousse ses babines, menaçant. Son maître a du mal à le calmer.

Il sort de la bergerie et descend jusqu'à la place. Le vent siffle au sommet des sapins et des toits. Les deux frênes des Magnin ne sont qu'à une trentaine de mètres. Pierre avance encore de quelques pas et braque sa torche. Le halo danse tel un farfadet. On distingue à peine les formes à travers le voile neigeux.

À nouveau, un cri. Plus aigu.

Pierre s'arrête net.

La silhouette à la capuche a disparu.

2

Claire est arrivée le lendemain, en fin de journée.

Pierre a embrassé sa sœur avec pudeur, une bise sur chaque joue, rien de plus. On ne s'est jamais laissé aller aux effusions dans la famille Verdier.

Ils ont dîné de ce que Pierre produit : un gratin dauphinois lentement doré au feu de bois, le plat préféré de Claire.

Dans la soirée, ils ont discuté de tout et de rien, les nouvelles du coin, les ragots anciens qui continuent de circuler. C'est-à-dire peu de chose. Le sel de la vie.

Claire n'a rien perdu de ses allures garçonnes. Elle semble toujours volontaire pour partir au bout du monde. À peine arrivée à Saint-Vincent, elle quitte ses habits de Parisienne pour un pantalon de montagne et un pull que sa mère lui a tricoté dans sa jeunesse. Pierre aime la voir se transformer ainsi. Les yeux de sa sœur pétillent sans cesse, noirs, perçants et qui laissent deviner une intelligence supérieure.

Elle parle parfois d'une voix triste, le regard souvent lointain, détaché. Pour la détendre, Pierre lui dit que les loups sont revenus. En septembre, il a vu les traces de leurs grosses pattes en allant à la chasse vers le glacier du Plan. Au moins deux bêtes.

Claire a demandé :

— Qu'est-ce qu'ils faisaient aussi haut ?

— Y a beaucoup de chamois en ce moment. Les loups les suivent.

— Tu vas aller les tuer ?

— Non. Le loup est un chasseur beaucoup plus fort que moi. Même le piéger reste très difficile.

La conversation n'a pas bien duré, Claire a voulu se coucher tôt.

Au petit matin, Pierre est déjà debout. Il ne dort jamais au-delà des cinq heures, une vieille habitude acquise en haute montagne. Il fourre deux bûches dans le poêle et avale un café qui a coulé la veille et qui lui retourne l'estomac. Il prendra son petit déjeuner avec sa sœur quand elle sera réveillée. Un moment privilégié. Pour l'instant, le travail de la ferme l'attend.

Il grimpe à la grange et fait descendre des bottes de paille et du foin des prairies d'altitude, cette herbe aux parfums de tisane et d'aneth, plus fine et meilleure pour les mères qui peinent au terme de la gestation.

Un petit est arrivé un peu avant le jour, sans aide. Il tète déjà sa mère. Une deuxième mère a perdu les eaux, elle cherche un endroit paisible. Pierre prépare une couche dans de la paille fraîche puis place une barrière pour éviter que le troupeau n'étouffe les nouveau-nés.

Capitaine grogne. Un loquet grince. Claire apparaît dans l'embrasure de la porte.

— Déjà debout ?

— Oui, dit Claire d'une voix enrouée. J'ai fait un cauchemar et ça m'a réveillée.

Claire porte un drôle de manteau noir, démodé, trop long pour elle. Les manches sont froissées, un bouton est parti, un autre ne va pas tarder. Pierre ne l'a jamais vue dans pareil accoutrement, même quand elle vient à Saint-Vincent et qu'elle se laisse aller à moins d'attention. D'ordinaire, elle demeure coquette. Elle a remarqué que son frère l'observe, et lui lance :

— Faut bien que je mette la mode de côté ! Bientôt, je serai triste et vieille. Et plus personne ne me regardera. De ce regard qui insiste et qui soupèse… Les vieilles, surtout les seulettes comme je serai dans pas longtemps, on les emmène dans la mort sans trop s'attendrir.

Claire est toujours célibataire d'après ce qu'elle a déclaré la dernière fois qu'il l'a vue, au mois d'août. Elle a dépassé les quarante ans. Quelques aventures par-ci par-là, rien de plus. Pierre pense que la vieillesse doit la préoccuper. Il sent que le déclin doit l'angoisser. Et le sentiment amer que la vie suçote ce qu'on a de meilleur, la jeunesse et la beauté dont elle arrache les pétales un à un.

— Pardonne-moi, Pierre, s'excuse Claire. Parfois, je ne sais plus trop ce que je raconte…

Le grand frère ne réagit pas. Ils n'ont pas besoin de mots pour se comprendre et se dire les choses du cœur. Un sourire et un regard suffisent.

— J'ai fini, dit Pierre. On va prendre un bon petit déjeuner.

Claire observe le troupeau.

— Tu vas avoir beaucoup d'agneaux ?

— Oui. Au moins deux ou trois aujourd'hui.

— Je veux être là !

— Bien entendu… Rentrons à la maison.

Le jour est faible à travers le rideau de froid. Les maisons de Saint-Vincent, lourdes de neige, s'estompent dans la grisaille.

— Tu crois qu'il va faire beau ? demande Claire.

— Oui, en principe, ça va se lever dans l'après-midi.

La pièce principale de la maison des Verdier sert à la fois de salle à manger, de séjour et de cuisine. Un fourneau à bois, émail blanc rutilant, occupe le centre, son gros tuyau d'inox fait un coude sous le plafond de poutres noires. Pierre y accroche deux jambons et de la saucisse à sécher. Derrière le feu, l'évier date du temps où la maison a été construite, il y a deux siècles : une large pierre plate creusée et, signe de modernité, un robinet chromé fiché dans le mur.

Claire s'assoit toujours à la place de son père, face à la fenêtre qui donne sur les champs. Par temps clair, la vue s'étend sur toute la vallée.

Pierre dépose sur la table fromages frais, confiture et pain.

Ce matin, Claire a un regard de petit être battu. Pierre demande d'une voix rassurante où il mêle l'autorité et la douceur, une voix de grand frère :

— Tu as l'air bien triste. Tu n'es pas heureuse de passer quelques jours ici ?

— Si, mais j'ai fait ce cauchemar. Depuis que je suis réveillée, je ne cesse d'y penser.

— Raconte-moi…

— Il s'agit de Vicky.

— Vicky ?

— Une amie que j'ai rencontrée à Paris, il y a des années. Tu ne la connais pas.

— C'est la première fois que tu m'en parles.

Un silence. Un long moment. Pierre coupe des tranches de pain. Claire est visiblement troublée. Elle dit :

— Dans mon cauchemar, Vicky n'arrête pas de m'appeler. Je suis là, autour de la maison. J'accélère le pas. « Claire ! Claire ! Claire ! » Sa voix de fillette perdue s'étouffe dans l'air froid, m'implorant d'aller plus vite. Mais je suis à bout de souffle. Mes jambes sont douloureuses. « Claire ! Claire ! » Il neige. Je n'ai jamais vu autant de neige en cette saison. Mon cœur bat à tout rompre. Pour aller plus vite, je passe par le raccourci de la forêt, à l'endroit où le sentier trace deux lacets très raides. Les Aiguilles sont noyées dans le brouillard et les rideaux de flocons. Au bout de la pente, je dois reprendre mon souffle un court instant. Les appels de Vicky ont cessé. Je pense que le vent a tourné. Une bourrasque soulève la poudreuse d'une congère dodue. Je reprends la marche. Plus rapidement. Le visage lacéré par le froid. La neige n'est pas trop profonde. Juste quelques centimètres. Arrivée au bout de la forêt, j'entends à nouveau Vicky : « Claire ! Claire ! »

Pierre écoute, ne désirant pas interrompre sa sœur. Il n'aime pas trop cette histoire sordide.

Claire fixe un point dans la pièce encore sombre.

— Vicky m'appelle à nouveau : « Claire ! Claire ! » Ce n'est plus une voix qui crie au secours, mais des hurlements de détresse. Je m'arrête. Tends l'oreille. Ça vient du plan des Aiguilles. Là où notre alpage longe le torrent. Un dernier cri. Plus faible. J'avance. Je n'entends plus Vicky. Soudain, une forme sort de derrière un rocher. À une centaine de mètres. À peine visible derrière le voile de neige. La forme marche en direction de la montagne. On dirait une bête noire. Toute ployée. Je m'accroupis pour ne pas être vue. La forme disparaît lentement. J'attends. Un long moment. Tout est silence. J'avance vers le rocher. Pas à pas. Vicky est allongée. Étendue dans la neige, à quelques mètres d'une haie de gros buissons. Sa tête est appuyée sur son bras droit. Je ne vois pas son visage. Elle porte une jupe démodée, aux motifs écossais. Une jupe plissée comme celle que maman m'obligeait à mettre quand j'étais au collège.

Pierre n'aime pas recueillir des confidences, surtout celles de sa sœur. Les épanchements et tout ce qui dégorge de l'âme et du cœur bousculent sa pudeur. Tout bouillonne en lui, mais il maîtrise le feu.

— Je me souviens, dit-il, que tu détestais ce kilt parce qu'il laissait voir tes genoux.

— Oui… Vicky a une drôle d'idée de porter cette horreur à son tour, juste pour mon cauchemar. Elle a chaussé les bottes de cuir noir que je portais à l'époque du collège, celles qui m'arrivaient à mi-mollet. Et puis aussi ce pull de mohair assorti aux trames vertes de ma jupe.

Pierre est déçu de ne pas avoir une autre conversation avec sa sœur, qu'il n'a pas vue depuis deux mois.

— Vicky était ma meilleure amie. Elle m'a demandé de l'aide. Comme une sorte de télépathie. J'ai d'abord entendu mon nom et j'ai tout de suite compris son message. Elle voulait que je vienne. Oui, c'est ça… Mais c'était trop tard… J'ai mis trop de temps à venir. Trop tard !

— Ce n'est qu'un mauvais rêve. Faut pas te mettre dans cet état !

— Peu importe mon état ! Je me suis enfuie. J'ai couru droit vers le bois et je me suis réfugiée dans une grotte froide et humide. Il y avait de la mousse sur les parois et ça sentait les feuilles mortes. C'est peut-être un souvenir qui m'est revenu de notre enfance. Quand on jouait dans le jardin et que je me cachais derrière la cabane du fond. Ça sentait la même odeur. Tu t'en souviens ?

— Papa faisait du compost à cet endroit-là.

— Je crois que c'est ça. L'odeur des feuilles mortes qui pourrissent, ça me glace le sang.

Claire pose ses mains devant elle, à plat sur la toile cirée de la table, son visage, plus hâve que d'ordinaire, est tendu. Elle murmure :

— Voilà mon cauchemar.

Pierre se lève pour jeter une bûche dans le poêle.

— Je t'ai connu des rêves plus terribles ! lance-t-il.

— Tu ne comprends pas ! Vicky est morte.

Pierre laisse Claire à son trouble.

Que peut-il dire ?

Il a l'impression qu'elle délire. Ce doit être la fatigue et la vie toute seule à Paris. L'été dernier déjà, ça n'allait pas très bien.

— Qui est Vicky ?

Claire réfléchit quelques secondes, son regard se porte vers la fenêtre d'où l'on aperçoit les ravines épaisses de brume. Son corps n'a pas bougé, seuls ses yeux ont effectué un mouvement à peine perceptible.

— Vicky était tout, dit-elle d'une voix éteinte. Sans elle je ne suis rien. Je suis Vicky.

3

La maison familiale des Verdier est la dernière de Saint-Vincent, tout au bout du village. Une vieille ferme, des murs de roche grise et de galets de granit blanc, une grange au-dessus, fermée par des écoins noircis de soleil et de froidure. Pierre y remise le bois pour le chauffage et les quelques vieilleries qu'il se refuse à jeter. Ce n'est pas qu'il soit collectionneur, mais l'attente inquiète des vieux jours le cheville à tout ce qui est passé, ses souvenirs comme les objets familiers.

La plupart des maisons de Saint-Vincent ont perdu leur crépi de chaux et laissent voir leurs lézardes noires. Les bois des charpentes ont roussi le long des siècles. Quelques baraques rénovées par des vacanciers rehaussent l'état général de ces lieux rêches.

À la morte-saison, la lente agonie du peuple des montagnes devient palpable. Il ne reste presque plus rien de la chaleur des bêtes et plus rien du tout des cris et des rires des enfants.

Quand il a repris la ferme, Pierre a fait construire une bergerie dans le champ voisin, de l'autre côté du chemin qui grimpe à flanc de montagne, vers le plan des Aiguilles et les alpages. Un beau bâtiment en bois, plus fonctionnel que l'ancienne écurie qui se trouvait sous la maison.

En milieu de matinée, la neige cesse de tomber. Le plafond nuageux se retire lentement, laissant apparaître le fond de la vallée et les épaules des montagnes. Le chasse-neige est monté vers les 10 heures, la route a été salée.

Les deux voisins de Pierre, Alfred et Suzanne Magnin, des vieux célibataires, n'ont pas encore mis le nez dehors. Ils doivent sans doute attendre le premier rayon de soleil.

Claire ne s'est pas maquillée. Elle a passé un vieux pantalon troué aux genoux et des bottes de caoutchouc noires trop grandes pour elle. Elle veut voir les bêtes. Ça lui rappelle les plus beaux souvenirs de son enfance. Pierre la laisse faire, elle connaît les lieux presque aussi bien que lui. Il prévient simplement :

— Prends garde de ne pas trop les effrayer ! Elles sont nerveuses en ce moment…

Claire saute par-dessus la barrière de bois et cherche à empoigner un jeune par le cou. Elle se fait renverser dans la paille. Son frère rit.

— Tu te souviens quand papa les attrapait ?

— Oui, il était plus fort que toi.

Pierre revoit son père saisir la patte antérieure des moutons et les immobiliser en un clin d'œil. Il n'avait pas son pareil, ses bras étaient musclés et cuits par le soleil. Ses mains paraissaient immenses et d'une force inouïe.

Le père préférait Claire, mais il ne l'a jamais fait sentir. D'ailleurs, Pierre était le chouchou de sa mère.

— Viens, dit-il, il faut leur donner du foin.

Claire fait signe de la laisser s'en occuper. Elle attrape un trident et défait une botte près des mangeoires. Les bêtes se massent immédiatement, gloutonnes. Leur mouvement a soulevé la chaleur de leurs corps et l'odeur forte du suint. Claire répartit l'herbe sèche dans les râteliers. Bientôt, on n'entend plus que le bruit des mâchoires qui broient le fourrage et le bruit sec des sabots contre le bois des mangeoires.

D'une année sur l'autre, Pierre élève une centaine de moutons pour la viande et une dizaine de chèvres pour les fromages. Pas de quoi s'enrichir, mais juste ce qu'il faut pour rester dignement dans la vallée. À l'automne, il tue quelques animaux qui ont engraissé sur l'alpage et les revend à des vacanciers. À cela s'ajoutent les fromages qu'il cède, sous le manteau, à des habitués. Il perpétue la recette des tommes de sa mère. Tout le monde en raffole.

Deux mères sont allongées depuis le petit matin. Il va falloir les surveiller de quart d'heure en quart d'heure.

Quand elle vient de Paris, Claire aime se souvenir, faire et refaire des gestes qui ont marqué sa première vie.

— Je vais m'occuper de ces deux-là, dit-elle en caressant le ventre d'une brebis.

Elle a toujours été une énigme pour Pierre. Il ne sait presque rien de sa vie parisienne. Lorsqu'ils se téléphonent, ils parlent plus des petits ragots de Saint-Vincent que de ce qu'elle fait à la capitale. Elle affirme toujours que ça n'a pas d'importance et qu'elle préfère avoir des nouvelles de ses montagnes. Au fond, cela fait plaisir à Pierre. Il n'est jamais allé à Paris et n'en a aucune intention. Les bêtes ne lui en laissent pas le temps.

— Rentrons, dit-elle, j'ai besoin d'un nouveau café et de me changer. Je vais revenir dans une dizaine de minutes pour m'occuper de ces deux futures mamans !

Claire disparaît dans sa chambre. Pierre sert deux cafés dans les bols qui datent du temps de leur enfance. Il n'a touché à rien depuis la mort de leur mère. C'est comme si elle allait surgir d'un moment à l'autre du cellier pour dire de venir se mettre à table.

Claire redescend de sa chambre, le visage blême. Elle dit :

— Regarde ce que j'ai trouvé dans ma commode.

Elle montre la jupe écossaise qu'elle détestait quand elle était gamine.

— Je ne savais pas que tu l'avais encore ! s'étonne Pierre.

— C'est la jupe que j'ai vue dans mon cauchemar. Vicky la portait.

Pierre avait déjà oublié ce songe de malheur, il ne garde jamais longtemps les choses négatives en mémoire. Claire, par contre, se souvient de tout. Du bon comme du mauvais. Sa mémoire est prodigieuse. Elle dit :

— C'est un signe, Pierre.

Il hausse les épaules et répond :

— Il ne faut pas voir des signes partout. Cette jupe, tu ne l'as pas jetée parce que tu ne jettes rien, même ce que tu n'aimes pas. On est tous pareils dans la famille Verdier. Nostalgiques jusqu'au bout des ongles.

Claire s'assoit à la table et dépose le vêtement

devant elle. Son regard se fige étrangement. Elle caresse le tissu. Sa poitrine se soulève.

— Elle n'était pas à la même place.

Pierre ne relève pas cette dernière phrase et va chercher une bûche pour alimenter le feu. Le froid pénètre partout dans la maison. Rien d'étonnant avec le vent du nord qui s'est levé. Le feu est mourant. Pierre agite la cendre d'un coup de tisonnier et ravive le foyer.

Claire n'a pas bougé de sa chaise et répète :

— La jupe n'était pas à la même place.

— Qu'est-ce que tu veux dire par là ?

— Elle était roulée en boule dans un tiroir, alors qu'avant elle était dans l'armoire. Je me souviens très bien avoir rangé ma chambre avant de partir cet été. Impossible que j'aie laissé cette jupe comme ça, en boule ! Elle se trouvait dans l'armoire.

Claire sait que son frère ne va pas dans sa chambre en son absence. Une règle quasi absolue. Il a toujours respecté son intimité.

Mais qui, alors ?

Pierre n'a pas de réponse et n'en cherche pas vraiment. La seule solution qui vaille est que ce soit Claire elle-même et qu'elle ne s'en souvienne plus.

Puis soudain il pense à la voix qu'il a entendue et à la silhouette à capuche qu'il a aperçue la nuit qui a précédé l'arrivée de Claire. Puis il se ravise, il a fait trop de montagne, pris trop de risques insensés pour croire en ce genre d'augure.

4

Deux agneaux sont nés, un mâle et une femelle. Claire les a fait venir, sans mal. Elle les a frottés d'un bouchon de paille puis les a regardés se dresser sur leurs pattes fragiles et se réfugier sous le ventre de leur mère. Elle en avait les larmes aux yeux.

Quand Marie, la maman, est morte, le frère et la sœur ont juré de ne jamais vendre la maison qui leur appartient à tous deux, à parts égales. Pierre conserve la jouissance des terres, douze hectares en comptant les alpages. Il a acheté trois hectares de plus et en loue une dizaine à des familles qui ont quitté la vallée depuis longtemps. Pour un domaine de montagne, cela fait au total une bonne superficie.

Le jour de l'enterrement de Marie, Pierre et Claire ont revu les derniers cousins qu'il leur reste dans le coin. Pas grand monde, presque que des vieux. Personne ne se fréquente vraiment. Le frère de Marie, un oncle qui avait été militaire dans la coloniale, est parti l'année suivante, sans aucune descendance. La famille Verdier s'éteindra définitivement après la mort de la fille et du fils de Marie.

Enfants, Pierre et Claire dormaient dans la même chambre.

Quand Claire a fêté ses dix ans, les parents ont décidé qu'il fallait les séparer. Pierre allait déjà en pension au lycée de Vizille et il ne revenait à la maison qu'en fin de semaine. Son père, Fernand, lui a dit un matin d'hiver, un lundi, en l'accompagnant au pensionnat :

— Quand tu reviendras, tu auras une nouvelle chambre.

Pierre a demandé pourquoi. Fernand a simplement répondu que les filles ne pouvaient pas dormir à côté des garçons à partir d'un certain âge. Que les filles, ç'avait besoin d'intimité. Pierre a répliqué que Claire n'était pas une fille comme les autres, qu'elle était sa sœur, son père a rétorqué que cela ne changeait rien. Au retour de Pierre, le vendredi suivant, Fernand avait transformé une pièce qui servait de débarras en une jolie chambre aux murs tapissés de fleurs pâles. Il était allé chercher le vieux lit de la grand-mère qu'il avait remisé dans la grange, l'avait astiqué et avait changé le matelas et le sommier.

Pierre a conservé cette chambre à coucher. Le papier peint est toujours le même. Le lit n'a pas changé. Claire dit qu'il devrait refaire la décoration, mais il ne veut pas. Pas encore. Ainsi, il a l'impression de vieillir moins vite. Et puis, avec les bêtes et tout le travail qu'elles donnent, il n'a guère la tête au luxe.

La chambre des parents reste fermée. Pierre ne l'ouvre que de temps à autre pour l'aérer. Il n'a touché à rien. Leurs habits dorment encore dans les tiroirs des commodes. Le béret du père pend toujours au dossier de la chaise. Les bijoux de Marie, son collier et son alliance, sont dans une vieille porcelaine qu'elle tenait de sa mère.

Quand le temps est au grand beau et qu'il fait pleine lune, Pierre regarde les Aiguilles avant de s'endormir dans sa solitude. Si jamais la lune s'en va ou s'il fait mauvais, il les imagine dans leur mystère d'altitude. Leur froide beauté l'a toujours fasciné.

À l'automne, Pierre monte souvent au pied des Aiguilles. Cette année, il y a tué un chamois, un beau mâle. Plus jeune, il allait dormir là-haut, sous une grosse pierre tombée. Un endroit connu de lui seul et de sa sœur. De là, il voyait leur maison tout en bas, minuscule. La dernière lumière à s'éteindre était celle de Claire parce qu'elle lisait jusque tard dans la nuit.

Pierre n'a jamais trop bouquiné. Il préfère sentir son cœur cogner dans sa poitrine et se remplir les poumons de l'air froid des cimes. Adolescent, quand il avait du temps libre, il partait en montagne et s'inventait mille vies tandis qu'il cheminait vers les hauteurs.

Après le repas, Claire a fait une sieste de plus d'une heure. Ils ont mangé tard. Elle s'est levée à 16 heures. Pierre était à la bergerie, elle l'a rejoint et a lancé :

— Allons faire un tour !

— Tu veux descendre à Bourg-d'Oisans ?

— Non, allons vers le plan des Aiguilles.

— J'aurais parié que tu allais me demander une balade. Mais il y a de la neige !

— Ce n'est pas ça qui te fait peur, j'espère.

Depuis qu'ils savent marcher, le frère et la sœur vont se promener en direction du plan des Aiguilles. Le chemin est magnifique à travers les épicéas rabougris, les massifs de myrtilliers et les rhododendrons que le vent du nord empêche de pousser.

Au fur et à mesure qu'on grimpe, on découvre le massif de l'Oisans : la Meije tout au fond, le Grand Pic et le doigt de Dieu qui montre le ciel, le dôme de la Lauze, tout blanc, et les glaciers dodus des grandes stations de ski.

Invariablement, Claire demande à Pierre de lui présenter les sommets qui s'étalent devant leurs yeux. Il commence par les aiguilles d'Arves et continue le panoramique jusqu'au pic de l'Olan dont on ne voit que la pointe sommitale, entre des montagnes plus modestes.

Aujourd'hui, ils ne verront pas les hauteurs. La neige a laissé derrière elle une épaisse brume qui s'accroche aux éminences. Tout est étrangement silencieux, pas un cri d'oiseau, aucune voiture sur la route.

Pierre marche lentement, comme il le fait toujours. À chaque pas, les semelles crissent sur la neige. Claire suit à quelques mètres et s'arrête de temps à autre pour observer les petits détails de la nature. Puis elle reprend son chemin à pas rapides pour rattraper son frère.

Au bout d'une vingtaine de minutes, Pierre s'arrête pour la laisser souffler. Elle demande, comme elle le fait presque toujours :

— Ça ne te manque pas, ton métier de guide ?

Pierre ne répond jamais à cette question. Claire le sait, n'insiste pas, mais une autre fois elle la posera à nouveau, espérant une confidence, et il restera tout aussi silencieux. Elle connaît les raisons de ce mutisme. Un drame comme la montagne en réserve aux êtres qui la défient. Un drame qui ne se partage pas.

Pierre reprend le chemin. Un premier lacet leur fait gagner plusieurs mètres d'altitude.

Un lièvre les a précédés il y a peu. Les traces en triangle de ses pas sont fraîches.

Claire a le souffle court. Elle a besoin de s'arrêter. Son visage a repris des couleurs. On dirait qu'elle a rajeuni. La montagne lui fait du bien. Elle demande, avec son sourire qui n'a jamais quitté l'enfance :

— On continue jusqu'au croisement ?

— Si tu te sens.

Un peu plus haut, le sentier part sur la droite et grimpe à travers des mélèzes jusqu'au plan des Aiguilles. Un autre chemin permet de regagner Saint-Vincent en faisant une boucle.

De l'endroit où Claire et Pierre se trouvent, ils aperçoivent la pancarte qui indique le plan des Aiguilles.

Plus loin, dans les arbres, une forme bouge. Fugitive. Un chamois qui est descendu à l'arrivée de la neige, se dit Pierre. L'animal doit chercher sa nourriture à l'abri dans la forêt. Pierre attend qu'il réapparaisse pour le montrer à sa sœur, mais il a dû déguerpir en les sentant. Le vent leur est défavorable. Ce doit être un mâle solitaire. À la fin de l'été, Pierre en a repéré un aux jumelles.

— Allez, on continue, ordonne-t-il. On va jusqu'à cet embranchement et puis on redescend. De toute façon il va faire nuit.

Claire le regarde intensément. Elle sourit à nouveau.

— Il faut que tu me promettes quelque chose, Pierre.

— Quoi donc ?

— Je veux que tu me mènes aux Aiguilles.

— Tout en haut, au sommet ?

— Oui.

— C'est une course difficile. Il faut s'entraîner !

— Je sais, mais avec toi je n'ai pas peur. Tu es le plus fort. Je vais me préparer tout cet hiver et puis, au début de l'été, tu me guides.

Il lève les yeux vers les Aiguilles. Elles sont invisibles à cause du brouillard, mais il sait exactement où elles se trouvent. La Sans Nom, au centre, est la plus haute et la plus belle. Elle s'élève d'un seul jet jusqu'à plus de trois mille mètres. Celle de droite est plus modeste, les gens d'ici l'appellent la Pointe noire à cause de son nez toujours dans l'ombre. La plus petite, à gauche, est la plus difficile à gravir. Plusieurs cordées y ont laissé la vie au temps glorieux de l'alpinisme. Elle porte le joli nom de pointe Henriette. Le gneiss y est friable, pourri par endroits, et réserve le pire à ceux qui osent le défier.

Claire insiste :

— Tu me mèneras là-haut ?

— Oui. Je te le promets.

Un bruit sourd et menaçant roule dans la vallée. Un sérac du glacier du Plan vient de se fracasser sur la moraine, juste sous le contrefort des Aiguilles. Depuis quelque temps, Pierre a remarqué que le front de glace avance plus vite qu'autrefois. L'activité du glacier a augmenté au point que des géologues sont venus prendre des mesures. Ils ont invoqué le réchauffement climatique qui travaille la glace plus que jamais.

Pierre tourne les talons et se remet en marche. En moins de cinq minutes, il est à l'embranchement des deux sentiers.

Des traces de pas marquent la neige. Dans la direction de la forêt, exactement à l'endroit où Pierre a cru voir un chamois.

Des traces d'homme.

Peut-être un braconnier. Ou un garde forestier.

Mais par ce temps ?

Claire a vu les empreintes elle aussi. Immédiatement, l'inquiétude regagne son visage.

— Y a pas qu'à Paris qu'il y a du monde… plaisante Pierre pour la rassurer.

Elle sourit et souffle dans ses mains.

— Rentrons, à présent.

Pierre jette un dernier coup d'œil en direction de la forêt et entame la descente. Les traces de pas sont très récentes. Une heure tout au plus. Elles viennent du village.

L'homme qui les a laissées derrière lui n'est pas monté en voiture jusqu'à Saint-Vincent, Pierre en est sûr. Sinon, il se serait garé près de la bergerie, comme le font tous les promeneurs ou les gardes forestiers.

Personne d'autre que Pierre dans le village n'est capable de se balader par le temps qu'il fait. Il n'a que deux voisins, les Magnin. Alfred a soixante-dix ans. Suzanne frise les quatre-vingts ans.

Cet homme vient d'ailleurs. Il connaît Saint-Vincent. Il connaît la montagne.

5

Claire est allée se coucher tôt. La marche dans la neige l'a fatiguée. Elle n'a plus l'habitude, ni de l'air vif ni de l'effort. Elle a dîné de quelques bricoles, de la charcuterie et du fromage, et puis elle a bu une tisane de ces fleurs sauvages qu'elle a cueillies l'été dernier. Pierre n'aime pas trop ça, mais pour lui faire plaisir, il a accepté une tasse. Pas trop mauvais, un peu amer. Ensuite, il s'est servi une rasade de liqueur de génépi, de celui qu'il va cueillir là-haut dans les Aiguilles.

À 21 heures, Claire est au lit. Elle a éteint sa lampe de chevet. Pierre sort pour se faire une idée de la météo.

Le beau temps revient. Le froid mord davantage. La température a chuté, pas loin des dix degrés sous zéro. Avec la nuit et la froidure, les nuages qui pesaient sur la montagne se sont entrouverts.

Au-dessus des Aiguilles, la Grande Ourse scintille dans son écrin tout noir. Pierre imagine sa sœur dans la voie normale de la Sans Nom. L'itinéraire n'est pas difficile pour lui. Il pourrait le parcourir les yeux fermés. Ils seront heureux là-haut sur le sommet qui n'est pas plus grand que la table de la salle à manger.

On aura le monde sous les pieds, se dit Pierre. Et puis voilà… J'ai hâte d'y être…

Mais faut passer tout l'hiver.

Faut aussi que Pierre enterre quelques vieux démons.

Il est temps.

Cette nuit, il va rester tard à la bergerie. Il doit surveiller les mères. Pierre aime bien regarder les petits qui courent dans tous les sens et qui bêlent sans arrêt, complètement déboussolés, parmi les adultes.

Une vieille femelle boite. Une grosse boule est apparue sous la patte arrière droite, juste à côté du pis, sans doute un cancer. Faudrait faire venir le vétérinaire, mais cela coûte cher. Cette brebis est pleine, elle est prête à mettre bas. Pierre ne veut pas perdre l'agneau.

Alfred, le voisin, lui conseille de lui flanquer un coup de fusil, à cette vieille brebis, et de la mettre au renard. Un bon moyen de piéger le goupil, les soirs de pleine lune. Mais Pierre ne veut pas. Cette mère lui a donné de beaux agneaux toute sa vie. Elle a droit à une vraie retraite. À une mort digne. Alfred dit que Pierre n'est pas un vrai paysan. Qu'il est trop sentimental.

Il est presque minuit, il n'y aura pas de naissance cette nuit. Pierre peut monter se coucher quelques heures. Il en a besoin. Demain, Claire l'aidera sans doute.

Enfant, elle secondait leur père. Leur mère n'aimait pas faire ça. Elle disait que ça l'impressionnait. Pierre aussi, à l'époque, il avait du mal à s'emparer de l'agneau, vibrant et gluant, et à le tirer vers la vie. Aujourd'hui, il opère seul. Plus personne pour lui donner la main, à part les rares fois où Claire vient le visiter pendant la période des naissances.

Quand il revient à la maison, elle est réveillée, en chemise de nuit. Elle est assise à la table, les yeux rivés sur ses doigts croisés. La lumière qui descend du plafond creuse son visage et lui donne l'allure d'une statue de cire.

— Quelque chose ne va pas ? demande Pierre.

— J'ai encore fait ce terrible cauchemar... Mais c'est allé plus loin.

Une lueur blême vacille dans les yeux de Claire. On dirait qu'elle est habitée par un esprit étranger qui la domine totalement. Pierre n'aime pas la voir de cette façon. Elle est tout à coup si loin de lui et de tout ce qu'ils ont partagé en tant que frère et sœur.

— Le début du cauchemar est le même, mais tout est plus précis. Maintenant, j'en suis sûre, il s'agit de l'alpage du plan des Aiguilles. Là où nous avons une parcelle...

— Celle qui est contre la forêt et qui remonte le long du torrent ?

— Oui.

— La plus grande de tout le village. J'y parque le troupeau quelques semaines au printemps.

— C'est là que le corps est étendu. Contre ces buissons qui ont poussé le long du torrent. Juste derrière le gros rocher rond. Elle est morte et elle porte la jupe que j'ai trouvée hier. Le kilt écossais.

Pierre se dit que sa sœur divague. Il ne sait pas comment s'y prendre. D'ordinaire, il parle peu, les effusions lui font peur.

— Il y a des gendarmes qui tournent partout, murmure Claire. Avec des chiens qu'ils tiennent en laisse.

— Pourquoi ?

— Ils cherchent des preuves, des traces.

— Mais pourquoi ?

— Parce que Vicky a été assassinée. Ça ne fait aucun doute.

Claire s'agite tout à coup. Ses doigts ne tiennent plus en place, elle les triture sans arrêt.

Pierre a peur. Peur que la raison de sa sœur ne vacille et qu'il ne faille la soigner d'une folie qui a déjà frappé leur famille. Leur père disait toujours que la folie est un héritage qu'on ne peut pas refuser. Dans la famille Verdier, les aïeux avaient connu des troubles graves. Leurs ennemis, dans le village, les surnommaient la « famille marteau ».

Claire parle seule, d'une voix qui a changé, un peu rauque et froide :

— Elle a été étranglée. De grosses marques violacées barrent sa gorge. Je me suis approchée autant que j'ai pu. Un gendarme l'a retournée sur le dos… Et j'ai vu son visage tout sale de boue. Nos regards se sont croisés. Le sien était mort et me traversait, comme si je n'existais pas.

Claire enfouit son visage dans ses mains. Elle pleure, sans se contrôler, agitée de soubresauts. Pierre pose sa main sur son épaule et tente de la calmer. Sans succès. Elle semble ne pas l'entendre. Elle dit :

— Je ne sais pas pourquoi, mais le visage de Vicky, tout à coup… c'était le mien.

6

Le lendemain, Pierre est levé de très bonne heure. En sortant, il a surpris une étoile filante. Une belle journée s'annonce, mais elle sera très froide.

Dans la bergerie, une mère est couchée sur le flanc. Son petit pointe le bout de son museau. Pierre l'attrape et le fait venir lentement. L'agneau a les yeux grands ouverts, il pousse de petits cris. Pierre le pose à côté de sa mère. Il se dresse, tombe, se relève. Une fois, deux fois, et cherche le pis, maladroit.

Les premières heures de la matinée passent vite, celles que Pierre préfère, dans le silence et la solitude, comme extérieures au monde.

Quand il ressort de la bergerie, le soleil se lève entre les Aiguilles et le col des Hirondelles en de longs rayons d'or pâle. La neige scintille. Claire dort encore. Elle en a besoin.

En bas du village, le chasse-neige manœuvre devant la mairie. Il ne va pas tarder à monter jusqu'à la maison des Verdier. Pierre aurait bien payé un verre de blanc aux gars qui le conduisent, mais c'est interdit. Dommage, ça lui aurait fait un peu de compagnie.

En passant sur le chemin, il remarque les traces de pas de celui qu'il surnomme désormais l'homme à la capuche. Il pense qu'il s'agit d'un braconnier et hésite encore à alerter les gardes. Ça ne se fait pas.

Les reliefs des semelles sont très courants, le modèle est fabriqué par la marque Vibram. Pierre possède lui-même une paire de chaussures avec des semelles identiques, les meilleures.

Il décide de suivre les traces. Elles vont directement vers la place et rien ne les a effacées, mis à part les manœuvres du chasse-neige. Au passage, il salue Gilbert, le chef d'équipe de déneigement, un type d'une rare gentillesse qui va partir à la retraite dans pas longtemps. Il fait signe qu'il monte jusqu'à la maison Verdier et donnera un coup de lame devant la bergerie pour dégager la neige.

Alfred est sorti sur le pas de la porte. Il paraît de plus en plus sale. Sa sœur et lui ne doivent se laver qu'une ou deux fois par mois. Et encore ! Ils ne sont jamais sortis de Saint-Vincent, sauf Alfred pour aller au marché de Bourg-d'Oisans, le samedi matin.

Pierre tend la main à Alfred, qui lui dit :

— Alors, mon Pierre, qu'est-ce que tu en dis, de toute cette neige ?

— Fallait bien qu'elle arrive tôt ou tard.

— Nom de *Gu*[1] ! Saleté ! Elle arrive toujours trop tôt !

Alfred a passé une veste matelassée dont le rembourrage s'échappe par les trous entre les coutures. Il demande :

1. « Dieu » en dauphinois.

— Claire est arrivée ?

— Oui. Avant-hier. Elle dort toujours.

Alfred n'a jamais été bien gros mais il a encore maigri. Avec sa sœur, ils ont quelques poules et une vingtaine de brebis piquées de gale, des bêtes qu'ils vendent à des boucheries halal de Grenoble.

Pierre ne va voir ses voisins qu'en cas d'extrême nécessité tant il redoute la crasse de leur maison, les puces et tout ce qui va avec.

— Y a un type qui est passé par ici, hier, en fin d'après-midi. Tu as vu personne, toi ?

Alfred siffle comme il le fait chaque fois qu'il aborde un sujet grave.

— Oui, je l'ai vu. Il est monté par le chemin qui va chez toi. J'ai cru qu'il allait te voir. Puis il a continué en direction du plan des Aiguilles. Ce doit être un de ces originaux qui vont en montagne par tous les temps.

— Est-ce qu'il portait des skis ou des raquettes ?

Alfred cogite quelques secondes en fronçant ses sourcils broussailleux.

— Il avait un petit sac, mais pas de skis.

— Comment était-il habillé ?

— Nom de Gu ! Laisse-moi réfléchir. On aurait dit une cape comme en portaient les bergers dans le temps. Avec une capuche. Oui, c'est ça !

Pierre réfléchit un instant en observant le plan des Aiguilles dans son manteau blanc. Un petit sac et aucune trace du chemin de retour. Pourvu qu'il ne soit pas arrivé un malheur. Même s'il s'agit d'un braconnier.

L'image qui a précédé l'arrivée de Claire revient, obstinément. Pierre ne croit pas aux signes, encore moins aux fantômes et aux ombres. Un type vadrouille dans le coin. Tout simplement. Un marginal qui a dû fuir les banlieues malsaines de Grenoble ou de Lyon.

La lumière est d'une pureté absolue, comme toujours par les temps de grand froid. Sur les arêtes, les courants d'air d'altitude arrachent des panaches blancs qui tourbillonnent dans le ciel.

L'homme qui est monté là-haut n'est pas redescendu par le même chemin.

A-t-il passé le col des Hirondelles pour changer de vallée ? S'il a fait ça, c'est un bon connaisseur de la montagne, ou un inconscient.

Il faut connaître parfaitement la région pour évoluer, dans le brouillard, en terrain montagneux. Les risques sont énormes, le col des Hirondelles est à presque 2 500 mètres d'altitude. La moindre erreur d'itinéraire, une cheville foulée, par ce froid, c'est la mort.

Alfred dit :

— Nom de Gu ! Sont fous, ces types ! Paraît qu'une cordée a dévissé du côté de Saint-Christophe. Faut être fou pour aller en montagne par ce temps ! J'ai pas raison, mon Pierre ? Toi tu t'y connais !

D'un signe de tête, Pierre répond par l'affirmative. Les anciens comme Alfred n'aiment pas la montagne. Elle est le grand drame de leur vie. Ils y sont accrochés par les coups du sort. Fernand, le père de Pierre, avait la même attitude. Tout ce qui arrivait de là-haut était maudit.

Pierre dit :

— Bon, si tu le vois repasser, ce barjo, demande-lui d'où il vient…

— Oh, t'inquiète donc pas.

Le regard d'Alfred noircit tout à coup. Il dit :

— Tu as vu ce qu'ils ont dit aux informations, hier soir ?

— Non, je regarde rarement la télé. Pour ce qu'y a !

— Nom de Gu ! Paraît qu'ils recherchent un type dangereux. Un fou qui s'est échappé d'un hôpital psychiatrique. La semaine dernière, dans le journal, ils en parlaient déjà, de ce type. Ils ont dit que c'était un homme du coin, sans plus de précisions.

— Ils ont donné le nom ?

— Me souviens pas. Mais, dans le poste, ils ont montré la photo…

Alfred s'approche de Pierre et lance :

— Faudrait peut-être appeler les gendarmes… Des fois…

— Tu as raison. S'ils recherchent un type dangereux, n'importe quelle information peut leur être utile. Je vais le faire et puis je te raconte.

Alfred tourne les talons aussitôt. Il va tout raconter à sa sœur, Suzanne, qui ne bouge jamais de son fauteuil. Pour une fois qu'il se passe quelque chose à Saint-Vincent. Les conversations vont être nourries pendant un bon mois, si ce n'est plus.

Pierre remonte à la maison.

Il est presque 10 heures. Claire n'est pas sortie de sa chambre. Il attrape le téléphone à cadran circulaire que son père avait accroché au mur, juste à côté de la cuisinière, et compose le numéro de la brigade de gendarmerie de Bourg-d'Oisans. Un militaire répond d'une voix à moitié enrouée :

— Des traces de pas, vous dites ?

— Oui.

— Qu'est-ce que ça a d'anormal ?

Les flics sont sceptiques. Pierre connaît ça. Il a déjà eu affaire à eux.

— Par le temps qu'il fait, dit-il, et avec ce qu'on a annoncé au sujet de l'évasion de l'hôpital psychiatrique…

— Oh, rassurez-vous, l'homme a été attrapé non loin d'ici, hier matin.

La voix du gendarme s'est radoucie. Il ajoute :

— Soyez tranquille. Il ne peut rien vous arriver.

— Pourriez-vous me dire son nom ?

— Je n'en ai pas le droit. Pourquoi me posez-vous cette question ?

— Parce qu'ils ont dit aux informations que c'était un gars du pays.

— Effectivement, mais je ne peux pas vous donner son identité. Tout est réglé, soyez tranquille.

Et le flic raccroche. Pierre est rassuré. Il n'a pas parlé d'un braconnier. Il y a suffisamment de chamois pour tout le monde.

Il descend sur-le-champ annoncer la nouvelle à Alfred, qui, visiblement, attendait le retour de l'information.

— Je ne sais pas pourquoi, mais j'ai pensé au Michel, dit Alfred.

— Lequel ?

— Cros. Le fils de l'Aline. Nom de Gu ! Personne ne sait ce qu'il est devenu, celui-là…

— C'est vrai.

— Bon, c'est juste une idée, tranche Alfred en appuyant ses mots d'un geste fendant l'air. Ça craint rien, va !

Alfred tourne les talons et disparaît dans son antre. Pierre s'en revient en laissant toutes ses suppositions derrière lui.

Claire est levée. Elle chante sous la douche, d'une voix terriblement fausse, des vieux tubes des années 1980.

Pierre ne l'a jamais entendue chanter des choses pareilles. Lui, il préfère la musique baroque et sacrée. Il place Bach au-dessus de tout. *La Passion selon saint Matthieu. Les Suites pour violoncelle ou pour violon.* Il a rencontré cette musique assez tard, grâce à une cliente qui venait de loin pour grimper avec lui. Le soir, lors des bivouacs à la belle étoile, sur un petit magnétophone, elle écoutait du Bach. Cette musique n'a plus jamais quitté Pierre.

Au cœur de l'hiver, quand le travail devient moins prenant, il sort quelques vinyles de référence, les pose sur la platine qui date de ses premières paies, et s'accorde des heures de contemplation. Bach illumine sa solitude.

Claire sort de la douche, elle en est à une vieille ballade de Didier Barbelivien, un truc fade qui tournait en boucle dans les bals de la région, trente ans plus tôt.

Où a-t-elle trouvé pareille musique ?

Certainement pas dans la vie parisienne. En tout cas, elle semble heureuse. Pierre est soulagé. Il prépare une cafetière et s'en retourne à la bergerie.

L'agneau qui est arrivé au petit matin marche déjà comme un grand. Une autre brebis s'est couchée, seule, à l'écart du troupeau. Pierre l'examine quelques instants, touche son ventre dur et sent les pattes du petit qui ne va pas tarder. Une question d'heure. Il faut prévenir Claire.

En descendant vers la maison, Pierre observe une dernière fois les traces qui sont encore parfaitement visibles. S'il y a un coup de redoux, elles disparaîtront en un clin d'œil. Faudrait prendre des photos. On ne sait jamais. Mais Pierre n'a pas d'appareil digne de ce nom. Il utilise son téléphone portable, un modèle de base. Sur le petit écran, le résultat n'a pas l'air trop mauvais. On distingue bien la marque des crampons des semelles et le pourtour du pied.

Pierre prend plusieurs clichés puis, au bout d'un moment, trouve tout cela ridicule. Son imagination travaille plus vite qu'il ne faudrait. Ce doit être la trop longue solitude et le voisinage des Magnin. Pour la stabilité mentale, ce n'est pas très bon.

Claire est sortie sur le pas de la porte. Elle l'espionne, amusée.

— Tu as bien dormi ?

— Oui, la tisane m'a complètement assommée.

— À t'entendre, tu as l'air joyeuse, ce matin. Ton répertoire est impressionnant.

Claire fait une grimace moqueuse.

— Ce sont des morceaux qui me rappellent le bon vieux temps, voilà tout. Il n'y a pas que Bach dans la vie !

Pierre coupe court à la conversation et annonce qu'une mère va mettre bas. Claire saute presque de joie et se retire dans le cellier pour enfiler sa paire de bottes en caoutchouc.

— Ça me fait tellement plaisir. Fais-la voir !

En traversant le chemin, Claire s'arrête devant les

traces de pas, l'air soucieux. Elle se penche, gratte du doigt la neige et dit :

— J'espère qu'il n'est rien arrivé de mal.

— Mais non ! Qu'est-ce que tu vas chercher !

Elle se relève et se dirige vers la bergerie.

7

Claire est encore couchée. Elle aime ce moment de douceur dans son grand lit, seule avec la foule des souvenirs. Le moment où elle laisse divaguer sa pensée.

Ce matin, elle revoit son père et sa mère. Elle a vingt-cinq ans et vient de soutenir son doctorat de biologie. Elle passe l'été à Saint-Vincent, le dernier été d'étudiante.

La veillée oscille entre l'ennui et l'attente de la parole qui va tout animer. La vie lente, que rien ne semble vouloir changer. On ne regarde guère la télévision chez les Verdier, sauf pour les informations et pendant les longues soirées d'hiver, quand les enfants sont loin.

Fernand Verdier se lève et empoigne la cafetière posée sur le bord de l'évier. Le jus du soir est sa spécialité. Il le fait couler tellement fort qu'il faut avoir vingt ans pour le supporter, sinon nuit blanche pour les non-habitués et les nerveux.

Pierre est arrivé de Chamonix en fin d'après-midi. Il a tourné dans la ferme sans trop l'envie de parler. Claire était heureuse de le voir, d'autant plus que c'était imprévu. Pierre n'a pas dit des merveilles. Un sourire triste. Le regard qui évite. Elle a compris en regardant les informations à la télé. Une chute dans le pilier sud-ouest des Drus endeuillait le petit monde des alpinistes. Un géant venait de tomber.

— Tu le connais ?

— Oui, a répondu Pierre d'une voix sombre. Un ami.

Il ne dira rien de plus.

Marie, la mère, n'a pas quitté son ouvrage, un napperon en coton, au crochet. Elle a dû en tricoter une dizaine depuis le début de l'hiver. Quand un accident frappe le monde de la montagne, elle se recroqueville dans le silence, pour ne pas voir en face le danger qui rôde en permanence autour de son fils.

Un jour, Claire a dit à Pierre qu'il bravait la mort inutilement. Qu'il était un conquérant de l'inutile. Il n'a rien dit et quelques jours après il est parti. Elle a appris par la suite qu'il avait vaincu l'un des piliers du Makalu, un exploit au-delà de toute humanité.

Fernand Verdier a passé le café. Pierre en prend un fond de tasse, pas plus. Claire préfère la tisane. Marie n'en boira pas ce soir. Elle redoute les palpitations.

— Je suis acceptée au CNRS, lance Claire, comme une banalité, en tournant sa tisane.

Marie s'interrompt et pose son ouvrage sur la table, le regard joyeux et fier. Fernand pousse la cafetière à un angle du fourneau.

— Pierre, va chercher le génépi ! Il y a des choses qui se fêtent dans la vie. Marie, apporte des verres !

Pierre disparaît dans le cellier. Les bouteilles d'alcool sont sur la dernière étagère. Il choisit la cueillette de l'an dernier, la plus fruitée.

— Voilà !

Fernand sert quatre verres. Marie n'en boira qu'une gorgée, sa fille le goûtera à peine. Pierre et Fernand videront le reste.

— À ton succès, ma fille. C'est un grand jour.

Fernand avale une rasade qui lui fait pincer les lèvres.

— Il est bon, celui-là, dit-il.

— C'est celui que j'ai cueilli sous les Aiguilles, répond Pierre.

— Il faut en garder une bouteille pour le mariage de Claire ! J'espère que c'est pour bientôt…

Claire s'approche de sa mère qui la regarde avec tendresse. Elle a besoin de la toucher tout à coup, de se réfugier auprès d'elle.

— On est tous fiers de toi, dit Marie, même ton diable de frère. Regarde-le… Il ne sait pas te le dire, mais tu es la plus forte !

Claire dépose un baiser sur le front de sa mère.

— C'est grâce à vous qu'on est arrivés là où on est, dit-elle. Sans vous, on ne serait rien !

Fernand sert à nouveau deux rasades de tord-boyaux et lève son verre.

— Marie, je pense à nos petits-enfants qui vont venir, lance-t-il. Ce seront de vrais Verdier.

Claire esquisse un sourire. Son frère la regarde en coin. Il a l'impression qu'elle garde un lourd secret, mais n'ose pas en parler devant les parents. Une autre fois.

— Qu'est-ce que tu vas faire au CNRS ? demande le père.

— J'entre dans le labo de génétique. On va travailler sur le cerveau humain, les neuro-conducteurs.

Fernand Verdier ne comprend rien au travail de sa fille, autant lui parler en grec ancien. Tout ce qui touche le cerveau l'inquiète. Il fronce les sourcils.

— Tu travailles sur la folie ?

— En quelque sorte, oui. On essaie de voir comment certains processus, comme la schizophrénie, se déclenchent. Est-ce que l'alcool ou les drogues interfèrent sur l'ADN ? Ce genre de choses…

Marie a terminé sa bobine de coton. Elle plie son ouvrage et soupire.

— Je vais me coucher. Il est tard.

La journée s'achève. Claire est sortie de sa chambre à l'heure du déjeuner. Pierre a été au chevet de ses brebis tout son temps. Un garde du parc est venu lui parler des loups. Il pense qu'un couple tourne dans le secteur. Les pisteurs de la station de ski les ont aperçus. Des traces ont été relevées à proximité d'une bergerie, dans un autre village.

Claire s'est promenée une partie de l'après-midi, sans dire où elle est allée. Pierre lui a posé la question plusieurs fois. Elle s'est obstinée à ne pas dévoiler le cours de sa balade. Parfois, elle a des secrets de rien du tout qu'il faut respecter. Il suppose qu'elle est passée en bas du village en suivant la route, puis qu'elle a continué. Trop de neige ailleurs.

Ils ont veillé jusqu'à 22 heures. Pierre a parlé de l'école, des souvenirs d'enfance, avant que Claire ne vienne au monde. Il n'était pas bien gros, mais cinq ans, cela compte tout de même.

Ils ont sorti les vieux albums de photos pieusement conservés dans l'armoire des parents. Claire adore la galerie de portraits des ancêtres. Elle n'en a connu aucun, mais elle peut les nommer les uns après les autres. À commencer par les poilus de la Grande Guerre qui posent en uniforme. Les deux arrière-grands-pères étaient à Verdun. L'un d'entre eux est revenu avec un bras en moins. Ça ne l'a pas empêché de se faire très vieux, Pierre l'a un peu connu.

Sur une photo de mariage, Pierre montre deux gamins au visage espiègle, l'un en culottes courtes et bretelles, l'autre dans une robe brodée, au deuxième rang. Les deux Magnin.

— Dire que ce sont nos cousins ! dit Claire.

— Ils ont changé depuis.

Claire tourne la page sans faire plus de commentaires et s'arrête sur une petite photo cornée de sa grand-mère paternelle. L'un des clichés qu'elle préfère car elle ressemble à s'y méprendre à cette femme.

— Tu l'as connue, toi ?

— Oui, dit Pierre.

— Elle est morte quand j'avais deux ans. Trop tôt pour m'en souvenir.

Les trois albums de la famille y sont passés. Le quatrième est resté dans l'armoire. Il n'y a que des photos de Pierre, depuis son entrée à l'école supérieure de ski et d'alpinisme jusqu'au drame qui a changé le cours de sa vie. Pierre ne veut pas le voir, cet album-là. Il ne l'a pas ouvert depuis des années. Un jour, peut-être.

Avant d'aller se coucher, il a fait le tour de la maison et de la bergerie. Aucune trace fraîche à part celle d'un renard qui est venu musarder vers le poulailler des Magnin.

Il pense à Michel Cros. Un instant, il a cru que c'était lui, l'évadé de l'hôpital. Michel venait quelquefois en vacances, il y a une éternité. Un gentil garçon qui n'avait pas toute sa raison. Pas dangereux pour deux sous.

La maison de la famille Cros est à l'écart du village. Deux grands sapins la masquent depuis le chemin. Elle n'a pas été ouverte depuis des dizaines d'années. Depuis qu'Aline, la mère, a été internée.

8

Pierre se réveille en sursaut.

Le sentiment que quelque chose ne va pas tout à coup. Il n'est pas encore minuit. La porte de la chambre de Claire est entrouverte, sa lampe de chevet éclairée. Pierre descend jusqu'à la salle de séjour. Il appelle. Rien.

Claire est sortie. Ses pas dans la neige vont jusqu'à la place, non loin de la maison des Magnin. Là, ils se perdent, sur le goudron à nu.

En passant à hauteur de la ferme, Pierre jette un œil à l'intérieur. Suzanne et Alfred doivent être couchés. Ils n'ont pas beaucoup d'agneaux à surveiller.

À l'autre bout de la place, les traces de Claire repartent droit vers l'église. Pierre accélère le pas.

La nuit est très froide, pas un nuage. Les Aiguilles sont noires, on distingue tout juste le Plan. La vallée, plus bas, est livide.

Les traces font le tour de l'église et vont vers le cimetière. En apercevant le muret dans l'obscurité, Pierre ralentit. Sa sœur est au fond de l'allée principale, devant le caveau de famille. Elle murmure quelque chose, comme une prière.

Pierre s'approche.

Claire n'a pas quitté son pyjama bleu pâle dont les jambes tire-bouchonnées découvrent ses mollets. Elle a juste enfilé une paire de chaussures de montagne et passé un anorak qu'elle tient croisé de ses mains crispées par la froidure. Un panache de buée s'échappe de sa bouche chaque fois qu'elle balbutie son étrange monologue.

— Je voulais voir papa, dit-elle d'une voix faible. J'avais besoin de lui parler.

Pierre fait un pas et la prend dans ses bras.

— Moi aussi, il me manque parfois. Lui et maman. Je viens souvent les voir.

Claire lève les yeux au ciel.

— Tu te souviens quand il me disait que les morts devenaient des étoiles ? C'était après l'enterrement de grand-mère. On les voit bien ce soir, toutes les âmes dans le ciel.

Claire désigne la Voie lactée qui suit le long sillon droit de la vallée.

— Il y en a tellement qu'on dirait de la poussière suspendue dans le noir immense.

Un long silence passe. On n'entend guère que le roulement du torrent qui charrie son écume depuis le glacier du Plan.

— Dans pas longtemps, dit Claire. Je serai parmi ces petits éclats dans le ciel.

— Ce sera dans longtemps, corrige Pierre.

Claire dodeline de la tête. Elle fait un pas vers la tombe et enlève la neige qui festonne la croix.

— Dans pas longtemps…

Un craquement traverse la nuit. Un bruit de planche. Pierre regarde dans la direction de la grange des

Magnin. Un œil-de-bœuf perce le mur, juste sous le toit. Un instant, il semble qu'un visage s'est posé dans ce cercle noir. Pierre n'en est pas sûr, mais il connaît suffisamment Alfred pour savoir que rien ne lui échappe. À moins que ce ne soit sa sœur Suzanne. Elle ne met jamais le nez dehors, mais se poste souvent à la fenêtre ou à cet œil-de-bœuf.

— Viens, dit-il. Tu vas finir par prendre froid.

Il passe un bras par-dessus l'épaule de Claire et l'oblige à le suivre. Quand ils marchent devant la maison Magnin, tout est silencieux. Un volet est entrouvert au premier étage. Pierre a l'impression que les choses s'animent lentement tout autour de lui.

Une fois à l'intérieur, Claire se place devant le poêle. Elle frissonne, le regard dans le vague, comme hébétée.

— Tu as encore fait ce mauvais rêve ? demande Pierre.

— Non.

Elle appuie ses mains sur le dossier d'une chaise et le serre jusqu'à faire saillir ses phalanges sous sa peau fine.

— J'ai croisé Alfred, cet après-midi.

— Il ne sort pas beaucoup en hiver. Qu'est-ce qu'il t'a dit ?

— Rien, juste bonjour. De loin…

— Tu ne l'aimes guère !

Claire a un regard noir pendant quelques secondes, son visage se crispe puis se radoucit.

— Je ne sais pas comment tu fais, dit-elle, pour vivre dans la compagnie de gens aussi arriérés.

Sa voix est devenue froide, presque moqueuse.

— Je n'ai pas trop le choix, dit Pierre. Les Magnin sont mes seuls voisins.

— Je sais. En plus, ce sont nos cousins.

Claire a prononcé cette dernière phrase avec une moue de dédain, puis son visage est devenu dur.

— L'autre jour, marmonne Pierre, Alfred m'a dit que lui et sa sœur n'avaient pas d'héritiers plus proches que nous. Leur domaine va nous revenir.

— Jamais je n'accepterai cet héritage !

— Pourquoi ?

Claire détourne les yeux et se frotte les mains au-dessus du fourneau.

— Tu feras bien ce que tu veux, dit-elle. Mais ne compte pas sur moi dans cette affaire.

— Bah, fait Pierre. Ce sont de pauvres vieux qui n'ont jamais rien connu. Ils sont d'une autre époque. C'est un peu comme si le temps s'était arrêté chez eux. Le compteur semble bloqué !

Pierre se lève et jette deux bûches dans le feu. Claire l'observe. Il a les mêmes gestes précis que leur père et cela la rassure.

Pendant quelques secondes, elle imagine Suzanne, encrassée qu'elle est dans sa masure. Elle ne l'a pas vue depuis des années. Elle se souvient qu'elle parlait seule quand elle allait au champ avec les bêtes. Ce souvenir l'effraie. Suzanne n'est pas une mauvaise femme. Elle est issue de deux ou trois mariages entre cousins germains. Une façon paysanne de garder l'héritage et de le consolider.

Le domaine des Magnin est grand, le plus important de Saint-Vincent. Ça ne va pas chercher loin pour quelqu'un qui vient d'ailleurs, mais une quinzaine d'hectares, dans cette vallée aussi avare de terres, ce n'est pas rien.

Les Magnin étaient des notables autrefois, du temps du père, un type taciturne qui ne parlait à ses enfants que pour leur donner des ordres. Le village lui prêtait toutes sortes de défauts et de vices. On le disait escroc et coureur de jupons. Il avait épousé sa cousine germaine sans amour et sans grande conviction. Suzanne et Alfred, les deux rejetons de ce mariage arrangé, n'avaient été ni choyés ni brutalisés. Juste de l'indifférence.

— Je retourne me coucher, dit Claire.

— Bonne nuit, répond Pierre. Je vais passer un peu de temps à la bergerie. Tu n'as besoin de rien ?

Claire lui adresse un sourire reconnaissant et disparaît à l'étage.

Pierre reste seul un long moment à se demander comment il peut tirer sa sœur de cette mélancolie qui la cerne. Il connaît les origines du mal, mais il ne veut pas les regarder en face, pas encore.

9

Il a fait beau toute la journée.

Deux agneaux sont nés.

Claire a préparé un bon repas pour son frère : des rissoles fourrées à la pomme de terre. Il en a mangé plus que de raison. Elle est plus heureuse, mais à mesure qu'approche la fin du jour, quelque chose l'angoisse.

Le soleil disparaît vite en cette saison.

À 16 heures, une ombre froide s'empare de la vallée. La neige semble moins blanche et les quelques corbeaux qui n'ont pas cessé de croasser pendant toute la journée se sont retirés dans leurs repaires invisibles.

Sur les barres rocheuses qui dominent le plan des Aiguilles, deux points noirs se déplacent lentement. Pierre va chercher ses jumelles et observe quelques instants. Deux chamois traversent un pan incliné de neige, juste au-dessus d'un couloir. Ce sont de jeunes mâles de l'année précédente.

Pierre repose ses jumelles et commence à penser qu'il est en train de perdre le sens des réalités. Un instant, il a cru que ces deux points noirs pouvaient être des créatures qui hantaient sa montagne. Il faut qu'il se reprenne. Personne n'irait courir sur ces rochers par cette saison.

Il raccroche ses jumelles au vieux portemanteau qui sert au matériel de chasse. Un fusil calibre 12 pend à une courroie de cuir cornée, un vieux Darne à culasse coulissante que la rouille a piqué par-ci par-là. Ce beau fusil a toujours été dans la famille.

À une autre patère est accrochée la cartouchière du paternel, luisante de patine. Sans trop savoir pourquoi, Pierre vérifie les numéros des cartouches : du plomb de 8 pour le petit gibier, du 5 pour les lièvres et des balles à gros gibier.

Fernand Verdier allait parfois au sanglier. Son fils n'y va jamais. Les battues avec des types embarqués dans de gros 4 × 4 l'ennuient.

Il préfère le chamois, à l'approche. Seul à seule avec cette bête magnifique qui se joue du vertige. Le chamois n'est pas facile à tirer. Pierre repère les bêtes à la jumelle durant les mois d'été, quand elles chôment sur les barres rocheuses. Il les compte, identifie les vieux mâles et les jeunes. La saison venue, il monte les pister à l'ancienne. Attendre des heures parfois que l'un d'eux apparaisse sur une arête, poussé par une curiosité que rien ne peut freiner. C'est à ce moment qu'il le tire, jamais à plus de quatre-vingts ou cent mètres, d'une balle de 300 de sa carabine Merkel. Pas de lunette, rien. Juste la précision de l'œil et la prière au dieu des bêtes sauvages.

Cette Merkel, il se l'est offerte pour l'anniversaire qui a suivi la mort de sa mère. Le moment était très difficile à passer. Plus le goût à rien, pas même à descendre boire un verre de blanc avec les copains. Un vieux chasseur de Saint-Christophe, un ancien de la compagnie des guides, vendait sa carabine. Il ne pouvait plus monter au chamois à cause d'un accident mal soigné qui lui faisait une grosse douleur. Pierre a sauté sur l'occasion.

La lumière décline rapidement. Le fond de la vallée s'enfonce dans l'obscurité. Saint-Vincent a la chance d'être en hauteur et de profiter davantage du jour. Claire est en train de lire un livre énorme, un roman à l'eau de rose qu'elle aime bien parce que ça lui repose les neurones.

— Si on allait au restaurant à Bourg-d'Oisans ? lance-t-elle sans lever les yeux. Je suis sûre que tu n'es pas sorti depuis des lustres.

— Au restaurant, je n'y vais jamais. À vrai dire, je n'en ai plus vraiment envie. Je préfère ma solitude.

Claire insiste. Il répond :

— Tu crois que c'est ouvert en cette saison ?

— Oui, j'ai téléphoné pendant que tu regardais la montagne avec tes jumelles. La pizzeria est ouverte jusqu'à 21 heures. Ils nous attendent à 20 heures.

Comme d'habitude, Claire a tout manigancé. Pour faire plaisir. Un peu à la manière d'une mère qui prévient tous les caprices de son fils. Sa seule famille, c'est Pierre, et elle veut le couver quand elle est avec lui. Au fond, elle n'a que lui dans sa vie.

Pierre n'ose pas trop interroger sa sœur sur son quotidien à Paris. Elle doit bien avoir des amies et quelques amoureux de temps à autre. Il n'a pas envie de savoir parce qu'il a toujours eu le pressentiment que quelque chose ou quelqu'un, dans cet ailleurs, pourrait le déranger.

Pas facile d'exprimer cette crainte, mais elle est réelle.

Depuis qu'il est revenu à la ferme, le monde qui séparait le frère et la sœur s'est agrandi malgré tous les efforts qu'elle déploie pour rester proche de lui.

Les confidences sont rares, quasi inexistantes. Pierre sait juste qu'elle travaille dans un laboratoire de biologie au CNRS et qu'elle est haut placée. La génétique. Directrice de recherche.

Quand Claire a décroché son doctorat, Marie et Fernand Verdier étaient fiers d'elle. Eux n'avaient que le certificat d'études. De leur temps, ça n'avait pas beaucoup d'importance, ces choses-là. Fernand n'écrivait pas souvent, il comptait mieux. Marie ne faisait jamais de fautes d'orthographe. Elle y mettait un point d'honneur.

Après son doctorat, Claire s'est accordé deux mois de congé durant l'été. Elle a voulu que Pierre l'emmène en montagne. Il était déjà guide. Il n'avait pas encore beaucoup de clients. Ça lui a laissé le temps de la conduire sur des sommets faciles de l'Oisans : le Coolidge, les Écrins, la Grande Casse, l'aiguille Dibona si fine, si aérienne. Claire marchait pas mal, heureuse à chacun de ses pas sur les hautes routes. Pierre aimait lui montrer ces fantastiques belvédères.

De temps à autre, il prenait un client ou un groupe et Claire se reposait. Il guidait souvent à la Meije, parfois vers le mont Blanc. Il était heureux d'être celui qui marche devant, celui en qui toute une cordée place sa confiance. Même s'il n'y avait pas de quoi s'enrichir. La ferme faisait le reste.

Ça n'a duré qu'un temps et puis tout s'est accéléré. Le malheur est arrivé après. Si Pierre avait écouté Fernand et Marie, ça ne se serait jamais passé. Mais la vie est ainsi.

Claire n'a pas bougé, plongée dans son livre. Pierre dit :

— Faut que j'aille à la bergerie avant qu'on descende au bourg.

Elle répond d'un signe de la tête et d'un grognement en tournant la page. Quand elle est concentrée, rien ne peut la tirer de ses pensées.

Dans la bergerie, les chèvres sont sorties de leur enclos et ont grimpé sur les mangeoires, à la recherche de foin ou d'orge.

Comment ont-elles pu ouvrir leur porte ?

Tout était bien fermé. Le loquet est cassé. Ce ne peut pas être les biques qui n'ont ni la force ni l'intelligence pour briser un morceau de bois aussi épais.

Pierre perd un temps fou à remettre les bêtes derrière leur claie. Il remplace le loquet par une planche de bois qu'il cloue fermement. Puis il fait le tour des mères qui n'ont pas encore d'agneau.

Il ne se passera rien ce soir, ni cette nuit. Capitaine veillera sur elles. Il s'est déjà battu contre les loups. Pierre le détache et le caresse longuement, puis referme la porte de la bergerie et descend à la maison.

Claire n'a pas quitté son livre. Il s'enferme dans la salle de bains et s'accorde un long moment sous l'eau chaude. Claire est montée dans sa chambre pour se changer. Pierre espère qu'elle ne va pas s'habiller comme elle le fait à Paris. Il a peur de ressembler à un paysan.

Quand il sort, une odeur de parfum et de maquillage flotte dans l'air. Claire est déjà prête. Elle a passé une belle jupe noire, des collants de laine et un pull un peu épais. Pierre la trouve très belle. Elle doit séduire tout le monde autour d'elle, à Paris.

Il fait déjà nuit quand ils sortent.

Le ciel est couvert d'étoiles. On distingue nettement la Voie lactée qui s'étend du massif des Rousses aux sommets du Dévoluy.

Claire s'arrête un instant et lève la tête. Ce spectacle-là doit lui manquer quand elle se trouve loin d'ici. Un jour, elle a avoué à son frère qu'elle avait perdu l'habitude de regarder le ciel et qu'elle vivait le plus souvent avec le regard au ras des humains ou rivé à ses éprouvettes.

Le froid est mordant, ce soir. Le thermomètre doit être largement au-dessous de zéro. Heureusement qu'il n'y a pas de vent, sinon ce ne serait pas tenable.

À chaque virage que fait la route, les phares découvrent un décor de fantasmagorie. La neige est restée sur les arbres. Tout est figé dans la blancheur.

Bourg-d'Oisans est une petite ville de trois fois rien, coincée entre des murailles plissées qui la dominent durement. Les soirs d'hiver, il reste un filet de vie au bar des Alpes qui fait l'angle des deux rues principales, rien de plus. Tout le reste semble vide, fermé et secret.

Depuis que la route qui dessert les stations de ski a été déviée, plus personne ou presque ne passe par le bourg. Les commerces qui vendaient du matériel de montagne ont fermé, ceux qui ont voulu reprendre n'ont pas tenu deux saisons.

Le restaurant est au bord de la rivière, le dernier à ouvrir encore en hiver. Il arrive à tirer son épingle du jeu en servant les ouvriers qui passent à la mi-journée.

Ce soir, Claire et Pierre sont seuls. Ils s'installent près de la cheminée. Claire est heureuse. Elle observe son frère avec insistance et ça le gêne. Il sort rarement depuis qu'il a repris la ferme et qu'il a changé de vie. Il a l'impression d'être gauche au côté de sa sœur.

Ils commandent deux pizzas et une bouteille de vin. En attendant qu'ils soient servis, elle demande :

— Que fais-tu de beau quand je ne suis pas à Saint-Vincent ?

— Oh, pas grand-chose. Je m'occupe du troupeau. À l'automne, je vais à la chasse et puis l'hiver, je m'ennuie parfois.

— Tu vas faire du ski, j'espère !

— Non, je n'y vais plus depuis deux ans.

Claire plonge son regard dans celui de Pierre. Elle est très intelligente et sensible et il redoute toujours qu'elle ne découvre ses secrets. Elle dit :

— Je comprends… Mais il ne faut pas que tu deviennes comme Alfred !

Ils rient aux éclats. Les Magnin sont tellement crasseux et si loin du temps que Pierre se voit mal dans une trentaine d'années à Saint-Vincent, tout seul. Il ne se voit pas leur ressembler.

— Il faudra que tu viennes me voir à Paris. Tant pis pour les bêtes. Débrouille-toi !

Se débrouiller avec plus de cent têtes qui ne comptent que sur leur propriétaire pour vivre ! Ça bouffe et ça boit presque tout le temps, ces bestioles.

Pierre pourrait dire à Alfred de s'en occuper quelques jours. Le cousin le lui a même proposé plusieurs fois. Mais chez les Verdier on ne demande jamais de service à quiconque. Faut pas devoir.

Claire a grandi loin de tout, au bout d'une route, en impasse. Son enfance s'est écoulée dans des hivers de neige et des étés robustes. Elle a fini dans la fine fleur de la science. De quoi gonfler les poitrines.

Fernand Verdier a été l'un des hommes importants de Saint-Vincent, un notable respecté parce que juste et bon, courtois malgré l'orgueil qui lui interdisait d'accepter qu'on lui rendît le moindre service. Il savait donner, mais ne savait pas recevoir.

Claire n'a pas échappé à cette marque de famille. Elle est grande, discrète, le même port altier que sa mère et la même bonté que son père. Elle va vers les autres mais se confie rarement, pour ne pas dire jamais. Elle ne sait pas avoir d'amies véritables, donne mais n'accepte pas souvent les marques de générosité qu'on lui témoigne, ce qui doit la rendre à la fois séduisante et froide.

Comment a-t-elle basculé dans cette mélancolie qui semble ne plus la quitter ? Peut-être qu'elle a changé avec la quarantaine, une charnière dans la vie d'une femme. Pierre lui demande :

— Parle-moi donc de ta vie. Tu ne me dis jamais rien.

Elle se sert une gorgée de vin et le dévisage. Puis elle dit :

— Je passe mon temps dans mes éprouvettes et avec mes souris. Je travaille souvent le week-end. En fait, je languis de revenir ici. Dès que je suis à la retraite, je reviens à la maison.

Pierre a envie d'en savoir plus. Il insiste :

— Tu dois sortir tout de même ? Tu dois bien avoir des amies ?

— Je sors peu. La plupart du temps je vais au cinéma. À Paris, malgré le monde qu'il y a, on est souvent seul. Bien sûr, j'ai des amies.

— Un amoureux ?

Elle secoue la tête. Son regard est devenu dur.

Pierre s'aperçoit qu'il aurait dû se taire. Il ne sait même pas pourquoi il a posé cette question car il connaît la réponse.

Claire baisse les yeux sur son assiette. Le serveur les observe discrètement depuis le comptoir. Il doit les prendre pour un couple en vacances dans le coin. Claire redresse la tête et demande :

— Tu connais les propriétaires ?

— Non, ils sont nouveaux. Le restaurant vient d'être vendu.

Elle se ressert du vin. Pierre remarque qu'elle boit plus qu'avant, sans déguster, et ce n'est pas son genre.

— Non, tu vois, Pierre, je n'ai pas beaucoup d'amis et je ne me marierai pas. Je préfère ma solitude et mon travail qui me prend presque toute ma petite existence.

— On n'est pas obligé d'être marié pour être heureux.

Ce genre de vérité tombe à plat dans une conversation et sonne la fin du sujet. Très vite, on en vient à échanger des banalités.

Claire veut avoir des nouvelles des cousins, des copines et des copains d'enfance. Pierre raconte. Hélas beaucoup d'enterrements d'anciens dans les villages alentour. Le vieux monde tire sa révérence. Il n'y a que l'été que la vie reprend ses droits avec l'arrivée des vacanciers. Une vie sans racines, de l'agitation qui dure le temps d'un passage.

Quand ils s'en reviennent à Saint-Vincent, la nuit est magique. Les arbres aux branches de cristal se penchent par-dessus les ravins. Des rochers qui surplombent la route pendent des flûtes de glace.

— Tu crois qu'on va voir des animaux ? demande Claire.

— Possible. Les routes sont salées. Les chevreuils aiment lécher le sel.

Pierre ne croit pas si bien dire.

À l'embranchement de Saint-Vincent, un mâle est sur la route. Claire est aux anges. Les phares l'ont ébloui, il ne sait plus très bien ce qu'il fait, planté devant la voiture à même pas deux mètres. Ses pupilles étincellent dans la lumière puissante des phares. Il a un mouvement de tête comme s'il voulait charger, puis, d'un bond, disparaît dans le ravin. Claire s'écrie :

— Magnifique !

Puis elle se tourne vers Pierre.

— Comment peux-tu chasser des animaux aussi beaux ? Comment peux-tu les tuer ?

Le ton est sévère, un reproche condescendant de maîtresse d'école. Pierre ne dit rien. La conversation risquerait de s'envenimer.

10

La voix de Vicky semble si loin.

Elle perce à peine à travers les mélèzes.

Quelque chose l'étouffe.

Ce doit être le vent qui siffle doucement dans les branches griffues.

La neige crisse sous les pieds. C'est de la poudreuse bien froide. Il faut faire attention de ne pas riper.

Pierre a dit qu'il fallait marcher en canard, d'un pas régulier. On glisse moins ainsi.

Vicky ne sera pas difficile à trouver.

Il y a ses traces.

Je n'ai qu'à suivre.

J'aperçois le panneau qui indique l'intersection des chemins.

Les traces de Vicky en rejoignent d'autres.

On dirait qu'ils se sont donné rendez-vous.

Et qu'ils ont cheminé ensemble.

Les pas vont en direction du plan des Aiguilles, tantôt côte à côte, tantôt les uns derrière les autres. Cela dépend de la largeur du sentier.

Pourquoi « ils » ?

Ce sont des traces d'homme.

Un homme avec des petits pieds.

C'est sûr parce que les empreintes qu'il laisse dans la neige ne sont pas plus grandes que celles de Vicky.

Du 41.

Nous avons la même pointure, Vicky et moi.

Pour des femmes, cela fait de grands pieds, mais pour un homme, c'est petit. Enfin, c'est ce que je crois.

Pierre aussi fait du 41.

J'accélère. Les muscles de mes jambes sont douloureux. J'ai l'impression qu'ils se tétanisent au fur et à mesure que l'effort s'intensifie.

Pierre a raison, je manque sacrément d'entraînement.

L'orée du bois n'est pas loin.

Ensuite, il y a les alpages et les premières barres rocheuses. Pierre m'a dit que nous avions un grand champ, entre le torrent et les premiers ressauts de roches.

Je dois aller plus vite.

Mon cœur tape dans ma poitrine.

Les tempes bourdonnent. Je dois reprendre mon souffle.

Quand je pense à tous les exploits que mon frère a réalisés, je suis admirative.

Dommage que les Aiguilles ne soient pas visibles. Le temps est souvent bouché en ce moment.

Nouvel appel. La voix est plus proche. Déchirante.

J'ai la chair de poule.

Je me retourne pour voir que je suis seule et abandonnée.

Si Pierre était là, il irait plus vite et peut-être qu'on pourrait sauver Vicky.

Pierre est fort. Il n'a jamais peur.

Papa pensait que c'était ça qui allait le perdre.

La peur protège du danger.

J'arrive dans notre alpage. À nouveau un cri. L'écho le multiplie de paroi en paroi.

Hurlement de mort.

Et une voix d'homme. Quelque chose qui mugit comme une bête.

Je rassemble toutes mes forces et je cours.

Je le vois, là. Derrière le rocher qui ressemble à une tête ronde.

Il est penché au-dessus de Vicky.

Une corde dans les mains.

Il a fait un nœud coulant autour du cou et en passe un brin à un tronc mort que l'avalanche a coincé contre le rocher.

Je ne peux plus avancer. Pétrifiée.

Je ne peux que regarder.

Même pas crier. Je n'en ai pas la force.

L'homme tire sur la corde.

Le corps de Vicky se soulève lentement.

Jusqu'à ne plus toucher le sol.

L'homme recule et regarde Vicky se tortiller au bout de la corde.

Son corps se raidit.

Un soubresaut puis un autre.

L'homme se retourne et me sourit.

11

Les cris viennent de la chambre de Claire. Des éclats terrifiants au milieu de la nuit.

Pierre se lève et va voir ce qui se passe. Quand il entre dans la chambre, Claire est assise sur le lit, le front trempé de sueur. Son regard suinte l'angoisse. Il demande ce qui ne va pas. Elle ne répond pas tout de suite. Il insiste.

— Tu as encore fait un cauchemar ?

— Oui.

— Toujours le même ?

— Oui.

Immédiatement, Claire prononce le nom de Vicky. Pierre lui demande de parler de cette femme mystérieuse en espérant que cela va provoquer un déclic. C'est l'effet inverse qui se produit. Une crise de larmes que rien ne semble pouvoir arrêter. De temps à autre, elle balbutie quelques mots incompréhensibles.

Dans la famille Verdier, il y a eu des fous. La grand-mère paternelle a fini ses jours dans un hôpital psychiatrique, internée au pavillon des grands agités. Paraît qu'elle griffait les murs jusqu'au sang. Personne n'en parlait. Un interdit qu'il ne fallait pas transgresser.

Elle était jeune quand elle est morte, tout juste la soixantaine. La tête lui manquait depuis longtemps. La nuit, qu'importait la saison, elle sortait, vêtue de sa robe de chambre, pieds nus, ses cheveux, longs comme de la filasse, aux quatre vents. Elle appelait des êtres imaginaires en criant. C'est peut-être pour cette raison que Fernand, son fils, était si fier, qu'il se parait d'orgueil et ne faisait presque jamais entrer quelqu'un à la maison. Le malheur, faut parfois l'entourer de palissades pour le supporter.

La grand-mère a été enfermée parce qu'elle était devenue dangereuse et violente. Pour elle-même et pour les autres. Il a fallu signer tout un tas de papiers pour l'expédier entre quatre murs. Quand les gendarmes sont venus la chercher, elle tenait dans sa main un énorme couteau rouillé. Elle menaçait les gens du village et les insultait copieusement, les uns après les autres. Un tas de vérités obscures sortait de sa bouche de vieille femme édentée. C'est sans doute pour cette raison que tout le village était d'accord pour la coller dans un asile.

Pierre a entendu dire que la folie était héréditaire et qu'elle pouvait resurgir dans une famille en sautant une ou deux générations. Claire la généticienne a confirmé.

Aurait-elle contracté le mal ?

Pierre a conservé du temps de son malheur quelques boîtes de somnifères. Un ou deux comprimés feraient du bien à Claire. Il faut qu'elle dorme. Reste à trouver les pilules. Il y a des coins dans la maison qui n'ont pas été rangés ni visités depuis quelque temps. Le meuble à pharmacie fait partie de ces encoignures qui restent à l'écart des préoccupations de Pierre. Il n'est pas souvent malade. Quasiment jamais.

L'attirail de médecine se trouve dans le cellier, une pièce qui n'est pas chauffée. Une ampoule donne une lumière pauvre. La pharmacie est remplie de boîtes aux noms barbares qui ne servent plus à rien et datent du temps de la maladie de Marie Verdier. Les médicaments sont périmés depuis longtemps. Faudra faire le tri un de ces jours.

Les deux tablettes de somnifères, du Lexomil, sont au fond d'un tiroir. Pierre les fourre dans sa poche et quitte le cellier.

Le vent s'est levé. Par le sud. Plus fort que d'ordinaire, il pousse son mufle jusqu'à la porte. Aux alentours, il siffle, tel un damné, dans les frênes, à côté de la bergerie. Ces rafales vont mener le redoux et la neige, à moins que ce ne soit de la pluie.

Soudain, un bruit traverse les risées. Ça vient de la bergerie. Ce n'est pas la voix frêle d'un mouton.

Capitaine aboie. Jamais par hasard. Il a dû sentir quelque chose.

Pierre ouvre la porte, écoute à nouveau. Capitaine aboie plus fort encore.

Pierre passe une veste, attrape le fusil et le charge de deux cartouches de plomb numéro 2. Du gros.

Les bourrasques sont presque chaudes et arrachent aux arbres leurs dernières feuilles mortes.

Le volet d'une fenêtre de la bergerie claque. Il était pourtant bloqué. À l'intérieur, les bêtes sont nerveuses. Leurs pattes affolées font bruire la paille fraîche. Les bêtes n'aiment pas le souffle du sud. Elles s'amassent contre un mur puis se dégagent soudain.

Un agneau, le premier né de cette semaine, a été

étouffé par le troupeau. Pierre le ramasse et le pose sur le rebord d'une mangeoire. Son petit corps sans vie est encore chaud.

Capitaine reste au fond de la bergerie. Il a cessé d'aboyer dès qu'il a aperçu son maître. Pierre le caresse longuement pour le calmer puis le libère. Il était persuadé de l'avoir détaché la veille avant d'aller au restaurant.

Aussitôt libre, le chien court droit vers l'extérieur. Il fait une trentaine de mètres et s'arrête net en grognant, le poil hérissé. Juste sous le volet qui claque.

En braquant le halo de sa lampe, Pierre aperçoit dans la neige des traces de pas. Les mêmes que celles qu'il a vues, il y a deux jours. Elles viennent de la montagne.

L'homme s'est dirigé vers la bergerie. Il a ouvert le volet qui claque au vent. Capitaine a dû lui faire peur et il est parti en direction du village. Une fois sur le goudron, ses traces se perdent. Tout a dû se passer pendant que Pierre cherchait à consoler sa sœur.

Faut tout remettre en ordre. Bien vérifier que les bêtes ne risquent rien. Ne pas trop penser.

Claire n'est pas couchée. La lumière de sa chambre est éclairée. Elle passe devant sa fenêtre à intervalles réguliers, comme un automate. Cette vision, dans cette nuit chaotique, a quelque chose de terrifiant.

Demain, Pierre enterrera le petit agneau. Il n'aura pas la force de l'écorcher pour le manger. Pour le moment, il le cache sous de la paille pour que Claire ne le voie pas. Dans l'état où elle est, ça ne peut lui faire que du mal.

Une fois à la maison, Pierre décharge le fusil et le

remet à sa place. Demain, il le cachera quelque part afin que Claire ne puisse pas le trouver.

Le souvenir de la grand-mère commence à refaire surface. Pierre se souvient de l'avoir vue, une nuit d'automne, à la lune, dans les champs plats qui bordent le chemin du plan des Aiguilles. Elle criait dans le silence froid, ses cheveux détachés flottaient sur sa robe de chambre blanche. Fernand, son fils, courait après. « Maman, Maman ! »

Elle se retournait, la bouche tordue par une grimace hideuse, le poing menaçant, l'œil luisant. Sa voix n'avait plus rien d'humain.

— Faut l'enfermer, Fernand. Faut l'enfermer !

— Demain j'appelle le docteur.

En montant l'escalier qui mène aux chambres, Pierre est pris d'une sorte de panique.

La porte de la chambre de Claire est fermée. Tout en faisant des allers-retours sur le plancher qui craque à chacun de ses pas, elle fredonne d'une voix de petite fille une drôle de chanson. On dirait une comptine. Pas un de ces vieux tubes ringards qu'elle apprécie par nostalgie.

Pierre remplit un verre d'eau et prépare un comprimé de Lexomil. Le dosage est assez fort pour endormir les plus insomniaques.

Au moment où il ouvre la porte, Claire cesse de chanter et le fixe, le regard éteint.

Il ne peut retenir un cri d'effroi.

Elle a passé la jupe écossaise, un pull de mohair à col roulé et une paire de bottes noires qu'elle portait l'année de son bac. Dans ce déguisement, elle semble sortir d'un chromo des années 1970.

Pierre ne sait plus quoi faire. Les mots n'arrivent

pas à sortir de sa bouche. Il pose le verre d'eau et le comprimé de Lexomil sur la table de nuit. Claire épie chacun de ses gestes. Il a l'impression qu'elle va bondir sur lui d'un moment à l'autre. Heureusement que la pratique de l'alpinisme lui a donné la faculté de surmonter sa peur dans n'importe quelle situation. La faire taire et ne pas la montrer. Il dit d'un ton ferme :

— Voici ton comprimé et un verre d'eau. Tu vas le prendre tout de suite et te coucher.

Claire obéit. Ses gestes sont étranges, semblables à ceux d'une personne qui souffre de troubles musculaires et qui tremble au moindre mouvement. Elle avale le somnifère et se couche immédiatement.

Pierre s'assoit près d'elle et lui caresse le front lentement, sans dire un mot. Le sommeil ne va pas tarder. Claire commence à cligner des yeux. Une grosse larme coule sur sa joue.

Elle n'est plus là, mais dans un pays imaginaire comme quand elle était enfant et qu'elle jouait dans le jardin en s'inventant des histoires de petite fille. Son père riait de la voir tourner en rond près de la cabane en parlant à un chevalier fictif. Marie Verdier n'aimait pas ça. Elle trouvait que ce n'était pas normal que sa fille n'aille pas jouer avec les autres enfants du village. Elle devait avoir peur que la maladie de la grand-mère ne revienne.

12

Quand Pierre sort de la maison, le jour est déjà levé.

Pendant la nuit, le vent du midi a laissé des nuages noirs partout dans le ciel. La température est remontée bien au-dessus de zéro. La neige commence à se transformer. En principe, elle doit se retirer une fois puis revenir et durer jusqu'au mois de mars. Toutes les traces vont disparaître avant que l'hiver ne recouvre à nouveau la terre d'un épais manteau blanc.

Pierre va directement à la bergerie pour enterrer le petit agneau. Puis il donne à manger et à boire aux bêtes.

Une mère s'est mise à l'écart. Capitaine s'est allongé à côté d'elle. Il veille sur son troupeau mieux que n'importe quel berger. La mère va mettre bas dans la journée.

Claire dort encore. Elle ne se réveillera pas avant midi. Pierre boit son café face à la fenêtre qui donne sur les champs en pente.

Un café fort. Pierre n'a pas vraiment fermé l'œil de la nuit, guettant chacun des bruits de la ferme.

La respiration de Claire était lourde, comme celle de leur mère quelques heures avant sa mort. Mais maintenant tout va bien. Elle s'est blottie contre le traversin et le serre. Rien ne pourrait la réveiller.

Dans la nuit, Pierre a caché toutes les cartouches et les balles qui traînaient dans la maison. Il a aussi planqué le fusil de son père et la carabine Merkel derrière les vieilles cages à lapin. Dans un renfoncement du mur. Personne ne peut les trouver.

Ce matin, il a pris la décision d'aller voir le médecin de Bourg-d'Oisans. Un copain du temps où il était guide. Un chic type. Il comprendra les troubles de Claire et donnera des conseils. Peut-être des médicaments.

Sur la place du village, la neige a déjà fondu. Le vieil Alfred traîne devant sa maison.

— Tu n'as rien entendu cette nuit ?

Alfred a le regard qui fuit. Il lève les yeux au ciel.

— Nom de Gu ! Avec ce vent, tous les bruits foutent le camp, dit-il. Rien entendu.

Pierre a l'impression qu'Alfred ment et qu'il a entendu le chien et lui quand il a crié. Il n'insiste pas et reprend sa route.

À Bourg-d'Oisans, il pleut déjà. Une pluie froide qui est venue dès que le vent a faibli. Le cabinet du docteur Marcelin se trouve à l'entrée du village, dans un chalet en bois qui n'est pas dans le style du pays.

Les consultations ont commencé depuis une heure. Dans la salle, il y a le vieux Marcel du village de Saint-Christophe. Pierre le connaît du temps où il était guide et où Marcel présidait le syndicat.

— Tiens, Pierre, dit Marcel de sa voix chantante. Content de te voir. Qu'est-ce que tu deviens ?

Marcel est le dernier d'une vieille dynastie de guides. Il n'a jamais compris pourquoi Pierre avait quitté le métier. De sa vie, il n'avait jamais vu ça. Un jeune qui pose le sac. Un jeune qui abandonne la cordée. Lui, l'ancien, considère cette profession comme un sacerdoce. Son brevet argenté ne quitte pas le revers de sa veste. Même à son âge.

— Je vais bien, Marcel. Et toi ?

— Oh, comme un vieux. Je fais mes quatre-vingt-cinq ans cette année. Alors, ça peut pas aller bien fort ! Et toi, tu es malade ?

— Non, rien de grave.

Le docteur Marcelin ouvre la porte sur ces entrefaites. Il adresse un clin d'œil à Pierre et invite Marcel à le suivre.

— Au revoir, Pierre. Monte donc jusqu'à Saint-Christophe, cet hiver. On prendra le temps de boire un canon. Ça nous ferait plaisir de te revoir.

Avant d'entrer dans le cabinet, Marcel s'arrête.

— Et puis ce printemps, on aimerait que tu t'inscrives à la compagnie des guides. Tu as encore l'âge.

— Je sais, Marcel.

Pierre a de l'admiration pour Marcel. Parce qu'il est de cette génération de types qui semblaient plus forts que la rocaille. Il était guide et paysan. Sa clientèle comptait pas mal de riches étrangers, des Anglais surtout. Il les menait à la Meije ou dans l'Olan par des itinéraires difficiles et exposés. Son bras n'a jamais failli. Il était impressionnant d'assurance. Ses clients l'adoraient. C'est un peu à cause de lui que Pierre est entré dans le métier. Son père ne voulait pas, sa mère encore moins. Elle disait que la montagne, ce n'était que du malheur. Elle n'avait pas tout à fait tort.

À l'époque où Pierre était jeune, il y avait encore deux ou trois anciens de la trempe de Marcel. Quand le gosse de Saint-Vincent allait boire un coup avec les copains au bar de Saint-Christophe, il observait les vieux sans oser leur adresser la parole.

Les anciens jouaient à la belote en sirotant des blancs limés. Pierre ne quittait pas des yeux leurs mains. Elles étaient fortes, musclées et longues. Le travail de la terre et le granit avaient façonné ces mains de géant. Aujourd'hui, quand Pierre regarde les siennes, il voit qu'elles sont aussi fortes, mais qu'elles ont failli. N'est pas un géant qui veut.

Au bout d'un quart d'heure, Marcel en a fini. Il sort en toussant. Pierre espère qu'il va tenir le coup et qu'il pourra le voir cet hiver. Il en a besoin à présent.

— Viens, Pierre, c'est à nous.

Claude Marcelin ne change pas. Il a toujours ce même sourire bienveillant et cette voix douce qui rassurent. Pierre l'a connu lors d'un sauvetage désespéré à la Dibona. Deux morts et un blessé. Claude a du cran. Il demande en s'asseyant derrière son bureau :

— Qu'est-ce qui ne va pas ?

Pierre a du mal à parler tout à coup. Sa gorge est nouée. Il regarde ses mains, comme si leur puissance lui était nécessaire. Mais elles tremblent. Les mains ne peuvent rien contre les troubles de l'âme. Finalement, il trouve quelques mots :

— Pas facile à dire ces choses-là, Claude. Je crois que ma sœur ne va pas bien. La tête.

Claude n'est pas un enfant du pays. Il ne connaît pas l'histoire sombre de la famille Verdier. Il a soigné Fernand et Marie jusqu'à leur mort, mais il ignore tout de la folie qui rôde dans la lignée.

— Parle-moi, Pierre. Je suis ton ami.

Le mot « ami » touche. Ça fait tellement longtemps

que Pierre ne l'a plus entendu. Il ne peut s'empêcher de fondre en larmes. Il n'a jamais beaucoup pleuré, même pas à l'enterrement de sa mère. Surtout pas devant quelqu'un. Il est usé jusqu'au plus profond de son âme.

Claude écoute tout ce qui est arrivé ces derniers jours. Pierre parle de sa grand-mère, de l'hérédité. Au bout de son récit, Claude se lève et pose sa main sur l'épaule de son ami.

— Il faut que je voie Claire.

— Elle dort en ce moment.

— Je vais monter avec toi.

— C'est urgent ?

— Oui, on ne sait jamais.

Pierre se sent déchargé d'un lourd fardeau. Sur la route, de temps à autre, il jette un coup d'œil dans le rétroviseur pour se rassurer. Claude est bien là. Quand ils arrivent à Saint-Vincent, il commence à pleuvoir. D'une pluie qui hésite à se transformer en neige.

Capitaine aboie dans la bergerie. Il a dû se passer quelque chose.

La porte n'est pas fermée à clé.

Ce doit être Claire qui l'a ouverte et ne l'a pas refermée.

Pierre file vers la maison, Claude le suit.

Claire n'est pas dans la cuisine. Dans la chambre non plus.

— Elle a dû sortir.

— Pour aller où avec un temps pareil ?

Pierre appelle. Personne ne répond. Il retourne à la bergerie. Personne. Il va voir où il a caché les fusils. Ils sont toujours là.

— Claire a disparu.

Claude ne dit rien. Il vient de comprendre.

Des traces de pas toutes fraîches montent dans la direction du plan des Aiguilles. Ce sont des petits pieds. Des pieds de femme.

Les traces de Claire.

13

— Je prends mon fusil. On ne sait jamais !

— Non, Pierre, nous sommes deux.

Les armes sont de mauvaises conseillères. Claude dit aussi que ça peut effrayer Claire.

Ils partent sur-le-champ. Pierre redoute que sa sœur ne soit allée vers les barres rocheuses et ne se soit jetée dans le vide. On racontait autrefois que la grand-mère de son père avait fini de la même façon. Dans l'état où se trouve Claire, tout devient possible.

Claude passe le premier et marche vite. Les traces de Claire se mêlent à celles, presque invisibles, d'il y a trois jours. Pierre ne voit pas les empreintes de l'homme qui a essayé de s'introduire dans la bergerie. En un sens, ça le rassure.

Au croisement des deux chemins, Claude s'arrête et s'accroupit. Les empreintes de Claire se dirigent vers le plan des Aiguilles.

— Continuons.

Claude se remet en marche et accélère. À ce rythme, les deux hommes auront gagné le plan des Aiguilles en moins d'un quart d'heure.

Pierre ne peut s'empêcher d'imaginer les pires

choses. Arrivé au plan des Aiguilles, il s'arrête. Les traces ont toutes disparu. Ses yeux scrutent la forêt de sapins. Il a vu quelque chose, mais ne le montre pas. Il dit :

— Séparons-nous. Va vers le torrent, moi je vais jeter un coup d'œil dans la forêt.

Au fur et à mesure que Pierre progresse, l'eau qui dégringole du glacier gronde davantage.

Dans un endroit plus à l'abri, Claude aperçoit des traces. Elles longent les buissons qui ont poussé sur les rives du torrent. Il s'arrête un instant pour inspecter ces marques puis poursuit son chemin. Il est au niveau d'un rocher dodu, à une bonne centaine de mètres.

Pierre, lui, a rejoint la forêt. Sa silhouette s'efface entre les grands arbres.

Claude avance jusqu'au rocher et s'immobilise, pétrifié. Des pieds se balancent dans le vide. Il lève les yeux. Claire est pendue à une corde d'escalade. Sa bouche violacée est tordue par une grimace hideuse.

Claude fait un pas en arrière et cherche Pierre. Le voilà qui s'en revient. À grandes enjambées qui soulèvent la poudreuse. Il semble avoir compris.

— N'approche pas, Pierre. N'approche pas. Je t'en supplie.

Pierre est immobile, bloqué par une force invisible. Et puis, tout à coup, il réalise. Ses jambes ne le portent plus, son ventre se serre. Il connaît ce qui lui arrive. C'est la deuxième fois de sa vie. Il faut trouver la force. Il faut qu'il puise dans ses dernières ressources.

Et il avance. Les poings serrés.

— Non, Pierre.

Il avance avec la force des géants. Claude s'écarte sur son passage.

Claire porte sa jupe écossaise. Il y a des gouttes de sang sur la neige. Sa jupe est légèrement relevée. Une corde est nouée autour de son cou fragile et le casse en deux.

Pierre n'a pas la force de crier. La souffrance est au-delà. Tout se bouscule dans sa tête. Le cauchemar de sa sœur, ses angoisses. Cette forme mouvante dans le brouillard, trois jours plus tôt.

Il s'approche de Claire, la saisit et la soulève.

— Aide-moi, Claude. On ne peut pas la laisser comme ça !

Claude grimpe sur le rocher. La corde a été nouée autour d'un tronc mort que les crues du printemps ont coincé entre les roches. Avec beaucoup d'effort, Claude défait le nœud. Il sait qu'il ne doit pas faire ça, que la gendarmerie va le lui reprocher, mais il ne peut pas refuser ce geste à Pierre.

Claire est détachée. Pierre l'allonge sur la neige. Ses mains ne tremblent plus. Il caresse son front déjà froid. Sa pauvre petite sœur qu'il a toujours protégée est étendue là.

Il a failli une fois encore.

Faut se relever. Son métier lui a appris à être fort. Quand on est guide, on affronte la mort plus d'une fois dans son existence.

La vision du corps sans vie de Claire ne l'impressionne pas. Il n'y a que son déguisement qui lui glace le sang.

Tout ça, c'est la faute à sa vie à Paris. À cette Vicky dont elle n'a cessé de rêver depuis qu'elle est ici. Pierre n'a rien compris. Il trouvait que sa sœur déplaçait avec elle les bruits et les miasmes de cette ville.

À l'écart, Claude téléphone. Les secours. Le peloton de gendarmerie de haute montagne. Le brigadier Constant est un copain de la promotion des guides de haute montagne. Il comprendra qu'on a détaché le corps. Pierre a fait ses classes avec lui. À Chamonix. C'est un géant lui aussi. Heureusement que c'est Constant qui vient.

Pierre enlève sa veste et recouvre le corps de sa sœur. Il ne veut plus la voir dans cet état. Claude lui adresse quelques mots. Il ne les entend pas.

La neige tombe à nouveau et recouvre tout.

Le silence. Un long moment.

Puis frappe le bruit de la turbine, le claquement des pales de l'hélicoptère de la gendarmerie.

À nouveau un grand silence.

Les gendarmes se sont sans doute posés à Saint-Vincent. L'appareil ne peut pas monter davantage à cause du mauvais temps. Dans moins d'une demi-heure, ils seront là.

La neige a déjà couvert d'un linceul le corps de Claire.

Les traces s'effacent lentement.

Inexorablement.

L'HIVER

14

L'adjudant Portal a reçu un ordre du lieutenant-colonel commandant la Section de recherches de la gendarmerie de Grenoble.

— Cette enquête, elle est pour vous.

— Merci, mon colonel.

Sans plus de précisions. Le chef ne se souvenait même plus du nom du patelin où s'étaient déroulés les faits.

Appel du parquet de Grenoble à 11 h 30, une heure que Portal n'aime pas à cause des aigreurs d'estomac. Une voix de femme. Une nouvelle. Mme la juge d'instruction. Cabinet 16. Ingrid Montaz. Une Savoyarde. Pas de doute avec un nom pareil. Froide et fière comme pas deux.

La conversation a été brève. Portal a noté. Une femme. Peut-être un viol. Un homicide. Le village de Saint-Vincent. Une portion de montagne, vers 2 000 mètres d'altitude, qui se nomme le plan des Aiguilles. À presque une demi-heure de marche de la dernière maison.

Et puis un nom : Claire Verdier. Un nom bien de l'Oisans.

Avant de raccrocher, Mme la magistrate a dit :

— Vous allez sur les lieux pour vous faire une idée et vous venez me voir. Je vous donnerai tout le dossier.

Ferme et efficace. Portal préfère.

Portal en réfère à son supérieur, qui lui explique que le reste de la SR va être mobilisé sur une affaire de criminalité organisée, la grande spécialité de Grenoble. Portal est nouveau, il va travailler en solo et le chef lui colle une magistrate autoritaire dans les pattes.

Il aurait aimé avoir cette affaire dès le début, mais dans cette cambrousse rien ne marche comme ailleurs. Les premiers procès-verbaux sont passés par un officier de police judiciaire, un gendarme de la compagnie qui couvre la zone de Bourg-d'Oisans. L'autopsie a été effectuée à Grenoble, avec un autre OPJ[1]. Bref, le foutoir. Portal arrive bon dernier dans le scénario.

D'ailleurs, il a toujours eu le sentiment d'arriver le dernier. Non pas qu'il soit abonné aux bancs du fond, mais parce que la vie en a voulu ainsi et ce n'est pas plus mal. Portal est le dernier de trois frères. Il est aussi le plus petit en taille, alors que les frangins sont de vrais mastards. Être le dernier, c'est donc un peu son lot. Il aime bien ce rôle du type qui vient après et qui dénoue toute une intrigue. D'ailleurs dans la fratrie, c'est lui qui a le mieux réussi.

Sorti de Grenoble, l'adjudant remonte la vallée de la Romanche. La montagne devient plus présente, les lignes droites sont plus rares. Le plafond de brume trace une longue ligne grise le long des épaules massives du relief.

1. Officier de police judiciaire.

Portal appelle le collègue qui a eu la charge de l'autopsie. Sur répondeur. Ça commence mal, se dit-il. Il se fiera au rapport.

Le décor qu'il traverse ne le porte pas à l'enthousiasme, plutôt à la nostalgie de son Paris natal. Être gendarme, c'est être provincial, avait dit un instructeur de l'école des sous-officiers. Tout de même, il y a province et province.

Portal n'aime pas perdre son temps en voiture. Il téléphone au brigadier Constant du PGHM[1], juste pour savoir comment s'est passée l'intervention auprès de Claire Verdier. Le sauveteur ne raconte que des banalités. La conversation dérive sur le frère de Claire.

— Pierre, je le connais bien, dit Constant. On est guides, tous les deux. Même promo à l'ENSA[2]. Un gros respect pour lui. C'était l'un des meilleurs de sa génération, avec plus d'une trentaine de grandes premières à son actif, sans parler du reste. Des trucs de dingues. De l'extrême et plus que ça ! Des hivernales en solitaire, une voie devenue mythique en quelques années, dans le Makalu.

— Le Makalu ?

— L'Himalaya.

— C'est pas rien ! Pourquoi parlez-vous de tout cela au passé ?

Le brigadier Constant souffle dans le combiné.

— Il a décroché. Un drame alors qu'il ouvrait une voie dans l'Olan, en face nord. L'hiver.

— L'Himalaya aussi ?

1. Peloton de gendarmerie de haute montagne. En charge du secours en montagne exclusivement.

2. École nationale de ski et d'alpinisme.

— Non. L'Isère. Une dizaine de kilomètres à vol d'oiseau de chez lui.

— Que s'est-il passé ?

— On ne le saura jamais vraiment. Il grimpait avec sa fiancée, Paola. Et voilà.

— Voilà quoi ?

Les questions de Portal dérangent Constant. Un fossé sépare les deux hommes. L'un sauve des vies, l'autre ne songe qu'à débusquer des criminels. Constant n'aime pas parler de ses sauvetages, surtout quand ils tournent mal.

— La jeune femme est morte d'épuisement. C'est moi qui suis allé la chercher. C'était moche.

— J'ai besoin de savoir.

À nouveau un silence.

— Ce sont les détails qui vous intéressent. Hein ! J'ai fait mon rapport. Je peux vous le transmettre, si vous y tenez tant.

— Ne le prenez pas sur ce ton, brigadier. Je suis officier de police judiciaire et je ne fais que mon travail.

— Ç'a été dur, dit Constant. Impossible de la treuiller. J'ai dû couper la corde et balancer le corps dans le vide. Presque huit cents mètres de chute. Voilà pour les détails.

— Et lui ? insiste Portal.

— Pierre avait laissé Paola sur une vire. Il était monté jusque sous le sommet. À même pas vingt mètres de l'arête. Au prix d'efforts inimaginables. C'est là qu'on l'a trouvé. Presque mort, je dois dire… Mais il est tellement fort.

— Il avait laissé sa fiancée. Elle était déjà morte ?

Constant réfléchit quelques secondes avant de répondre. Puis il dit :

— Personne ne le saura jamais.

— Et lui, qu'est-ce qu'il a avancé comme explication ?

— Il a dit qu'elle était morte, mais y en a qui pensent qu'il l'a laissée là et qu'il a cherché à sauver sa peau. Y a beaucoup de mauvaises langues et de jaloux dans le milieu du grand alpinisme.

— Et vous, qu'est-ce que vous en pensez ?

— J'ai rien à vous dire. Pierre est mon ami. Ce drame l'a détruit. Bien sûr qu'il n'a pas abandonné la femme qu'il aimait. Il faut être un salaud pour avancer une chose pareille.

Portal ne connaît rien au monde de l'alpinisme. Parisien pur jus, il a débarqué à la SR[1] de Grenoble deux mois plus tôt pour prendre le galon. États de service parfaits, pour ne pas dire excellents. Il a conduit des dizaines d'enquêtes en province. Pas un seul loupé. Il possède l'art de ficeler un dossier, connaît le code pénal sur le bout des doigts et la procédure par cœur.

— Merci, brigadier, conclut-il froidement.

Contre la Romanche qui s'étale dans son lit de rochers se dressent encore les installations hydroélectriques qui ont alimenté les anciennes usines de chimie. Les énormes tubes des conduites forcées pourrissent lentement. De grands panneaux publicitaires pour les stations de ski des hautes vallées occupent les façades délabrées des centrales.

1. Section de recherches. Unité de police judiciaire de la gendarmerie.

Plus haut, la vallée se rétrécit davantage. Entre les villages terreux de Gavet et de Livet, elle devient sombre et très étroite, juste de quoi flanquer quelques maisons et des immeubles bas pour loger le personnel des firmes qui ont décampé depuis un bon moment. Le coin le plus sinistre de la région. Les fantômes de l'industrie ne veulent plus le quitter.

Portal a l'impression de ne jamais sortir de ce défilé qui l'oppresse. Il aime être seul dans ses enquêtes, découvrir par lui-même, lever un à un les voiles qui recouvrent les tragédies.

Au bout d'une montée qui traverse un village désert, il aperçoit le panneau de signalisation Saint-Vincent, à moitié renversé par le chasse-neige.

Des avalanches ont déjà barré plusieurs routes qui mènent aux patelins perchés en altitude. La neige tombe sans discontinuer depuis deux jours. Portal a pris le Land-Rover de la brigade. Du solide. Pas question de tomber en rade dans ce trou. Il n'aime guère la montagne, surtout l'hiver.

La route n'a pas été dégagée. À deux reprises, le Land patine, ce qui n'est pas sans effrayer l'adjudant. Il préfère nettement la campagne à plat et n'a jamais aimé les séjours au ski.

Passé les premières maisons, il jette un œil sur ses notes. Il lui faut aller tout au bout du village. Au-delà, c'est la fin du monde qu'il considère comme acceptable. Le chaos des abîmes et des sommets inaccessibles. Pourtant, il faudra bien qu'il s'y aventure. Pour que la vérité jaillisse, Portal est prêt à tous les sacrifices.

Sur la place du village, une fenêtre dessine un carré

jaune dans le rideau de neige. Seule marque de vie depuis quinze kilomètres.

Portal regarde sa montre : 10 heures du matin. Le ciel est tellement bas qu'il faut éclairer.

Plus haut, une autre fenêtre. Une autre lumière. À côté, un bâtiment plus moderne, éclairé lui aussi. Portal se gare à proximité.

— Il y a quelqu'un ?

Pour toute réponse, la voix énorme d'un chien. Portal passe la tête par le battant supérieur du portail. Un clébard grand comme un âne, tout blanc, lui montre les dents. Une bête qui fait peur aux loups.

— Ne vous inquiétez pas. Il ne vous mordra pas tant que vous ne touchez pas au troupeau.

Portal se retourne vivement. Pierre Verdier se tient à quelques mètres de lui. Carrure d'athlète. Visage dur. Tourmenté. Regard battu par le chagrin. Verdier porte une chemise dont il a retroussé les manches. Le froid n'a pas de prise sur lui.

Portal se présente et tend la main. La poigne est plus que virile, un véritable étau.

— Vous me cherchez ?

— Je suis en charge de l'enquête sur la mort de votre sœur.

Pierre Verdier le dévisage. Portal n'a jamais vu pareil regard. Il y a tant de force et de tristesse à la fois qu'il en ressent un certain malaise et détourne les yeux.

— Qu'est-ce que je peux faire pour vous ?

— Je suis venu, tout seul, pour avoir une première impression. C'est très important pour moi.

Pierre tourne les talons et dit simplement :

— Venez. Entrons dans la maison.

Portal le suit. Il se demande ce qu'il va bien pouvoir tirer du type qui marche devant lui. Une fois à l'intérieur, Pierre lui propose un café, un blanc ou un verre de gnôle, c'est tout ce qu'il a. Le militaire refuse poliment.

— Puis-je voir les affaires de votre sœur ?

— Bien sûr. Sa chambre est à l'étage. La première à gauche. Allez-y sans moi. J'ai pas la force.

L'adjudant regrette tout à coup d'être venu seul. L'homme devant lui le domine, l'écrase presque. C'est un meneur. D'ordinaire, l'uniforme impressionne, mais, dans le cas présent, rien ne va comme prévu. En songeant à l'amabilité d'un Constant, Portal se dit qu'il aurait mieux fait de venir avec un gendarme qui connaît bien le milieu de la montagne.

— Bien, dit-il. Ce ne sera pas long.

— Parfait, répond Pierre Verdier. Je dois monter à la bergerie. C'est la saison des agneaux et je veille sur les mères.

15

Savoir fouiller est tout un art, parfois un don. Portal se fie souvent à ses intuitions. Il a le talent.

Une première vérité le frappe. L'impression d'entrer dans la chambre d'une petite fille. Un être qui a refusé de grandir.

Dans un tiroir, des 45 tours, des vieux tubes des années 1980. Des cassettes audio, des compilations, un vieux walkman Sony, bleu pétrole.

Portal jette un coup d'œil à l'armoire. Des vêtements démodés, du linge de maison rose ou vert pâle, le tout parfaitement rangé.

Dans la commode, de la lingerie fine. Dentelles et soie, des marques de luxe. Portal se dit que quelque chose cloche. Des vêtements démodés d'un côté et du chic de l'autre. Le suranné et le frivole. Le gendarme ne peut pas fouiller davantage. Une perquisition serait peut-être nécessaire.

Portal redescend dans la salle commune.

La pièce est rustique. Une table ronde proche de l'unique fenêtre, quelques vieux meubles parfaitement astiqués. Un calendrier du chasseur français et une antique chaîne hi-fi avec tourne-disque.

Portal détaille les disques. Du classique de très bon goût et beaucoup de baroque, Bach, Haendel, Purcell, Byrd, Marais, de la viole de gambe… Sainte-Colombe en bonne place.

Le gendarme s'attendait à Johnny ou Sardou, au mieux Brassens, il tombe sur la parfaite discothèque du mélomane averti. De quoi le rendre jaloux.

Tout va être compliqué dans cette affaire, se dit-il. Sur la platine est posée l'intégrale des suites pour violoncelle de Bach par Paul Tortelier. Une version de vrai connaisseur, un faux aurait du Rostropovitch, comme tout le monde.

Portal sort de la maison et se dirige vers la bergerie.

La neige a cessé de tomber.

Pierre est à genoux sur la paille et tient dans ses mains un petit agneau qui vient juste de naître. Il donne l'impression de bercer un bébé. Au premier grognement de Capitaine, il lève les yeux et aperçoit le flic.

— C'est vous qui écoutez Tortelier ? lance Portal.

— Qui voulez-vous que ce soit ? grogne Pierre en déposant l'agneau à côté de sa mère.

— Moi aussi j'aime le violoncelle et la viole de gambe.

Pierre ne répond pas. Regard hostile, visage tendu. Portal n'insiste pas sur le registre de la familiarité musicale.

— Pourriez-vous me montrer le chemin qui mène au plan des Aiguilles ? demande-t-il.

Pierre enjambe la claie et sort de la bergerie. Portal le suit, en prenant soin de ne pas foutre un pied dans le purin qui s'est mélangé à l'eau de fonte.

— Ce n'est pas difficile, dit Pierre. Mais avec cette neige, vous allez avoir du mal à monter.

— Ce n'était pas mon intention, je voulais juste me faire une idée. C'est loin d'ici ?

— Le panneau indique une heure et demie, mais il faut une demi-heure, en marchant bien.

— Pourquoi le plan des Aiguilles ?

— Je ne sais pas pourquoi on l'appelle le plan des Aiguilles. C'est peut-être parce que de là, on voit mieux nos trois dames.

— Trois dames ?

— Oui, les Aiguilles…

Portal fixe un long moment le chemin encore visible malgré la couche de neige. Au bout d'une centaine de mètres, il disparaît dans le brouillard, telle une énigme.

Comment Claire Verdier a-t-elle été entraînée là-haut ?

De la réponse à cette question dépend la vérité sur son martyre.

Portal a bien noté qu'elle était montée de son plein gré. Enfin, c'est ce que lui ont affirmé les gendarmes. Il se fera une idée par lui-même.

Pierre est retourné dans sa bergerie sans dire un mot. Il a refermé la porte derrière lui.

Portal rejoint sa voiture et en profite pour jeter un œil à son téléphone portable. Deux messages, l'un de sa mère, qui s'inquiète de son état de santé, et l'autre d'Ingrid Montaz, qui a décidé de monter jusqu'à la brigade de Bourg-d'Oisans. Elle souhaite faire une réunion avec les gendarmes concernés par l'affaire Verdier. Le message date d'une heure. Portal a tout juste le temps de descendre au bourg.

Ingrid Montaz est une petite femme blonde aux yeux noirs extraordinairement vifs. Séduisante et redoutable à la fois. Portal ne l'a jamais croisée auparavant. Elle a la réputation d'être très rigoureuse et de connaître le code de procédure pénale sur le bout des doigts. Elle aime particulièrement se rendre sur le terrain et suivre de près les enquêteurs qui travaillent sous sa direction.

— Vos impressions ? demande-t-elle en plongeant son regard dans celui de Portal.

— Premier contact avec le frère. Très difficile. C'est une espèce de brute qui vit très mal la mort de sa sœur et qui n'a pas l'intention de vraiment collaborer avec nous.

— Nous verrons cela plus tard, dit Montaz. Je vous ai apporté le dossier.

Elle tend au gendarme une chemise cartonnée.

— Voilà le rapport d'autopsie. Jetez-y un œil et dites-moi ce que vous en pensez.

Sur la première page, le légiste a fait un résumé de son travail. Morte par strangulation. Pas de viol. Pas de toxiques. Aucune trace d'alcool. L'heure de la mort remonte à environ 8 heures du matin. Portal passe rapidement sur les photos. Avant le repas, il préfère en rester au texte.

— Aucune remarque, dit-il en refermant la chemise.

— Pareil pour moi, ajoute la juge. Regardez ça...

Elle tend une autre chemise. Le rapport des techniciens des scènes de crime. Portal passe rapidement sur les circonstances de l'intervention et va directement aux photos. Ce qu'il voit le confirme dans ses craintes : tout va être difficile.

— Jolie femme, remarque Ingrid Montaz. Pas vraiment à la mode.

Un déguisement, pense le gendarme. Mais pour quelles raisons ? Un rituel ?

— Qu'en pensez-vous ?

— Rien pour l'instant.

— Mouais, dans la neige et à je ne sais plus quelle altitude ! Pas de viol.

— Elle a été déguisée sur place, si je puis dire.

— Vous croyez ?

— Je ne crois pas, je constate. Les chaussures… Impossible de faire trois pas dans la neige avec une paire de bottes pareille !

— Incohérent, en effet !

Portal hausse les épaules. En plus de vingt ans de carrière, il a tellement vu de situations irrationnelles qu'il est en quelque sorte blasé. Pour lui, tous les crimes de cette espèce ont une origine sexuelle. Il a potassé plusieurs bouquins de criminologie, s'est frotté au savoir des psychiatres, le constat est toujours le même : la pulsion assassine. Le sexe.

La tenue dans laquelle se trouve la victime a de quoi soulever des questions. Une jupe écossaise qui arrive juste au-dessus des genoux, un pull de mohair, des bottes noires. Pas de bijoux.

Une photo retient l'attention de l'enquêteur. Une empreinte de pied. Taille 41. Juste sous le corps de Claire Verdier. La seule empreinte que la neige n'avait pas réussi à effacer. Les techniciens ont bien fait leur travail. Il s'agit d'une trace laissée par une semelle de marque Vibram, le modèle le plus répandu parmi les chaussures de randonnée et d'alpinisme.

— Alors, monsieur Portal ?

— Rien, madame la juge. Je crois qu'il est beaucoup trop tôt pour établir un quelconque scénario.

— Parfait. Je vous laisse travailler.

Ingrid Montaz se lève aussitôt. Dans le mouvement, une note de parfum poivré vient titiller les narines de Portal. Ingrid ne porte pas d'alliance.

Portal a une intuition. Une intime conviction, comme dit le code. Il veut la suivre avant de changer d'avis. Et son intime conviction possède un nom : Pierre Verdier.

Il a découvert, en interrogeant les voisins et le notaire de la famille Verdier, que Pierre est l'héritier de sa sœur. Portal fait les comptes : la moitié de la ferme appartenait à Claire, son appartement à Paris, ses économies… Pour un paysan tel que Pierre, cela représente une fortune. L'adjudant ne peut pas ignorer que l'argent est un mobile parfait.

Il fouille ensuite dans la vie de Pierre. Un simple coup de fil à un journaliste qu'il connaît a suffi pour qu'il lève le voile sur la personnalité de l'homme qu'il soupçonne.

La carrière sportive de Pierre avait bien commencé. Les voies qu'il avait ouvertes dans les Alpes et dans l'Himalaya lui avaient assuré la renommée et surtout la manne des sponsors. Il avait gravi les échelons, année après année, sans aucune erreur de parcours. Sa voie la plus célèbre, qu'il a nommée « Pitié pour nous », a été tracée en face nord du Makalu, directissime. 8 463 mètres d'altitude. Première hivernale sans oxygène.

Portal va faire un tour sur le Net et découvre la pyramide du Makalu. Quelques photos disent l'enjeu d'une telle performance. Il semble au gendarme qu'il n'y a rien d'humain dans ce duel entre un être minuscule et une montagne au-delà de toute humanité.

La spécialité de Verdier : les courses de très grande envergure qu'il parcourait sans se soucier de la météo. Pour l'Himalaya, il préférait les budgets réduits et des retombées médiatiques énormes. TF1, *Paris Match*… Sa compagne, Paola, gérait les affaires. Il partait le plus souvent en solitaire. Juste quelques sherpas jusqu'au camp de base.

Deux ou trois journalistes un peu aigres avaient relevé que Pierre se plaisait à partir avec le mauvais temps pour braquer le regard des médias sur lui. Il avait échappé à plusieurs catastrophes et s'était attiré à la fois les plus vives critiques et l'admiration de ses pairs. Tant qu'il gagnait, tout allait bien.

Jusqu'au jour où le géant des cimes avait trébuché. La presse s'était déchaînée contre lui. Il était devenu la tête brûlée qui avait franchi les limites de l'acceptable.

En fin d'après-midi, Portal téléphone à plusieurs journalistes qui ont rédigé des articles sur Pierre Verdier. Tous le décrivent comme un orgueilleux, capable du pire pour se faire mousser.

Il était temps que quelque chose ou quelqu'un mette un terme à sa carrière !

En l'occurrence, ce fut la mort d'une femme : Paola Berg, l'héritière d'une grande famille d'industriels de sport alpin. Le principal sponsor de Pierre Verdier.

Une image plus complexe se dessine de Pierre Verdier. Portal l'imaginait en paysan monolithique, à peu près aussi sensible qu'un tronc d'arbre. Il se retrouve face à un homme dont la vie est tout en ombre et lumière.

— C’est un homme violent, assène le dernier journaliste à qui Portal téléphone.

— Pourquoi ?

— Un jour où je voulais faire un papier sur lui, je suis allé jusqu’à Saint-Vincent. C’était après le drame. Il m’a reçu à coups de fusil. Ma voiture a pris du plomb.

— Vous avez déposé plainte ?

— Non, dans le métier ça ne se fait pas trop, pour deux petits impacts. J’ai mis ça sur le compte de son chagrin et du choc qu’il avait subi. Mais j’ai eu peur.

Portal note.

Le journaliste conclut :

— Ce jour-là, j’ai vu une bête devant moi. Une bête fauve.

16

La gendarmerie est à Saint-Vincent. Un break bleu est garé à quelques pas de la maison des Magnin.

— Dites-moi exactement ce que vous avez vu ?

Alfred Magnin siffle entre ses dents.

— Le Pierre est descendu vers les 9 heures.

— Vous pouvez être plus précis…

Nouveau sifflement. Alfred, tandis qu'il parle ou qu'il réfléchit, ne quitte pas des yeux la maison Verdier, à une centaine de mètres devant lui.

— Pas loin de 9 heures. Peut-être un peu après. C'est l'heure où je donne aux bêtes. Elles ont les agneaux, en ce moment. C'est tout un travail…

Portal enregistre.

— Et votre sœur ?

— Elle ne bouge plus de son fauteuil.

— Malade ?

— Elle est vieille et elle a toujours été fainéante.

— Rien vu d'autre ?

— Non.

Magnin n'a pas détaché ses yeux de la maison Verdier. Portal a l'impression qu'il vient de lui réciter une leçon apprise par cœur ou qu'il redoute quelque chose. Pour l'instant, son témoignage dit que Verdier a quitté son domicile une heure environ après la mort de sa sœur.

L'adjudant fait quelques pas dans le village. Histoire de se dégourdir les jambes et d'essayer de comprendre une mentalité.

L'église est à l'écart sur un monticule. Un clocher sans histoire, une nef sans charme. Le cimetière la jouxte, minuscule nécropole qui surplombe une vallée sauvage, longue et profonde qui remonte vers le col de la Casse. À cheval sur les deux versants, un hôtel d'une dizaine de chambres a été construit dans les années 1960. Moche au possible, un toit à une pente, des murs plaqués d'écoins que le soleil a cuits.

Portal songe aux images du Makalu et du K2, si loin d'ici. Il a vu des articles de *Match* qui parlent de Verdier. Des vidéos sur le Net. Il faut une sacrée dose d'orgueil pour aller si haut. Avant de tout arrêter, Verdier envisageait une première à l'Everest. Un truc de dingue, à sa mesure. Quelque chose de solitaire et de rapide. Encore jamais vu.

Entre cette vallée tassée parmi des montagnes sans renommée et le prestige du grand Himalaya, Portal essaie d'imaginer le parcours d'un homme. Difficile quand, comme lui, on vient du 11e arrondissement de Paris.

Pour le Parigot, les maisons de Saint-Vincent montrent des gueules renfrognées. Des mines d'exode. Il revient sur ses pas et fait signe à Bernard Marceaux, l'autre militaire qui l'accompagne, de le suivre.

— On va interroger Verdier.

Marceaux coiffe son képi et suit son supérieur. Le frère de Claire vient de sortir de la bergerie et se dirige vers la maison, indifférent aux deux flics qui viennent à sa rencontre.

— Monsieur Verdier !

Pierre s'arrête. Fourre sa main droite, celle qui dit bonjour, dans sa poche. Il fixe ses visiteurs l'un après l'autre. L'œil perçant, plein de défiance.

— Entrons.

Portal s'installe à la table face à Pierre, Marceaux à sa gauche. Les deux gendarmes sortent tout un tas de documents et font cliquer leurs stylos.

— Nous sommes venus vous entendre dans le cadre de la commission rogatoire de Mme la juge Ingrid Montaz…

— Passez votre salade et faites votre boulot, coupe Pierre. Qu'est-ce que vous voulez savoir ?

Marceaux s'empourpre. Portal encaisse et attend son heure. Il dit :

— Juste pour vous signifier que ce que vous allez nous dire sera porté sur un procès-verbal d'audition et que vous devrez le signer. On peut continuer ?

Pierre se contente de grogner, les deux coudes posés sur la table.

— Je crois que vous vous levez tôt le matin ? demande Portal sans dévisser son regard des documents étalés devant lui. À quelle heure vous êtes-vous levé, le matin où votre sœur a été assassinée ?

— Vers les 5 heures, répond Pierre, qui, tout à coup, n'a plus aucun souvenir précis de ce lever.

— Votre voisin vous a vu partir aux alentours de 9 heures. Qu'avez-vous fait entre 5 et 9 heures ?

Pierre cogite. Il ne faut pas être grand clerc pour comprendre que le flic le soupçonne.

— Je suis allé à la bergerie. En ce moment, c'est

la période des agneaux. Il m'arrive même de passer des nuits blanches.

Une pendule sonne les 4 heures de l'après-midi. Marceaux lève les yeux et aperçoit de part et d'autre du carillon deux têtes de chamois naturalisées.

— Vous êtes chasseur ? demande-t-il.

— Ces deux-là, répond froidement Pierre, c'est mon père qui les a tués.

— Vous n'avez pas répondu à ma question, insiste Marceaux.

— Je suis chasseur.

Du regard, Marceaux cherche les armes qu'il doit croire forcément suspendues au mur. Pierre le remarque et lui dit sèchement :

— Ma carabine et mon fusil sont cachés quelque part. Au cas où…

— Au cas où quoi ? demande Portal en levant les yeux vers lui.

— Au cas où quelqu'un voudrait s'en emparer pendant mon absence, répond Pierre.

La lumière du jour a faibli. Marceaux jette un regard vers la fenêtre. Un rideau de neige fine voile le décor d'arbres nus et de champs transis. Une paire de merles noirs vole de clôture en clôture, seules traces de vie dans ce monde immobile.

Portal note quelques lignes sur son procès-verbal.

— Vous ne vous êtes pas arrêté, une fois parti vers Bourg-d'Oisans ? demande-t-il.

— Non, je n'avais aucune raison de le faire.

— Quand vous êtes parti, où se trouvait votre sœur ?

— Dans sa chambre.

— Vous en êtes sûr ?

— Je ne vois pas où elle pouvait être !

Marceaux va pour dire quelque chose, mais d'un clin d'œil, Portal l'arrête net.

— Donc, pour résumer : vous quittez Saint-Vincent à 9 heures avec la certitude que votre sœur est dans sa chambre en train de dormir. Vous ne vous demandez pas si elle dort réellement.

— Non, pourquoi l'aurais-je fait ?

Portal ne relève pas. Il se contente de noter.

Le jour a encore baissé. Il a l'impression tout à coup d'assister à une veillée mortuaire.

Pierre se lève et se dirige vers l'interrupteur. Une lumière douceâtre tombe soudain d'une lampe à abat-jour suspendue aux grosses poutres noires.

— Je dois aller m'occuper de mes bêtes, dit Pierre sans se rasseoir.

— Auparavant, vous devez signer ce procès-verbal d'audition.

Verdier ne relit même pas et gribouille au bas de la page.

Portal fait signe à Marceaux de lever le camp.

L'entretien est terminé. Pierre ne prend pas le temps d'écouter leurs mondanités de flics et passe son manteau pour sortir. Une fois devant la porte, un craquement sourd, comme une explosion lointaine, leur parvient depuis les montagnes que la neige dissimule.

— Qu'est-ce que c'est que ce bruit ?

— Un sérac qui s'est brisé, répond Pierre. Ça vient du glacier du Plan.

Portal boutonne son blouson et marche jusqu'à la voiture en prenant soin de ne pas glisser sur la neige qui forme déjà un tapis poudreux.

— On le tient, dit-il en grimpant dans le Land-Rover.

— Tu penses ?

— Je ne crois pas une seconde à son histoire de bergerie. Il est allé voir le docteur Marcelin et lui a raconté des salades, juste pour se couvrir.

— C'est un bon client, marmonne Marceaux en faisant demi-tour. Je ne vois pas qui d'autre…

Portal pose son képi sur la banquette arrière et essuie la buée sur la vitre de sa portière.

— Les suspects sont plutôt rares dans ce putain de pays.

— Il y a ce type qui s'est évadé de l'asile. Paraît que Verdier a téléphoné un soir parce qu'il a cru voir quelqu'un dans les parages.

— Oui, c'est noté sur le P-V… Le collègue lui a répondu que ce type avait été repris. Il a été récupéré deux jours avant la mort de Claire.

La route est glissante. La neige a redoublé depuis qu'ils ont quitté Saint-Vincent. Entre chien et loup, les phares du Land-Rover découvrent des ombres fugitives.

— De toute façon, ce ne peut pas être ce type, assène Portal.

— Tu crois ?

— Oui. À cause de la mise en scène et de la distance à parcourir. Claire est allée là-haut de son plein gré. Et elle y est allée avec son frère.

Un instant, Marceaux se demande si son supérieur ne va pas un peu trop vite en besogne, mais il concentre toute son attention sur la route car il n'a pas l'habitude de conduire sur la neige.

— Verdier, c'est un raté, ajoute Portal. Un orgueil

blessé. Un type dont l'ego a explosé et qui cherche à recoller les morceaux de sa personnalité. Il voulait se mesurer aux plus hauts sommets, a réussi et a sombré, de la manière la plus dramatique qui soit. Voilà pourquoi c'est un bon candidat.

Avant de s'engager sur la départementale, Marceaux devine une silhouette. Au-dessus de la route, entre les arbres. Quelqu'un les épiait et s'est carapaté à peine le gendarme a posé ses yeux sur lui.

— Pourquoi tu freines d'un coup ? demande Portal.

— Je ne sais pas. J'ai cru voir quelque chose. Je veux dire quelqu'un.

Portal hausse les épaules.

— Il n'y a personne par un temps pareil. Même les animaux ne mettent pas le nez dehors. À part les brutes comme Verdier, qui veux-tu croiser à cette heure ?

Marceaux va pour répondre, mais la radio qui relie les véhicules de patrouille de la gendarmerie se met à crachouiller. D'un geste sec, Portal coupe le son.

17

Pierre se retrouve seul dans la bergerie, sans personne à qui parler. Capitaine le regarde, allongé sur sa litière de paille.

Il neige de plus en plus, de gros flocons comme souvent quand il y a eu un coup de redoux. Les bêtes n'arrêtent pas d'appeler. Elles n'ont pas eu à manger depuis trop longtemps. Il va falloir deux heures pour s'occuper de tout le troupeau.

Une mère est en train de mettre bas. Elle a des difficultés, son petit ne veut pas de la vie. Pierre doit être patient, attendre qu'il passe un peu mieux la tête pour le sortir.

Et il pleure tout à coup, parce que Claire aimait donner la vie aux agneaux.

Claire est à l'institut médicolégal de Grenoble. Ils l'ont charcutée.

Pierre va se réfugier dans sa chambre. Assis sur son lit, il essaie de ne pas penser à ça, l'image du bistouri qui entre dans le corps froid de Claire, les mains gantées qui trafiquent dans son ventre. Dieu sait ce qu'ils lui ont fait. Des saloperies de flics. De types maniaques.

Il faut retrouver cette Vicky. Et ce type qui chausse du 41 et a laissé des traces partout avant que la neige ne les efface. Lui, il faut le retrouver et le tuer. Il n'y a pas d'autre solution. Et ce jour-là, il ne faudra pas faillir.

Pierre n'a pas dit au flic qu'il avait pris l'empreinte en photo. Ça ne lui est pas venu à l'esprit. Il ne lui a pas dit non plus que quelqu'un avait visité la bergerie la nuit précédant le meurtre de Claire.

Tout cela a rendu Pierre nerveux. Visiblement, Portal ne l'a pas écarté de sa liste de suspects. Bien au contraire. Ce flic est un vicieux.

Pierre n'a pas parlé du cauchemar et encore moins des visions ou des voix qu'il a entendues dans la nuit. Les gendarmes l'auraient pris pour un fou et ils l'auraient soupçonné davantage.

Pas normal de voir en songe sa propre mort. Donc il s'est tu.

Quand ils ont demandé pourquoi sa sœur était vêtue de la sorte avec le froid qu'il faisait, il a joué celui qui ne comprenait pas. Qu'est-ce qu'il pouvait dire d'autre ?

Le fusil est appuyé contre la tête du lit.

Pierre sait qu'il ne dormira pas cette nuit. Il aimerait pleurer à nouveau, foutre la rage hors de lui.

La colère verrouille tout. Il n'a plus rien. Il ne reste que les bêtes. Une centaine de brebis, des chèvres et un chien. Et cette terre qui le retient prisonnier et cette vallée qui sera son tombeau.

Pierre va dans la chambre de Claire. Son odeur rôde encore dans les draps. Il n'a rien touché dans cette pièce, rien fouillé.

Claire avait voulu peindre les murs d'une belle

couleur vert pâle, à la chaux, comme cela se faisait autrefois. Elle avait astiqué les vieux meubles, une commode et une armoire, un héritage de la grand-mère folle.

Pierre ouvre l'armoire avec le sentiment d'accomplir un geste sacrilège. Qu'importe, c'est pour la bonne cause.

Les deux tiroirs du bas sont remplis de linges qui datent de l'enfance de Claire. Il reconnaît les pantalons et les jupes qu'elle portait quand elle allait en pension. Il s'en souvient bien parce qu'il venait souvent lui parler lorsqu'elle faisait sa valise. Parfois, ils se chamaillaient. Pierre se moquait de ses drôles de goûts. Il lui disait qu'elle n'était plus une petite fille et qu'elle devait s'habiller autrement. Ça mettait Claire dans un état pas possible. Pierre disait ça parce qu'il avait peur de la folie. Instinctivement, car il ne savait pas grand-chose de la maladie de la grand-mère.

Sur les cintres pendent des chemisiers que Claire ne portait plus depuis des lustres. Et puis quelques affaires de montagne. Quand elle venait à Saint-Vincent pour ses vacances, elle aimait passer ces vieilleries, ça lui rappelait le temps où elle vivait ici.

Dire qu'il a laissé le flic voir tout ça ! Il s'en veut. Mais il se pardonne en pensant qu'il a cru que c'était pour établir la vérité sur la mort de Claire. Maintenant, il jure qu'il ne faut rien dire à cet adjudant madré.

Dans la commode, il y a de la lingerie. Pierre n'ose pas regarder. Trop d'intimité tout à coup. Il a l'impression que l'esprit de Claire rôde autour de lui et qu'il l'observe.

Rapidement, il plonge sa main dans le tas de culottes et de soutiens-gorge pour voir si elle n'y avait pas dissimulé quelque chose. Rien. Il essaie dans le deuxième tiroir.

Une boîte à bijoux qu'il ne connaissait pas.

Deux paires de boucles d'oreilles et une bague avec un beau rubis qu'il ne lui avait jamais vues et qui ne viennent pas de sa famille.

Sous les bijoux, une photo d'identité dont les couleurs ont passé. Une jeune femme blonde. Très beau visage.

Pierre retourne le cliché. Quelques mots sont tracés derrière : « Athènes. Pâques 1992. »

Claire était allée en voyage dans la capitale grecque à cette période. Ce devait être la même année. Elle en était revenue enchantée. Pendant des jours, elle avait parlé du Parthénon, du quartier de la Pláka et puis de l'île de Santorin où elle était allée car l'amie avec qui elle voyageait possédait de la famille là-bas. Pierre avoue que ça l'avait fait rêver, lui aussi. Cette mer et ce ciel bleu. La civilisation ancienne dont il ignorait tout. Il avait même songé à faire le voyage à son tour.

À l'époque il était déjà guide. Son père et sa mère s'occupaient de la ferme. Il aurait pu partir où il voulait. Il ne l'a pas fait. Peut-être que c'était de la peur.

Il referme la boîte à bijoux et la pose sur le lit. Rien d'autre dans la commode. Ni dedans ni dessous.

Cette photo l'intrigue.

Et si Vicky était cette jeune fille ?

Claire avait souvent dit que celle qui lui avait fait découvrir la Grèce était sa meilleure amie. Elle avait dit son prénom, mais Pierre ne se le rappelle plus. Ça remonte à loin. Ce n'était pas Vicky, il se serait souvenu de ce prénom pas comme les autres. Un prénom de star ou de femme mystérieuse. En tout cas, un prénom qu'on retient.

Leur mère voulait que Claire invite son amie à Saint-Vincent, pour rendre la pareille. Elles en avaient longuement discuté. Pierre croit se souvenir que Claire avait honte de faire venir une amie parisienne dans une vieille ferme perdue dans les montagnes.

Claire a fait d'autres voyages en Grèce. Un jour, tout s'est arrêté et plus jamais elle n'en a parlé. Ni avec son frère ni avec les parents. Il avait dû se passer quelque chose.

Pierre quitte la chambre en laissant la lumière allumée derrière lui. Il n'a pas peur des ténèbres, mais ce soir, il doit s'avouer que cette maison et les souvenirs qu'elle contient l'oppressent. Le moindre craquement le fait presque sursauter. Non pas de trouille, mais de nervosité. Il est en train de se fissurer. Lentement.

Dans quelques jours, il va devoir aller à Grenoble, cette ville qui lui a pris sa sœur. Comme ils disent dans leur jargon dégueulasse de flics : ils restitueront le corps de Claire.

Pierre n'aura plus qu'à l'enterrer à côté de son père et de sa mère et de la grand-mère folle. Il fera dire une messe à Saint-Vincent, s'il arrive à débusquer un curé ou un diacre. L'église n'a pas été ouverte depuis l'enterrement du vieux Clément qui a cassé sa pipe à quatre-vingt-treize piges. Il y a dix ans.

Pierre est tout seul pour s'occuper des formalités. Il faut téléphoner au travail de Claire. Dire aux uns et aux autres ce qui est arrivé, en trichant un peu avec la vérité. Un assassinat ne se raconte pas aussi facilement.

Il devra aussi monter à Paris pour tout mettre en

ordre. Vendre l'appartement et régler les affaires de succession. Il y a quelque chose d'obscène dans ces démarches. S'enrichir grâce à la mort…

Claire avait rédigé un testament faisant de son frère son unique héritier. Le notaire de Bourg-d'Oisans a ces papiers dans son coffre.

Tout ça donne le tournis. Le vertige. À Pierre qui est homme d'abîmes ! Il a l'impression de naître à nouveau dans une vie qui n'est pas la sienne.

Il préférerait mille fois se retrouver dans une face nord, en solitaire, avec pour seuls compagnons le vide, la glace et le rocher rugueux. Cette vie de tracasseries administratives l'effraie.

Mais il va tenir bon. Il sait toutes les erreurs qu'il a faites et il va tenir bon.

Parce qu'il y a la vengeance.

18

Pierre y songe depuis deux jours. Le nom de Michel Cros s'est imposé à lui. Alfred en a parlé le premier. Un nom et un personnage, d'abord une silhouette fugitive, indéfinie, sortie de sa mémoire, puis une ombre qu'il a cru voir alors qu'il se promenait avec sa sœur.

Il doit en avoir le cœur net. La maison des Cros n'est pas loin, à cinq cents mètres vers le bas du village. Y aller sans être vu n'est pas un problème, tellement Saint-Vincent est désert. Suffit de biaiser avec les Magnin.

Pierre décide de prendre sa voiture, un vieux Toyota Land Cruiser qu'il entretient vaille que vaille depuis une vingtaine d'années. Il le laissera dans un coin, non loin de la maison des Cros, à l'abri des regards.

Reste la neige. Impossible d'aller dans cette maison sans laisser des traces derrière soi. Heureusement qu'il s'est remis à neiger. Les flocons qui tombent dru effaceront l'essentiel, mais ce n'est pas suffisant. La neige est un véritable piège. Si Portal pousse son enquête jusqu'à l'ancienne ferme des Cros, il tombera sur les traces de Pierre.

Tant pis, se dit Pierre. Il trouvera bien une explication si jamais on l'interroge.

À 8 heures, il tape à la porte des Magnin.

— Bonjour, Alfred ! La neige n'arrête pas !

— Nom de Gu ! Bientôt on pourra plus bouger… Ça fait craindre les avalanches !

— Je descends au bourg, tu as besoin de quelque chose ?

Alfred réfléchit un instant.

— Faudrait du pain ! lance sa sœur qui doit être assise, comme toujours, dans la pénombre de leur maison. Et des saucisses !

— Bon, dit Pierre, une tourte et des diots.

Alfred hoche la tête plusieurs fois, le regard illuminé, comme si Pierre allait mettre un terme à une disette sans pareille.

— À tout à l'heure.

Pierre remonte dans son Land Cruiser et descend jusqu'au bas du village. Près du transformateur d'EDF, il se gare à l'abri des curieux.

La maison des Cros est à quelques pas. Il commence par en faire le tour après avoir couvert ses chaussures de sacs-poubelle pour ne pas laisser d'empreintes lisibles.

La neige est semblable à un grand livre à qui sait la lire. Et Portal et ses sbires font partie de ceux-là.

Devant la porte de l'écurie, des empreintes de pas par dizaines. Certaines vont de l'intérieur vers l'extérieur, d'autres dans le sens contraire. La pointure est identique à celle qu'il a vue près de la bergerie et sur le sentier du plan des Aiguilles. Même enfoncement dans la neige, même poids.

Le type qui est venu ici est passé par l'ancien

chemin de Saint-Vincent, lequel n'est plus utilisé depuis longtemps, sauf en été par les randonneurs faisant le tour du massif.

Pierre tire le loquet de la porte de l'écurie. Dans sa mémoire, une autre porte, au fond, communique directement avec la salle commune, un peu comme chez lui et dans toutes les maisons de la région. Il se précipite à l'intérieur et allume la lampe frontale qu'il a emportée.

Une odeur de paille pourrie et de fumier desséché le saisit. Des chauves-souris sont suspendues aux poutres blanchies à la chaux quelques décennies plus tôt. Une petite pancarte a été clouée sur la porte : « Étable indemne de brucellose ».

Au fond de l'écurie s'ouvre la porte qui donne sur la salle commune.

La pendule est tombée et gît sur le plancher. Sur la table, des miettes de pain, un bol, un paquet de céréales et une bouteille de lait tourné.

Un sac de couchage est posé à même le sol. Un sac de l'armée, Pierre possédait le même quand il était sous les drapeaux au 3e régiment de chasseurs alpins. Pas vraiment confortable, mais suffisamment chaud. À côté du sac, des mégots de cigarette écrasés dans une assiette, une bouteille de Coca vide et un paquet de biscuits, vide lui aussi.

Pierre jette un œil en direction des chambres. L'escalier est encombré de planches qui ont dégringolé de l'étage, personne n'y a grimpé. Dans le cellier, les rats ont rongé tout ce qu'ils pouvaient, même le cuir des vieux brodequins.

Un homme est passé ici, il y a peu. Les traces disent un jour ou deux. Guère plus.

Pierre tente de se souvenir de Michel Cros, mais son visage s'est estompé avec les années. Impossible de dire à quoi il ressemble vraiment. Un type assez grand, plutôt clair. Il n'est pas venu dans cette maison depuis tellement longtemps.

Enfant, quand sa grand-mère vivait encore, Cros venait passer les grandes vacances à Saint-Vincent. Il jouait beaucoup avec Claire, ils étaient du même âge. Lorsque la grand-mère a rejoint le cimetière du haut, Michel n'est plus jamais venu. Cela doit bien faire un quart de siècle, pense Pierre.

Dans la vallée, il se dit qu'il a été interné, mais personne n'est vraiment au courant. On raconte aussi qu'il a commis des crimes. Pierre n'en sait pas plus. Sauf peut-être que tout le monde raconte n'importe quoi car personne ne viendra contredire.

Il doit bien y avoir un reste de famille quelque part. Peut-être dans la vallée, quelque cousin.

Pierre ne s'attarde pas. En rejoignant sa voiture, il brouille ses traces à l'aide d'une branche. En moins d'une heure, la neige qui tombe en gros flocons aura tout recouvert. Les chaussons de fortune qu'il a passés se sont avérés efficaces.

La voiture tousse avant de démarrer. Le ciel est bas. Dans les combes, la neige tournoie au gré des courants d'air qui remontent depuis le lit du torrent.

La route de Bourg-d'Oisans a été dégagée en début de matinée. On dirait une piste blanche qui chemine entre des arbres tristes. Les bourrelets sur les bas-côtés prennent de plus en plus de hauteur. En traversant la forêt, Pierre pense à Claire, elle aimait s'y promener.

19

Le flic est devant chez Alfred et Suzanne. Il interroge les vieux et prend des notes sur son carnet noir.

Alfred fait de grands gestes. Il montre le plan des Aiguilles. Malgré la neige qui tombe en gros flocons, le flic reste dehors, son képi vissé sur sa petite tête. Il a dû comprendre qu'il n'avait pas intérêt à entrer chez les deux vieux, sinon il repartait avec un contingent de puces.

Pierre revient chez lui en ignorant les gendarmes. Il fourre les saucisses dans le frigo avant d'aller à l'écurie, en faisant mine de n'avoir rien vu.

S'il veut me voir, se dit-il, le gendarme sait où me trouver.

Les bêtes sont plus calmes. Les petits agneaux bêlent dans tous les sens. Ils jouent, complètement étourdis. Deux mères se sont couchées. Il n'y en a plus pour très longtemps.

Dans une semaine, fini l'agnelage. Viendra le temps de la tonte. Faut appeler Michel, du Villard. Michel n'a pas son pareil pour tondre. En moins de deux minutes, c'est fait. La bête se retrouve nue avant d'avoir compris ce qui lui était arrivé.

Pierre détache Capitaine, qui lui fait la fête, comme s'il voulait le consoler. Par la porte ouverte, il regarde un instant les longues diagonales régulières que fait la neige en tombant. Il a l'impression que Claire va apparaître, elle va lui sourire et il lui montrera les mères qui l'attendent pour mettre bas.

Pierre reste un long moment figé dans sa tristesse. Il n'y a plus que la neige et les mouvements brusques des bêtes dans son dos. La sonnerie du téléphone lui parvient faiblement. Il a dû le laisser sur la table de la maison. Il peut sonner tant qu'il veut, il s'en moque. Plus rien ne presse. Tant de choses à faire dans la bergerie. Descendre du foin, étendre de la paille fraîche. Au moins une heure de boulot. Ensuite, quelque temps de libre. Les moments les plus terribles car le chagrin revient et envahit tout.

Il va pour monter à la grange qui se trouve à l'étage quand une voix lance :

— Vous ne répondez pas au téléphone ?

Le flic est là. Dans le carré de lumière fade de la porte de la bergerie.

— Non, répond froidement Pierre. Pas le cœur.

— Je vous comprends.

Le visage de l'adjudant Portal est moins tendu que d'ordinaire. Il explique qu'il fait une visite de routine. Juste quelques questions à poser pour faire avancer le dossier.

— Avez-vous des choses à ajouter par rapport à la déposition que vous avez faite hier ?

Pierre fait non de la tête tout en réfléchissant à ce qu'Alfred a bien pu raconter. Avec les flics, faut être malin.

Je n'ai rien à me reprocher, pense Pierre, mais on ne sait jamais comment les choses peuvent tourner.

— Il paraît qu'il y avait des traces dans la neige, dit Portal. Vous pouvez m'en parler ?

En parler, mais en dire le moins possible.

— Avec le docteur on a bien vu des traces qui allaient vers le plan des Aiguilles, mais la neige les a recouvertes maintenant.

— Vous pouvez me les décrire ?

Le flic sait que Pierre est un chasseur. Les empreintes n'ont pas de secret pour lui. Alors, il dit tout ce qu'il sait sur les traces de semelles qu'il a vues avec Claude Marcelin. Le reste, il le garde pour lui.

— Vous êtes sûr qu'il s'agit d'une semelle de type Vibram ? demande Portal.

— Parfaitement sûr. Je suis guide de haute montagne. Je connais.

L'adjudant Portal est un drôle de flic. Il a plutôt la tête d'un poète, tout maigre, avec de petits yeux noirs intelligents. Il a du mal à remplir son uniforme tellement il est fluet. On dirait qu'il comprend tout et qu'il devine tout. Il demande :

— Selon vous, quelle pointure ?

Pierre répond aussi sec :

— 41.

— Vous en êtes sûr ?

— Oui, parce que j'ai mis mon pied à côté et que je fais du 41. C'était la même longueur.

Portal réfléchit un instant. Il ne prend pas de notes. C'est un cérébral, le genre de type qui se souvient de tout. Il regarde les pieds de Pierre comme pour confirmer ses dires. Puis il demande :

— Avez-vous vu passer quelqu'un dans les jours qui ont précédé la mort de votre sœur ?

Faut que je fasse attention à ce que je vais raconter, se dit Pierre. Alfred a dû parler.

— Il y avait des traces, oui.

— Les mêmes que celles qui se trouvaient à côté de celles de votre sœur ?

— Oui.

— Pourquoi ne pas nous en avoir parlé quand vous avez fait votre déposition ?

Pierre baisse la tête, avec le sentiment d'être un pur imbécile. Les flics, c'est malin, et plus que ça. Il répond :

— Je n'y ai pas pensé. Vous savez, c'est difficile…

Portal sourit à la façon d'un carnassier. Pierre sent qu'il va être cuisiné.

— Pourquoi avez-vous arrêté votre métier de guide ?

Cette question, Pierre ne la voulait pas. Et il n'y répondra pas. Il ne peut pas s'empêcher de détourner les yeux.

— Avec les bêtes, je n'avais plus le temps.

L'adjudant ne dit rien de plus. Pierre s'est simplement aperçu qu'il n'a pas été cru. Portal jette un regard autour de lui et puis le dévisage à nouveau.

— Est-ce qu'on peut aller chez vous, monsieur Verdier ?

— Oui.

Portal pose son képi sur la table. Il a une drôle de coupe en brosse qui lui donne un air de Tintin. Pierre a décidé d'être plus sociable. Il pose deux tasses, les remplit de café et approche la boîte de sucres. Portal fait signe qu'il le boit noir.

— Vous avez téléphoné à la gendarmerie deux jours avant la mort de votre sœur pour signaler la présence d'un homme…

— C'est à cause des traces, répond Pierre. J'avais vu dans la presse qu'un fou dangereux s'était échappé d'un asile non loin d'ici. Alors, j'ai pensé que ça pouvait rendre service.

— Et vous avez eu raison.

Portal se lance dans un couplet sur les salopards que la justice laisse filer et qui peuvent traîner dans les campagnes désolées. Son discours sonne creux. Il ne croit pas un mot de ce qu'il affirme. Pierre n'a pas le cœur à l'écouter et, par-dessus tout, il a le sentiment que Portal le mène en bateau. De temps à autre, l'air de rien, le flic jette un coup d'œil autour de lui. Et, tout à coup, il annonce :

— L'examen de votre sœur est terminé. Nous avons le rapport du médecin. Est-ce que vous souhaitez que je vous en parle ?

— Non, je ne le souhaite pas. Je ne veux rien savoir de plus.

Le brigadier laisse passer un silence puis il dit :

— Elle n'a pas été violée. Je pensais que vous voudriez le savoir.

Cette nouvelle, si cruelle soit-elle, fait du bien. Elle rend presque heureux. Claire n'est pas morte souillée. Ce n'était pas comme dans son cauchemar. Son bourreau l'a étranglée, mais il n'est pas allé plus loin.

— Vous pensez que vous attraperez celui qui a fait ça ?

Le gendarme hoche la tête et dit :

— Soyez sûr qu'on ne lâchera pas. Ça prendra le temps qu'il faut mais nous, on ne cède pas.

Puis il ajoute :

— Je ne vous cache pas que nous n'avons pas grand-chose pour le moment. Pas d'ADN, pas de témoin, rien. Mis à part ces traces de pas que vous m'avez décrites.

Portal se concentre quelques secondes puis il ajoute :

— La seule chose que je n'arrive pas à comprendre, c'est la manière dont elle était habillée au moment de sa mort.

Pierre secoue la tête en signe d'impuissance :

— Que voulez-vous que je vous dise ? C'est aussi mystérieux pour moi. Je n'ai pas d'explication. Je suis allé voir le docteur Marcelin pour lui dire qu'elle avait un comportement spécial. Et puis voilà…

— Avez-vous remarqué qu'il manquait des vêtements dans sa garde-robe ?

Pierre se demande ce que cherche le flic.

— Je n'ai pas vérifié, dit-il. Et puis…

— Et puis ?

— Cela m'est impossible.

— Pourquoi ?

— Parce que je ne sais absolument pas ce qu'elle avait dans son armoire. Il peut manquer quelque chose sans que je m'en rende compte.

— Des chaussures ?

— Je n'ai rien remarqué, mais je vais vérifier. Pourquoi me demandez-vous ça ?

— Parce que je pense que Claire a été habillée de

la façon dont on l'a retrouvée sur les lieux mêmes du crime.

Le brigadier se lève et visse son képi sur son crâne. Il dit, d'une voix sombre :

— Avez-vous votre paire de chaussures personnelle avec les semelles Vibram ?

— C'est utile ?

— Je crois que oui. Car, comme on dit dans notre jargon, il faut fermer des portes. Quand on a ce genre d'empreintes, il faut collecter toutes les sources possibles pour ne pas faire d'erreur.

Portal a un rictus.

— Vous ne connaissez pas les avocats. Ils peuvent tout nous sortir lors d'un procès. Il suffit d'un simple détail pour tout faire capoter.

Pierre acquiesce sans comprendre si le gendarme le soupçonne ou s'il veut vraiment le rayer de la liste des suspects. Il va chercher ses chaussures et les lui présente.

— Je vais les placer dans ce sac en plastique, dit Portal en sortant un sachet qui ressemble à ceux que Pierre utilise pour congeler le gibier.

Portal regarde sa montre et note l'heure dans son calepin. 11 h 52. Scellé numéro 38.

— Avez-vous trouvé les chaussures de votre sœur ?

— Non, répond Pierre.

— En avait-elle ?

— Bien entendu !

Pierre semble désemparé. C'est vrai qu'il n'a pas pensé à vérifier ce genre de chose. Il n'a pas le vice pour un tel type de recherches. Le flic, oui.

— Merci pour votre participation, monsieur Verdier. Je sais combien c'est pénible pour vous.

Pierre s'est assis à la table. Le regard fixé sur la fenêtre. Il avale une gorgée de café et n'entend même pas l'adjudant qui referme la porte derrière lui.

Le temps semble se lever. Lentement. En arrachant des lambeaux de brume aux à-pics.

20

Pierre attend que les gendarmes soient loin pour traverser la place et toquer à la porte des Magnin.

— Voilà ta saucisse !

Alfred attrape le paquet et fonce le ranger au fond de la cave, dans un endroit aussi froid qu'un frigo.

— Entre donc, lance Suzanne, la sœur invisible.

Pierre passe le seuil, une odeur âcre et lourde. Malgré l'habitude, l'effet ne varie pas.

Au milieu de la pièce, un fourneau émaillé dégage une chaleur suffocante. Une bouilloire qui fume est posée dessus. Deux chiens loqueteux ont trouvé une niche entre le tas de bois et le poêle. Les chats se tiennent sur les hauteurs, hors de portée de leurs ennemis traditionnels.

Suzanne est dans son fauteuil dont les accoudoirs sont devenus noirs et luisants. Autour d'elle, les murs n'ont plus de couleur. Il n'y a que la vieille comtoise et la télévision qui ont droit de temps à autre à un coup de chiffon.

Suzanne n'a pas dû s'observer dans une glace depuis des jours, de gros poils blancs piquent ses joues flasques qui retombent pareilles à des moustaches de grenadier.

— Comment vas-tu, mon Pierre ?

— J'essaie d'aller.

Suzanne se frotte les yeux. Elle renifle bruyamment.

— Nom de Gu ! Quand je pense à ce qui est arrivé à Claire, j'ai encore du mal à y croire.

Pierre se tait, tire une chaise et s'assoit. Lui aussi a du mal à y croire, bien évidemment. Il lui faudra du temps. La nuit dernière, il lui a semblé que Claire l'appelait, du dehors. Il s'est levé et a ouvert la fenêtre, on aurait dit un damné qui cherche son âme sœur. Le vent sifflait dans les branches des frênes. L'esprit de Claire s'était évanoui.

Alfred remonte de la cave et semble content que Pierre soit assis à la table.

— Tu bois un canon ?

Pierre refuse par principe. Alfred ne l'écoute pas. Il ouvre la fenêtre et attrape une bouteille de blanc, celui des grandes occasions.

— Elle est bien fraîche… Avec ce froid !

Alfred place un verre douteux devant Pierre et le remplit presque à ras bord d'un mauvais aligoté.

— On n'en boit pas bien du vin, dit Alfred, qui n'a sans doute jamais pris une goutte d'alcool de sa vie.

Pierre avale une rasade, il ne se souvenait plus qu'un blanc pouvait être aussi acide.

— J'ai pensé au type que tu as vu l'autre jour. Tu t'en souviens, Alfred ?

— Nom de Gu ! s'exclame Suzanne. Je croyais que c'était le type de la télé. Tu nous as dit qu'il avait été attrapé.

— C'est sans doute pas le même !

Pierre hausse les épaules comme si toute cette histoire n'avait aucun sens. Suzanne et Alfred sont peut-être archaïques et mal habillés mais ils sont loin d'être bêtes. Entre les familles Verdier et Magnin, la confiance n'a jamais régné, la méfiance est séculaire.

— Qu'est-ce qui disent, les gendarmes ? demande Pierre.

— Ils en posent, des questions. Nom de Gu ! Et puis y en a un autre qui note tout ce que tu peux dire. Il voulait savoir des choses à propos des traces que tu as vues et moi aussi. Je leur ai expliqué que ça partait vers le Plan et que ça venait de plus bas. Ils ont descendu voir et puis ils sont revenus. Nom de Gu ! J'ai pas bien compris.

— Peut-être ils pensent que c'est le type qui a fait le coup ! dit Alfred en frappant les accoudoirs de son fauteuil du plat de la main.

— Mais tais-toi donc ! C'est pas des choses à dire devant ce pauvre Pierre.

— Laisse faire, tempère Pierre, ça ne me dérange pas. Faut qu'on parle de ce Michel Cros.

Alfred fait une moue dubitative. Suzanne l'imite.

— Vous savez ce qu'il est devenu, le Michel ?

— Il est un peu zinzin, comme sa mère, dit Alfred. Dans la famille, ils étaient un peu tous comme ça !

— Nom de Gu ! Mais c'est qu'il y en a beaucoup ici à Saint-Vincent, s'exclame Suzanne. On dirait qu'il y a une malédiction dans ce village.

Alfred fait un geste qui signifie qu'il veut chasser les paroles de sa sœur. Puis il dit :

— Je sais qu'il a été interné à Saint-Égrève, chez les fous. Peut-être même qu'il y est encore…

— Nom de Gu ! s'écrie Suzanne. Mais faudrait pas qu'il vienne ici !

— Ça craint rien... assure Pierre en avalant une deuxième gorgée qui passe un peu mieux.

Suzanne semble soucieuse.

— Ils avaient des cousins au Villard. Peut-être qu'eux en savent un peu plus que nous.

— Des Cros ?

— Nom de Gu ! Je ne sais pas. C'est peut-être un Joubert, du côté de la mère, l'Aline. Qu'est-ce que tu en dis, Suzanne ?

Suzanne siffle entre ses dents disjointes.

— C'est un Joubert. Il a été au conseil municipal du Villard pendant longtemps.

— Suzanne ne sort jamais, mais elle en sait plus que moi, dit Alfred. Tu penses qu'il est encore en vie ?

— Oui, oui. Il était beaucoup plus jeune que nous. Mais tu le connais, Pierre. C'est le type qui est garde aux Eaux et Forêts !

Pierre a été longtemps absent de la vallée. Certains visages sont sortis de sa mémoire. Il passe en revue les gardes à qui il a déjà eu affaire, soit pour des histoires de chasse, soit lors de réunions de propriétaires de troupeaux. Il ne se rappelle pas un Joubert.

— Il doit être à la retraite alors, dit Suzanne. Il habite cette grande maison quand tu arrives au Villard. Celle qui est sous la roche.

Pierre pense tout à coup que Joubert travaille dans un autre secteur et qu'il n'a aucune raison objective de l'avoir déjà croisé. Il termine son verre et jette un œil à la pendule. Il lui reste le temps de faire un tour jusqu'au Villard avant midi.

— Faut que j'y aille, dit-il.

— Tu as des agneaux qui arrivent ?

— Non, pas pour aujourd'hui. Mais je viens de me rendre compte que j'ai oublié d'acheter quelque chose au bourg.

— On peut te dépanner ?

— Non, non. C'est un produit pour le tracteur. De l'antigel.

Quand Pierre sort de chez les Magnin, la neige s'est remise à tomber, une fine couche recouvre déjà la route.

21

Le Villard n'est qu'à une quinzaine de kilomètres de Saint-Vincent, dans une autre vallée.

La route n'est pas fameuse, malgré de récents aménagements, des élargissements, des glissières de sécurité. Elle tourne selon les caprices du relief puis serpente le long des falaises, entaillée dans la roche, au-dessus du vide. Souvent, une avalanche qui descend des vallons du Taillefer la coupe juste après la forêt.

Pierre roule lentement. Les bourrasques ont formé des congères en travers de la route. Parcourir ces quelques kilomètres risque de prendre une petite heure. La météo de montagne n'annonce pas d'amélioration pour la journée.

La maison des Joubert se trouve avant le village. Deux fenêtres sont ouvertes, l'une d'entre elles est éclairée. Pierre passe une première fois pour reconnaître les lieux. Il hésite à s'arrêter. Il va jusqu'au village, fait demi-tour puis revient sur ses pas, au ralenti.

Il n'y a personne, ni sur la route ni aux alentours. Dans le brouillard surgissent les ombres de deux grands sapins pareils à des sentinelles postées à l'arrière de la maison.

Pierre se gare. Un chien aboie à l'intérieur de ce que furent les écuries. Une silhouette passe dans le rectangle de lumière que découpe la fenêtre, revient et s'immobilise, le nez collé au carreau. Pierre a été vu, il n'a plus le choix. Il frappe à la porte.

— Entrez !

Une voix d'homme peu amène qui tremble légèrement.

— Monsieur Paul Joubert ?

— Lui-même, bonsoir.

Joubert doit avoir dans les cinquante ans. Grand et sec comme un coup de trique, petits yeux noirs curieux et rusés, paupières plissées.

Pierre se présente, intimidé par le personnage qui le fixe, impassible. Quand il annonce qu'il est le frère de la jeune femme assassinée à Saint-Vincent, Joubert n'a aucune réaction.

— Qu'est-ce que je peux faire pour vous ?

Pierre doit mentir. C'est la pire chose qui puisse lui arriver. Il déteste.

— Votre cousin, Michel, a été aperçu du côté de Saint-Vincent. La gendarmerie le recherche. Je voulais savoir si vous l'aviez vu.

— Pourquoi ? Vous le soupçonnez ?

— Pas le moins du monde. Bien au contraire, mais je crois qu'il ferait mieux de se rendre car les gendarmes, eux, pensent qu'il est le suspect numéro un.

Paul Joubert regarde autour de lui, nerveusement.

— Vous n'êtes pas la gendarmerie, j'ai rien à vous dire.

Pierre est décontenancé par la réponse. Cela doit se

lire sur son visage car Joubert le scrute davantage. Un craquement de planche perce le silence devenu pesant. Pierre fixe Joubert. Il remarque que son regard s'est légèrement déplacé lorsque le bois couine à nouveau.

— Vous ne vivez pas seul ?

— Si, je suis seul. Il n'y a personne d'autre ici.

Joubert se raidit. Sa bouche se crispe.

— Je crois que vous pouvez repartir. Ici, il n'y a rien pour vous !

Joubert fait un pas dans la direction de Pierre, comme pour le pousser dehors. Il s'arrête net, il ne ferait pas le poids.

— Je suis natif de Saint-Vincent, dit Pierre. Michel était un ami d'enfance de ma sœur. Je n'ai rien contre lui.

Joubert fait un geste du menton.

— À Saint-Vincent, là-haut, il n'y a que du malheur, grince-t-il. Faut pas venir le porter jusqu'ici !

Pierre serre les poings et dévisage Joubert dont les yeux brillent de haine. Il doit connaître quelques secrets de village dont Pierre ignore tout.

— Si jamais le Michel se pointe par ici, je vous conseille de le livrer aux gendarmes. Parce que si c'est moi qui le trouve…

Pierre tourne les talons et sort.

Le vent s'est mis à souffler en bourrasques et soulève la poudreuse des congères. Au bassin de la ferme, un filet d'eau coule d'un robinet coiffé de glace.

Un rectangle jaune apparaît sur la neige. Pierre s'arrête et se retourne brusquement. Le vieux Joubert l'observe depuis une fenêtre du deuxième. Derrière lui, en ombre chinoise, passe quelqu'un, une fois puis une autre. La lumière s'éteint.

Pierre regagne sa voiture et s'enfonce dans la nuit. Le chasse-neige est passé pendant sa visite chez Joubert. Dans les phares de son Land Cruiser, les flocons foncent vers lui et l'éblouissent.

Ses pensées sont confuses, un kaléidoscope tourne dans son crâne. Il a besoin de cogner pour sortir la violence qui le ronge. Revenir avec son fusil et faire parler ce type de malheur.

En montant vers le col de la Casse, un daguet traverse la route, le regard effrayé. Un autre est dans le bois, à peine visible. Les chevreuils sont plus nombreux que les années précédentes. Les chasseurs se font rares, les loups ne se sont plus montrés depuis que le garde en a parlé. Ils ont dû changer de vallée, peut-être même de massif.

En arrivant à Saint-Vincent, Pierre se gare à proximité de la maison des Cros. Il neige tellement que ses traces seront effacées dans moins d'une heure. Il descend jusqu'à la maison et inspecte la porte de l'écurie et les autres entrées. Personne n'est venu depuis qu'il est passé. À l'aide d'une branche de sapin, il supprime ses traces et remonte dans la voiture.

Son troupeau l'attend. Il va y avoir des naissances, cette nuit. Pierre s'installe sur des bottes de paille, à proximité de Capitaine qui le regarde du coin de l'œil. La nuit va être longue.

22

L'adjudant Portal est tout heureux de gravir l'escalier du tribunal de grande instance de Grenoble. Au fond, se dit-il, le métier a parfois du bon. Travailler avec Ingrid Montaz fait partie de ces petits bonheurs qui font le sel de la vie.

Ingrid l'attend non sans une certaine impatience. Elle est en beauté ce matin car elle doit témoigner aux assises. Tailleur strict, bas noirs. L'adjudant rêve en secret.

— Comment allez-vous ? lui demande-t-elle en lui faisant grâce d'un beau sourire.

— Bien, dit Portal. J'ai beaucoup réfléchi à notre affaire.

— Vos conclusions ?

Le ton soudain direct des questions de la magistrate refroidit Portal. Il lui répond sur un ton neutre :

— Une perquisition au domicile de Claire Verdier est indispensable. Il faut que j'interroge à nouveau le frère.

— Je suis d'accord pour les deux. La perquisition le plus vite possible. Voyez avec vos officiers, mais demain serait un bon jour.

— Je peux demander aux collègues de Paris de s'en charger.

— Ce serait une erreur. Vous êtes dans le bain de cette enquête. Nul autre mieux que vous n'est qualifié pour ce genre de travail. Je vous fais confiance.

Si Ingrid Montaz n'a pas l'autorité hiérarchique directe sur le gendarme, elle dirige les investigations et peut tout à fait lui retirer l'enquête et la confier au service de police judiciaire régional. Qui se ferait un plaisir de doubler les képis.

— J'ai croisé votre colonel, ce matin. Il m'a dit le plus grand bien de vous. Cependant, vous ne connaissez pas le milieu de l'alpinisme.

— En effet, reconnaît Portal. C'est une lacune.

— Ne vous inquiétez pas. Je le connais pour vous. Je suis de Chamonix. Mon père était guide de haute montagne. Une race de gens à part. Secrets. Très secrets. Courageux et résistants au-delà de ce que vous pouvez imaginer. N'hésitez pas à me solliciter.

Portal a une idée depuis la veille. Une idée qui a germé dans son esprit juste avant qu'il ne se couche.

— Je pense qu'il va falloir placer Verdier en garde à vue dans pas longtemps.

Ingrid se lève et prend son manteau sur le perroquet de son bureau.

— Vous avez quelque chose de solide pour une garde à vue ?

— Pas encore, mais je suis passé voir le légiste. L'heure de la mort me préoccupe. Il m'a confirmé que Claire est bien décédée entre 8 heures et 8 h 30. Pas plus tard. Ce qui met le frère dans le rang des premiers suspects.

Ingrid écoute. Elle a froncé les sourcils. Comme

tous les professionnels du crime, elle n'ignore pas que la plupart des homicides sont résolus dans les vingt-quatre ou quarante-huit heures et que souvent, c'est dans l'entourage proche qu'il faut chercher. Passé ce délai, les recherches sont toujours de longue haleine.

— Pour une garde à vue, il en faut plus. Et ne comptez pas le faire craquer aussi facilement qu'un vulgaire voleur de mobylette.

Elle dévisage le gendarme tout en boutonnant son manteau. Portal dit :

— Les empreintes dans la neige juste à côté du corps correspondent à ses chaussures.

— Vous en êtes sûr ?

— Les techniciens du labo sont formels.

— Voilà qui devient plus intéressant. Ce n'est pas la preuve irréfutable, mais on s'en approche.

Portal est content de ses révélations. Il se dit qu'il marque des points. Il ajoute, un peu fier :

— La corde aussi lui appartient.

— Précisez.

Portal ouvre son carnet et lit :

— Corde d'alpinisme de marque BEAL. Neuf millimètres de diamètre. Usure normale par le contact sur le rocher… Voilà ce que disent les experts. Une des extrémités montre une coupe toute récente. Regardez la photo : le bout est échevelé, comme si on avait utilisé une lame mal affûtée pour trancher.

Portal ouvre sa mallette et sort un jeu de photos. Ingrid Montaz agite ses mains devant elle.

— Je dois y aller, dit-elle. On m'attend à la cour. Je vous fais confiance.

Elle ajoute avec un sourire :

— Accompagnez-moi.

Portal ne se le fait pas dire deux fois. Partager l'ascenseur du tribunal avec Ingrid ajoute encore aux petits bonheurs du jour. Au moment où la porte s'ouvre, elle sort la première et s'approche de Portal à la manière de celle qui va faire une confidence.

— Vous devez faire la perquisition en présence de Pierre Verdier lui-même, dit-elle à voix basse. Je crois que c'est mieux.

— Vous avez raison. On pourra observer ses réactions.

Ils se séparent à quelques pas de la cour d'assises. Portal rejoint sa voiture et fonce jusqu'à la section de recherches. S'il doit placer Verdier en garde à vue, il le fera à Bourg-d'Oisans, au siège de la brigade de gendarmerie. Elle compte trois cellules qui ne doivent pas souvent servir, mais qui sont parfaitement adaptées à ce genre de situation.

En attendant, il faut monter un dossier. Pour briser un homme tel que Verdier, il faut des preuves, des évidences incontournables. Il en a trois : les empreintes, l'heure de la mort et le brin de corde.

Le mécanisme du piège que veut tendre le gendarme est classique. Premièrement, il interpelle Verdier. Deuxièmement, il perquisitionne chez lui, dans la foulée. Imparable et efficace. À 6 heures du matin, l'heure légale pour les perquisitions, Verdier est toujours dans sa bergerie. Il ne faudra pas longtemps pour le trouver.

Portal réalise tout à coup qu'il ne peut pas mettre les gendarmes de la brigade de Bourg-d'Oisans dans la confidence. Une fuite risque de se produire. Tout le monde connaît tout le monde, dans ces patelins de montagne. Il ira donc chercher Verdier avec ses hommes à lui. Des balèzes qui ont l'habitude des arrestations.

Il fixe la date au surlendemain, mercredi. Le mardi est réservé à la perquisition au domicile de Claire Verdier. Un simple aller-retour à Paris dans la journée.

23

Pierre ne dort pas.

Il a travaillé toute la journée à fendre du bois. En essayant de ne pas penser.

Le gendarme a téléphoné en fin d'après-midi et lui a demandé d'être à 6 heures sur le parking de la brigade de Bourg-d'Oisans. Il a simplement dit, avec cette politesse mielleuse qui le rend parfaitement détestable :

— Il est indispensable que vous soyez avec nous pour la perquisition au domicile de votre sœur.

— Vous êtes sûr ?

— Oui. La loi l'exige.

Portal a menti, mais pas beaucoup. Pierre a accepté.

— Avez-vous les clés ?

— Oui.

Et maintenant, il faut faire avec les démons. Ne pas revoir les images atroces. Ne pas entendre la voix de Claire. Ne pas s'imaginer qu'elle peut revenir. Le plus dur, c'est l'absence.

Un sérac s'effondre sur le front du glacier du Plan. Le roulement sourd ébranle le silence de la nuit.

Les blocs de glace se brisent sur les casses de la moraine, aussi fragiles que des flûtes de verre.

Pierre revoit la dernière ascension. Une première, comme on dit dans le jargon des alpinistes. Il a voulu que Paola soit avec lui. Ils s'aiment et veulent partager une belle victoire dans les Alpes. Une première de très grande envergure. Rien ne pourra les arrêter.

Pierre a dit qu'il restait un dernier vrai défi dans le massif des Écrins. Une directissime à la face nord de l'Olan. Directissime et hivernale. Deux premières en une.

L'endroit est malsain, déversant sur les deux tiers de l'itinéraire. Un rocher pourri par endroits. Du gneiss qui fait des écailles à l'envers. Il en a parlé à Paola sans cacher les difficultés. La voie qu'il envisage se trouve à droite de la célèbre ligne qu'ont tracée Jean Couzy et René Desmaison en 1956, un itinéraire très audacieux qui est coté ED, « extrêmement difficile ». Le qualificatif n'est pas exagéré.

Durant l'été, Pierre a mené Paola à la Couzy-Desmaison. Devant les difficultés, elle a été impressionnante. Techniquement, elle est à son meilleur. Elle est passée plusieurs fois en tête. Tout ira bien.

Pierre ne veut pas se souvenir, mais ces choses-là ne se commandent pas. Les images défilent et personne ne peut couper l'étrange projecteur qui les fait danser sur l'écran de la conscience.

Il lève les yeux vers le sommet de la face nord de l'Olan. Il fait bon, presque chaud, malgré la saison.

Le jour vient juste de se lever. Paola est heureuse. Elle a voulu l'embrasser tendrement avant qu'il ne s'élance. Ils quittent l'itinéraire de la voie Couzy-

Desmaison et montent vers la droite. Pierre n'a jamais été aussi en forme.

Le rocher est malsain à cet endroit. La première longueur est tout de suite extrêmement difficile. Personne n'est jamais passé par là. Pas étonnant que Desmaison, la tête brûlée, n'ait même pas essayé. Aucun des géants de la montagne n'a osé ce chemin.

À chaque minuscule avancée sur ce rocher déversant, Pierre met tout l'orgueil des Verdier dans ses gestes. Il grimpe sous les yeux de Paola qui l'observe, un peu inquiète, mais tellement volontaire.

Pierre a eu sa part de gloire, mais pas de la même façon que sa sœur. Claire a donné à la famille ce qu'elle attendait depuis longtemps, une belle réussite. Lui, il lui a donné la renommée des conquérants de l'inutile, des premières retentissantes, des hivernales comme aucun n'a tenté.

« Même si on y reste, a dit Paola, collés au rocher, la gueule ouverte par le froid, on sera des grands. »

Cette phrase a fait frissonner Pierre. Il aime Paola au-delà du raisonnable. Mourir avec elle ne lui déplairait pas tant que ça.

La deuxième longueur de corde est plus facile, mais plus exposée que la précédente. Impossible de planter un piton sur plus de dix mètres. Si jamais Pierre ripe, il fait un pendule et se retrouve sous un surplomb de rochers noirs. Plusieurs fois, il s'arrête pour inspecter le mur. Toutes les fissures sont bouchées par le gel. L'Olan est un véritable enfer.

Le salut vient au bout d'un mètre supplémentaire. Derrière un becquet rocheux, une fente dans le rocher comme un coup de lame. Pierre passe un coinceur et s'accorde un bon moment de repos. Les difficultés, les vraies, sont au-dessus. Une masse noire les surplombe. Le chemin qu'ils ont tracé passe par ce chaos vertical.

Pierre crie :

— Relais !

Paola grimpe vite. Elle se joue du vide. En escalade pure, elle est peut-être meilleure que Pierre. Moins lourde, plus athlétique. Mais elle n'a jamais vécu des enfers. Une hivernale, c'est surtout de l'endurance. Et un moral d'acier.

Quand Paola arrive à la hauteur de Pierre, elle a un visage radieux. L'effort l'a magnifiée.

— Tu as vu là-haut ?

Paola sourit.

Le rocher est menaçant. Une écaille court comme une balafre sur plus de vingt mètres.

— On est là pour ça, non !

En silence, Pierre trie son matériel et s'élance à nouveau. En montagne, il ne parle que le strict nécessaire.

La troisième longueur de corde a été épuisante. Pierre a tout donné. À bout de bras. L'Olan reste le plus fort. Même Paola qui grimpe en second en a bavé comme jamais. Ils ont mis tout un après-midi pour faire seulement soixante mètres.

Dans la gueule de l'ogre.

Le jour fiche le camp.

— On va bivouaquer sur cette vire là-haut, dit Pierre.

La vire ne fait qu'un mètre de large. Du quatre étoiles par ici. C'est inespéré. Dormir et manger chaud. Pouvoir se toucher. S'embrasser. Se regarder dans les yeux.

Au-dessus, deux cents mètres de face hideuse.

Paola est plus sombre que d'ordinaire. Pierre pense

qu'elle commence à réaliser l'ampleur du chantier. Faut être un titan pour affronter pareille muraille. Il tente de la rassurer.

— Dans deux jours, on est sortis. Et on est les champions.

Il hurle dans le vide :

— On est les plus forts !

Paola hurle aussi. Ils s'embrassent, tout encordés qu'ils sont, tout couverts d'épaisse couenne de tissus.

— Je t'aime.

Pierre ne le dit pratiquement jamais. Paola est émue aux larmes. Il est aux petits soins, tellement gauche qu'il en devient divin. Ce qu'ils vivent là, Paola en comprend la valeur suprême. Rien ne sera plus comme avant dans sa vie.

La nuit les enveloppe. Les étoiles font un chapiteau royal. Aucun bruit. Pas un brin de vent.

Juste un petit nuage posé comme un béret sur la pointe Maximin.

Pierre connaît ce signe.

Le signe du mauvais temps.

24

Pierre a laissé à Alfred le soin de s'occuper des bêtes. Il rentrera le soir. Alfred se débrouillera aussi bien que lui.

Par précaution, Pierre cache à nouveau ses armes.

À 5 h 30, Pierre est descendu à Bourg-d'Oisans et il a laissé sa voiture sur le parking de la brigade de la gendarmerie.

Les gendarmes l'attendaient. Ils sont partis immédiatement. Trois quarts d'heure plus tard, ils étaient sur le quai de la gare de Grenoble.

Pierre a essayé de ne pas penser à sa sœur. Dans la voiture, on l'a installé derrière, à côté d'un gendarme qui se prénomme Jérôme.

Portal est resté muet presque tout le voyage. Juste le strict nécessaire. Le chauffeur a fait quelques commentaires sur la météo. Dans la nuit, le manteau de neige s'est épaissi d'une vingtaine de centimètres. L'hiver va être long.

Dans le train, Pierre est installé dans un carré avec trois gendarmes en uniforme. Il a l'impression que les autres voyageurs le prennent pour un détenu en transfert, un repenti ou un indic sous haute protection, quelque chose du genre.

Les flics ne lui parlent quasiment pas. Il n'a rien à leur dire.

Il pense sans arrêt à Claire.

Son corps est toujours à la morgue de l'institut médicolégal. Sans doute dans un frigo à tiroir comme on le voit dans les films.

Cette pensée dégoûte Pierre. Il essaie de trouver des images de Claire quand elle était enfant et heureuse. Il la revoit revenant de l'école du village en se racontant des histoires. Dès qu'elle en avait l'occasion, elle parlait à des êtres imaginaires qu'elle a toujours gardés secrets. Pierre se dit qu'il s'agissait de princes ou de chevaliers, peut-être de personnages moins glorieux.

Qui sait ?

Le voyage jusqu'à Paris passe très vite. Pierre n'a pas bougé de sa place. Portal a offert un café, sans doute sur la cagnotte du service. Il n'est pas du genre à dépenser. Le jus lui a bien tordu les boyaux. Pierre a envie de vomir.

Une fois à Paris, tout va très vite. Une voiture de la gendarmerie les attend gare de Lyon. Ils vont directement au 120, boulevard Diderot, pas très loin de la gare. Dans la voiture, les yeux de Pierre ne quittent pas ses mains. Il ne veut rien voir de Paris. Ne rien sentir. Ne pas s'imprégner de ce que fut l'univers secret de sa sœur.

La voiture s'arrête juste devant la porte. L'appartement de Claire est au cinquième. Ils montent un escalier luisant sans croiser personne. Même la concierge qui les a forcément vus n'a pas bougé. Elle a jeté un œil par la lucarne de sa loge et rien de plus.

Personne ne semble avoir de cœur dans cette ville. Mais la vie, ce n'est pas le cœur. Claire ne cessait de le répéter. Pierre la comprend à présent.

En arrivant devant son appartement, son palpitant s'emballe. Il a mal au ventre. La peur tout à coup. Celle qu'il ne sait pas maîtriser. Les jambes qui flageolent. La bouche sèche.

Pierre tend les clés au brigadier qui lui récite une formule judiciaire à laquelle il ne veut rien comprendre. Puis ils entrent, Portal le premier, Pierre en second.

L'appartement de Claire est assez vaste. Au bout du couloir, une salle à manger et, à droite, une chambre. Sur la gauche se trouvent la cuisine et un petit bureau en face de la porte d'entrée.

Deux portraits de Fernand et Marie Verdier sont accrochés au mur face à l'entrée. Un peu à l'écart, un portrait de Pierre découpé dans un magazine de montagne. Le titre de l'article dit : HIMALAYA : PREMIÈRE EXCEPTIONNELLE AU PILIER SUD-OUEST DU JANU.

Voir cette photo transperce Pierre. Nouvelle blessure. Profonde. L'admiration de Claire. Sa vie d'avant. Il se force à respirer profondément pour ne pas pleurer. Pas devant les flics.

Portal demande de sa voix de fausset si Pierre veut visiter avant qu'ils procèdent à la perquisition. Pierre accepte. Portal ajoute qu'il est obligé de l'accompagner. Pierre se fout pas mal de ces manigances de poulet.

Claire avait décoré son chez-elle avec soin. Tout est à sa place, parfaitement rangé. Les murs sont blancs, partout. Dans la salle à manger, elle avait installé une petite table pliante et posé dessus un vase qui contient des edelweiss que Pierre lui avait rapportés de ses courses. Sur les murs, des photos de Saint-Vincent et de la vallée. Claire s'y connaissait en photo, elle réalisait de beaux clichés.

La bibliothèque du salon est remplie de livres scientifiques et de ces quelques romans à l'eau de rose qu'elle adorait. Tout est sobre, un peu terne, pour ne pas dire froid. Semblable à ce qu'elle était, une femme qui n'aimait ni les fioritures ni les extravagances.

Je ne suis pas chez moi ici, se dit Pierre, et je n'ai pas le sentiment de me trouver chez ma sœur. Son âme est ailleurs.

En sortant de la salle à manger, Pierre se dirige vers la chambre. Portal ne le quitte pas des yeux. Il analyse chacun de ses gestes et de ses regards. Il scrute ses émotions comme un rapace.

La chambre est plongée dans la pénombre. Pierre cherche l'interrupteur et fait jaillir de la lumière.

Ce qu'il voit lui glace le sang. Des photographies. Portraits d'une femme. Partout sur les murs. Par dizaines.

Un seul et même visage. Celui de la fille dont le cliché se trouve dans la boîte à bijoux de Claire, à Saint-Vincent.

L'amie.

Les photos ont été prises à différentes époques. Pierre reconnaît celles qui datent du voyage en Grèce.

Claire en avait envoyé deux ou trois semblables à la famille.

Au-dessus de la tête de lit, une dizaine de clichés montrent l'inconnue en compagnie de Claire. Sur un tirage en noir et blanc, au milieu, les deux femmes s'embrassent sur la bouche, sans équivoque.

Un baiser d'amoureuses.

Pierre regarde longuement pour bien réaliser ce qu'il est en train d'apprendre.

— Connaissez-vous cette personne ? demande Portal.

Pierre répond par la négative.

Se concentrer et ne faire aucune allusion à la boîte à bijoux qu'il a trouvée dans la commode de sa sœur.

Ne pas laisser la vague des sentiments le submerger.

Ne pas être faible.

Plonger en soi pour trouver la dureté, comme quand on franchit des passages d'escalade extrême.

Ce gendarme, là, derrière lui, a compris lui aussi. Pierre a envie de lui casser la gueule. En moins de deux, il peut le réduire à néant.

Portal insiste, comme pour le provoquer :

— Avez-vous déjà vu cette personne ?

— Non.

Un flic note tout ce que Pierre peut faire ou dire.

Dans le bureau se trouvent la même fille et le même baiser à nouveau. Le baiser de deux êtres qui s'aiment. Ça se lit dans leurs yeux.

Cette photo a dû être prise en Grèce. On distingue la mer et des roches un peu rouges en arrière-plan. Claire avait parlé d'une plage de sable rouge sur l'île de Santorin. Elle disait que c'était l'un des coins les plus beaux qu'elle ait jamais vus.

Claire a son éternelle allure un peu garçonne, une expression mutine, les yeux doux et si étincelants. Son amie a de longs cheveux d'un blond vénitien, un visage très beau, ovale et régulier, un regard plus tourmenté.

À présent, Pierre comprend mieux pourquoi sa sœur ne lui parlait jamais de ses amours. Pourtant il aurait pu déchiffrer, sentir ce qui apparaît désormais comme une évidence. Mais il s'est aveuglé, de la même façon que ses parents.

L'homosexualité chez les Verdier !

Un non-sens.

Pierre ne se souvient pas d'avoir parlé de sexualité avec son père et encore moins avec sa mère. Il ne sait rien des amours de sa sœur et n'a jamais voulu rien savoir.

Claire devait se dire qu'il avait l'esprit étroit comme la plupart des habitants des vallées perdues.

La jeune femme qui se trouve sur ces photos est-elle la Vicky dont Claire parlait dans ses cauchemars ?

L'intuition de Pierre indique que c'est d'elle qu'il s'agit.

Vicky !

Il faut la retrouver coûte que coûte. La retrouver avant que les gendarmes ne mettent la main sur elle.

Portal revient à la charge, pose des questions. Pierre l'ignore. Il secoue la tête et serre les dents avant de sortir du bureau.

Dans le placard de la cuisine, il y a des pots de confiture de myrtilles et de framboises que Claire avait préparés l'été dernier.

— Nous saisissons l'ordinateur, dit Portal, et une tablette de marque Apple.

La fouille commence.

Pierre s'assoit dans la cuisine. Indifférent à ce que les flics peuvent bien trouver. De temps à autre, celui qui tient le bloc-notes, le grassouillet à lunettes, fait une remarque qui ne concerne pas Pierre.

Tout y passe, les tiroirs, les fonds de meuble, les livres de la bibliothèque. Comme dans les films policiers, mais en nettement plus correct. Portal veille à ce que tout soit remis en place.

Dans un tiroir du bureau, les flics mettent la main sur un agenda qui doit dater de Mathusalem et un répertoire. Immédiatement, Portal dit : « Nous saisissons… ! » Et son collègue note.

La perquisition de l'appartement et de la cave ne dure qu'une heure. Avant 14 heures, l'étrange cortège est sorti.

Pierre n'a pas eu droit à une seconde visite. Des scellés sont posés sur la porte. Plus personne ne peut plus entrer chez sa sœur.

Une fois dans la rue, il jette un dernier regard à la fenêtre de l'endroit où vivait Claire. Plus rien ne le retient ici. Dès qu'il le pourra, il vendra cet appartement.

Pendant toute la visite, les flics n'ont pas cessé de l'observer. Rien de ses émotions n'a paru. Il a su rester froid.

À vrai dire, passé le premier trouble, Pierre s'est détaché de ce qu'il voyait. En fin de compte, rien ne ressemblait à la sœur qu'il a connue et qu'il chérit dans son cœur.

Pierre repart vers les montagnes avec l'image d'un visage et un prénom : Vicky. Un visage beau, un sourire éclatant, des yeux pétillants. La part cachée d'une vie.

Désormais, le secret de Claire a changé de mains. Pierre vient d'apprendre qu'il ne connaîtra pas le repos de l'âme tant qu'il n'aura pas retrouvé Vicky. Son existence est devenue étroite tout à coup.

Inexorablement, sa sœur l'attire vers un ailleurs qui le terrifie et l'attire tout à la fois.

À 17 heures, les flics libèrent Pierre après lui avoir fait signer tout un tas de papiers. Retour immédiat à Saint-Vincent. Il vient de passer d'un monde où il avait des certitudes à un monde dans lequel il n'est qu'un étranger. Tout ce qu'il savait sur sa sœur ou presque a volé en éclats.

Claire était amoureuse d'une femme.

Elle a été heureuse avec elle.

Ensemble, elles ont vécu une histoire très forte.

Pierre ignorait tout de ce bonheur.

Il ignorait la souffrance de sa sœur.

Si Claire était encore en vie, il lui en voudrait terriblement de lui avoir caché cette existence parallèle. De ne pas l'avoir partagée. Et puis il lui pardonnerait.

Comme elle a dû souffrir de se taire !

Pierre se rend compte qu'elles étaient séparées au moment où Claire lui a parlé de Vicky.

En y réfléchissant, il croit pouvoir dire à quelle époque cette séparation a eu lieu.

Il y a environ cinq ou six ans, quand Claire lui a demandé de la guider jusqu'à des sommets auxquels elle n'avait jamais songé auparavant. Elle voulait des épreuves difficiles. Sans doute pour se prouver qu'elle était forte et pour oublier. La caillasse et la glace sont de bonnes thérapeutes.

Pierre l'avait menée à la voie normale de l'aiguille Dibona, juste pour voir. Du facile mais déjà impressionnant, avec la corde, le rocher sur le nez et le vide quand on passe l'arête effilée. Elle n'avait pas eu peur et en avait redemandé. Il l'avait conduite au sommet des Écrins. Plus haut, plus long. Une vraie course alpine. Elle n'avait pas failli. Il s'en souvient très bien. Il était fier d'elle. Elle voulait se prouver qu'elle n'avait rien raté du grand film de la vie.

Oui, il croit que la séparation d'avec Vicky remonte à cette époque. Après, Claire était souvent abattue. Elle ne lui a plus demandé de la guider. Elle préférait rêvasser sur les chemins, seule, soliloquant comme quand elle était enfant. La maladie faisait son chemin.

Et puis Fernand et Marie Verdier sont partis et Claire a eu d'autres chagrins, d'autres fractures. Elle a souffert de la mort des siens.

En garant sa voiture, Pierre aperçoit, qui dépasse d'une fenêtre de la bergerie, la tête d'Alfred coiffée de son béret aussi dur que du carton.

Alfred lance :

— Alors, Pierre, qu'est-ce que tu en dis ?

— Je vais comme un pauvre type qui a perdu toute sa moitié.

Alfred disparaît tel un lutin avant de réapparaître dans l'embrasure de la porte. Il dit :

— Tes bêtes ont été bien soignées.

— Merci, Alfred.

— Hou, c'est rien !

— Viens boire un canon.

— Nom de Gu ! Suzanne m'attend.

Et Alfred fiche le camp en trottinant, ni une ni deux. Il est comme ça. Ne rien devoir, pas même les remerciements.

Claire était faite du même orgueil et Pierre aussi. Tous les mêmes dans cette vallée de malheur.

Pierre fait le tour de la bergerie. Il a besoin de la chaleur des bêtes, de leur vie intense.

La vie continue, plus forte que tout. Oublier Paris, l'appartement peuplé de fantômes et la flicaille qui n'en a pas fini de le coller.

Il referme la bergerie à double tour et rentre se barricader chez lui. Les armes sont cachées dans un double plafond que son père avait aménagé du temps de la Résistance. Personne ne les trouvera.

La boîte à bijoux de Claire doit disparaître dans une cache de la maison. La photo de celle que Pierre appelle désormais Vicky lui renvoie les images qu'il a vues à Paris. C'est bien d'elle qu'il s'agit. Elle fait partie de la famille à présent.

Vicky est-elle au moins encore en vie ?

Cette question soudaine terrasse Pierre un peu plus. Il a pensé à une séparation, à la fin d'une histoire d'amour. Il n'a pas songé à la mort. Pourtant, il aurait dû.

Peut-être que Vicky a cessé de vivre il y a une dizaine d'années et qu'il ne la retrouvera jamais.

Une petite voix intérieure lui dit qu'il a tort de penser de la sorte. Vicky est toujours bien vivante. Voilà sa certitude.

Pierre est un chasseur, un type d'instinct et de flair.

Pas comme l'adjudant Portal qui passe son temps à déduire, à calculer et à tirer des plans sur la comète du crime.

Pierre va devoir dormir sans arme. Il n'y a pas de vent.

25

La nuit a passé.

Deux agneaux sont nés.

Ce matin, leurs bêlements sont un appel à la vie, quelque chose qui sort Pierre de la grande crevasse.

La neige s'est arrêtée pour un temps. Depuis, le froid est mordant. Une froidure de décembre qui fait briller de mille diamants la neige dans la nuit d'étoiles.

Ce matin, le flic revient.

Il est 6 heures.

Il n'est pas seul.

La mine grave.

Quelque chose d'orgueilleux dans le regard.

Cinq hommes sont avec lui. L'arme au poing. L'un tient une mitraillette, prêt à épauler.

L'escouade fait un mouvement circulaire quand le chef aperçoit Pierre devant la porte de la bergerie.

Pas le temps de bouger. Les militaires l'arrêtent. Fer aux poignets.

— Soyez raisonnable…

Portal lit son bréviaire :

— Il est 6 heures, vous êtes interpellé sur commission

rogatoire du juge… Homicide volontaire… Avocat… Garde à vue…

Ce brigadier est l'inverse de ce que Pierre a rêvé de la vie. Son contraire en genre humain. Il dit seulement :

— Salaud.

L'autre répond, narquois :

— Moi, c'est Portal et je vous conseille de rester poli.

À quoi bon insister ? Ils ont la force de leur côté. Ils viennent l'arrêter pour la mort de Claire. À vrai dire, Pierre s'y attendait. En quelque sorte, il a préparé tout ce qu'il fallait. Ils pourront fouiller la maison et la bergerie, ils ne trouveront rien.

Les trois képis qui l'ont maîtrisé le poussent dans leur fourgonnette. Il fait encore nuit. Capitaine aboie. Par la porte entrouverte, Pierre lui dit que son maître va bientôt revenir. Qu'il n'a pas à s'inquiéter de la bêtise des hommes. Elle passe, comme tout. Encore qu'il n'en soit pas sûr.

Alfred s'est levé et regarde par la fenêtre. Tout à l'heure, il ira donner aux bêtes. Pas besoin de le lui demander.

On descend Pierre jusqu'à Bourg-d'Oisans. Portal jubile, mais il le dissimule sous un masque de gravité. En secret, il bande pareil à un jeune chamois en rut. Il tient son coupable. Il va pouvoir faire le matamore devant ses chefs. Devant Ingrid Montaz. Pauvre type.

On flanque Pierre dans une geôle qui n'a pas dû servir depuis belle lurette. Elle sent encore la peinture fraîche, cette odeur qui lui rappelle le service militaire, le dortoir repeint à neuf, le parterre aussi brillant qu'une vitre. Dans l'armée, tout est toujours propre et net. La gendarmerie, c'est l'armée.

Pierre reste là une bonne heure à tenter de comprendre ce que les poulets peuvent lui reprocher.

On lui demande s'il a besoin d'un avocat. Non.

Un médecin vient le voir. Ce n'est pas Marcelin. Un autre. Un gars que Pierre a déjà croisé au bourg. Rien à déclarer.

Un seul souci : savoir si les bêtes seront nourries ce soir et demain. Alfred s'en occupera. Ça le rassure de penser qu'il le fera. Il reste quatre mères encore pleines.

On vient chercher Pierre et on l'emmène dans un bureau, loin de la réception de la gendarmerie. Portal est assis devant un ordinateur. Son képi et sa veste pendent à un portemanteau. Il ne regarde pas le gardé à vue.

Un long silence passe. Un téléphone sonne quelque part. Portal se lève, disparaît puis revient. La mine impénétrable.

Pierre est assis, une main attachée à un anneau fiché dans le mur.

Première question :

— Savez-vous pourquoi nous vous avons placé en garde à vue ?

— Non. Je l'ignore.

— Il s'agit de l'enquête sur la mort de Claire Verdier.

Il ne dit pas « votre sœur », cet enfoiré ! Il tape quelques mots sur son clavier. Ses doigts vont très vite. Il doit avoir l'habitude.

Nouveau long silence.

Ce doit être une technique.

Sur le mur du fond est accroché un poster : la face nord de l'Olan, cette grande flamme de pierre qui s'élève d'un seul jet sur plus de mille mètres au-dessus du vallon de Font Turbat.

Pierre distingue nettement les deux parties de la face, très raide. À droite, la voie des premiers vainqueurs, la Devies-Gervasutti ; à gauche, la mythique Couzy-Desmaison, plus difficile.

Plus à droite, la ligne qu'il a tracée avec Paola. Et qui porte son nom. La voie Paola. C'est là que sa vie a basculé une première fois.

Portal a vu qu'il regarde le poster. À coup sûr il l'a mis là à dessein. Pour déstabiliser le prisonnier. Un instrument de torture discret mais efficace. Du moins c'est ce qu'il croit. Il dit :

— Ça vous rappelle des souvenirs ?

Pierre tourne les yeux vers lui et le regarde avec mépris.

Pour se lancer dans l'Olan, se dit-il, il faut une force de caractère que tu n'as pas, freluquet ! Moi, je la possède. La mort a été ma compagne pendant des années.

Portal se redresse dans son fauteuil tournant et dit :

— Nous allons refaire votre emploi du temps de la matinée du 4 novembre, date à laquelle est décédée Mme Claire Verdier. Vous me comprenez ?

En guise de réponse, Pierre lève les yeux vers l'Olan.

— Bon, vous nous avez dit vous être réveillé vers 5 heures du matin. Vous confirmez ?

— Oui.

— Votre sœur dormait ?

— Oui.

— Elle avait absorbé un somnifère. Le saviez-vous ?

— Oui, c'est moi qui le lui ai donné.

Portal saisit tout ce dialogue dans sa machinerie informatique qui fait bip chaque fois qu'il doit faire une erreur de frappe.

Il demande pourquoi Pierre possède des somnifères chez lui. Pierre répond que ça date d'il y a deux ans et qu'à l'époque il n'arrivait plus à dormir à cause des cauchemars qu'il faisait.

Portal veut tout savoir. Les cauchemars et tout le reste. Pierre l'envoie balader.

Qu'il m'interroge sur mon emploi du temps et rien d'autre.

— Vous êtes arrivé chez le docteur Marcelin à 10 heures. C'est bien ça ?

— Oui.

L'adjudant arrête de taper sur son clavier et dévisage Pierre. Longuement. Pierre soutient son regard cruel. Portal finit par dire :

— Nous avons un problème sérieux. Vous savez lequel ?

— Non.

— Le légiste est formel. Claire Verdier est décédée vers 8 h 30 du matin. À cette heure, vous étiez encore chez vous. Que faisiez-vous ?

— J'étais dans la bergerie.

— Vous pouvez préciser ?

— Je ne me souviens plus vraiment de ce que j'ai fait. Comment se rappeler les petits gestes du quotidien ? Comme tout le monde, je suis une mécanique qui tourne parfois sans réfléchir. J'ai dû regarder si de nouvelles mères s'apprêtaient à faire l'agneau.

— Vous avez enterré quelque chose à côté de la bergerie. Est-ce que ça vous revient ?

Pierre revoit l'agneau mort qu'il a mis sous terre pour ne pas traumatiser Claire. Portal en sait beaucoup plus que Pierre ne l'imagine. Alfred a dû parler. Depuis sa fenêtre, il voit tout ce qui se passe devant chez les Verdier. Lui ou sa sœur, même chose. Ils n'ont que ça à faire. Portal renchérit :

— C'est étrange que vous ne vous souveniez pas de cet épisode.

— Avec le choc que je viens de subir, ce genre de petit événement passe à la trappe des souvenirs. Pour vous, on dirait que ça a de l'importance. Pas pour moi.

Portal reprend et bassine Pierre pendant plus d'une heure avec son histoire d'emploi du temps.

Claire a dû monter vers le plan des Aiguilles pendant que Pierre était à la bergerie. Pauvre Claire, si elle voyait son frère assis dans ce bureau, menotté, face à un flic qui ne pense qu'à sa perte.

À 9 heures passées, on descend Pierre dans la geôle. Il y passe encore une éternité, puis on le remonte.

Ce coup-ci, Portal veut tout savoir sur les traces de pas. Comme un imbécile, Pierre lui a dit qu'il s'agissait de la même pointure que la sienne. Alors il a fouillé. Un flic, c'est malin. Il montre une photo et dit :

— La seule empreinte que nous ayons retrouvée. La seule qui n'ait pas été recouverte par la neige. Et pour cause, elle se trouvait sous le corps de Claire Verdier.

Le gendarme hausse soudain le ton :

— Les experts sont formels. Il s'agit de votre pied. Vous m'entendez ?

Pierre n'écoute plus. Il fixe la face nord de l'Olan. Une hivernale comme le géant René Desmaison n'en a pas osé. Pierre l'a rencontré, ce géant. Ils ont parlé de l'Olan et des Jorasses. Desmaison a toujours voulu ouvrir une directissime, mais il a estimé que c'était impossible. « Je suis trop vieux, Pierre ! Toi, tu peux... »

Pierre a retourné la phrase du maître dans sa tête pendant des années. Desmaison aussi a vu la mort dans les Jorasses. En face nord. Le visage du compagnon que le gel a rendu pareil à de la cire grise. Les yeux gelés. Les paupières éclatées.

« Même si on y reste, collés au rocher, la gueule ouverte par le froid, on sera des grands. » Voilà ce qu'a dit Paola, son amour.

Viens à mon secours. De l'au-delà.

Pierre voit son beau visage. Ses yeux verts. Ses lèvres si tendres. Pourquoi est-il toujours en vie aujourd'hui ?

— Vous m'entendez ?

Portal hurle. Pierre ne répond pas.

Portal finit par se calmer, tape à nouveau sur son clavier et sort. L'attente est de courte durée. Lorsqu'il revient, il déclare :

— Et cette corde ? Expliquez-moi d'où vient cette corde.

Pierre ne répond plus. Il veut être ailleurs. Partout, mais pas devant ce minable qui gesticule. Qui éructe. Et qui le paiera un de ces jours.

— Nous allons vous transférer au tribunal de Grenoble, dit Portal. Pour une audition devant

Mme Ingrid Montaz, la juge d'instruction qui a la charge de ce dossier.

On détache Pierre et on l'emmène, les fers aux poignets. La route semble longue jusqu'à Grenoble. Les flics ne parlent pas.

Pierre ferme les yeux. C'est drôle, il ne pense plus à rien. Il est presque soulagé qu'on l'extraie de ce monde.

La fourgonnette entre dans la souricière du tribunal. Tout va très vite. On monte des escaliers.

Une porte.

Une autre porte.

Mme la juge est une belle femme, au regard doux. Elle jauge Pierre, dit des mots qu'il entend à peine.

Présomptions. Preuves. Avocat. Commis d'office.

Mis en examen pour le meurtre de ma sœur.

Écrou.

Prison.

Que des mots de mécanique. On commence à broyer Pierre.

Ce soir il dormira à la maison d'arrêt. Une seule chose lui vient à l'esprit. Il demande, têtu :

— Qui va s'occuper des bêtes ?

— Vous nous avez posé la question plusieurs fois, répond la juge. Messieurs les gendarmes vont faire le nécessaire. Je crois que votre voisin va s'en charger.

Pierre voudrait hurler. L'orgueil le lui interdit.

Sois plus fort qu'eux.

Ils ne peuvent rien contre toi.

Même l'Olan, cet ogre furieux, ne t'a pas dévoré.

26

Il y a la rumeur.

Les égouts de la société ne sont pas des lieux de silence. Tout le temps ça crie. Ça parle. Ça pleure. Ça jouit. Des râles de brutes qui s'enculent.

Et puis des grilles qui claquent. Des haut-parleurs qui gueulent des ordres.

La prison n'est qu'une immense rumeur.

Le dehors est partout, malgré les murs, les grillages, les palissades.

Malgré les matons qui ont peur de Pierre. Car certains connaissent ses exploits, là-haut dans l'Olan, et le redoutent.

Le premier jour, Pierre voulait crier qu'il était innocent. Tout le monde est innocent ici. Les enflures qu'il croise dans la cour sont tous des innocents. Le déni. En enfer, on n'a que ça pour se rassurer, le déni.

Y a pas mal de « sexuels », comme dit le voisin de Pierre, Tino, un gitan, un braqueur de première. Ils se marrent bien ensemble. Tino sait qu'il va en prendre pour lourd. La perpète si son avocat est un manche. Y a mort de flic.

Pierre aussi risque la perpète. Avec la sûreté et tout

l'appareil à foirer les hommes. La longue nuit de la perpétuité. Si ça se trouve, il ne reverra jamais Saint-Vincent. Maintenant qu'il a l'âme bagnarde, Pierre s'en fout, de la liberté. Ce qu'il veut, c'est chasser les démons. Il veut vivre sans eux.

On lui a fait passer des visites chez le psychologue. Un pisseux qui cachetonne en enfer. Le docteur lui a filé du Lexomil, encore lui. Pierre en a pris les deux premiers jours pour ne pas rêver la nuit. Alors, il a pioncé lourdement et il a fait le vide. De l'extinction des feux au petit matin. Plus de monstres autour de lui.

On l'a mis seul. Il est bien, lui qui n'aime pas le luxe.

Son avocat est déjà venu le voir deux fois pour lui donner des nouvelles de son dossier. Rien ne progresse vraiment. Le seul bon point reste cette histoire de traces dans la neige. L'avocat en a fait toute une construction intellectuelle et il y croit dur comme fer.

Claire possédait elle aussi des chaussures en 41, elle les avait achetées un peu grandes pour pouvoir les porter avec de grosses chaussettes de montagne. Ce détail semble très important tout à coup. Pierre n'y a pas pensé quand on l'a interrogé. Maintenant, il se demande si les traces qu'il a vues dans la neige ne sont pas celles de Claire, tout simplement.

Parfois, ces pensées le rendent fou. Il se met à tourner dans sa cellule et ressasse sans arrêt les mêmes idées. Quand il n'en peut plus, il pense à sa carrière passée. Les clients qu'il a eus et qu'il aimait bien. L'un d'entre eux, un riche Suisse, lui a écrit une gentille lettre de trois pages où il a mis les mots justes.

Tout le monde le croit innocent mis à part la société judiciaire qui l'écrabouille lentement du bout du pied.

Pour l'instant, Alfred s'occupe des bêtes. Un cousin, Étienne Verdier, vient l'aider. Tous les agneaux sont nés. Une quarantaine en tout. Il n'y a pas eu de pertes. Alfred n'a pas perdu la main. Il a traité le troupeau de Pierre mieux que le sien. Le seul problème est qu'il fatigue. À son âge, s'occuper de deux fermes relève de l'impossible.

Pierre se demande quand sa sœur sera enterrée. Son voisin, Tino, lui a dit qu'on la conservait dans le froid, quasiment congelée, et que son corps ne se décomposait pas. Quand on est au fond du trou comme Pierre, ce genre de détail a son importance. Il veut que Claire soit belle lorsque ceux qui voudront lui dire un dernier adieu la verront.

L'avocat lui a signifié qu'il ne pourrait sans doute pas assister à l'enterrement. La justice n'a même pas cette tendresse-là. Une demande a été faite, toujours sans réponse.

Heureusement que Tino est là et qu'il lui raconte des histoires de son enfance gitane pour le changer un peu. L'autre jour, il a parlé de son premier braquage dans la banlieue parisienne. Un supermarché. Une affaire de bras cassés qui a beaucoup fait rire Pierre. En échange, Tino lui demande d'évoquer des cimes qu'il a foulées. Pierre raconte le Népal, les contreforts de l'Himalaya, les longues vallées arides avec en toile de fond les plus hauts sommets du monde.

— Tu as fait l'Everest ?

— Oui. Ce n'est pas le plus difficile.

— Je t'écoute !

Pierre s'est découvert un talent de conteur. Il parle

de l'effort, mais surtout de nature, de beauté et de liberté. D'un monde que l'homme n'a pas encore transformé. À chaque épisode, Tino est ému. Cela se devine, même s'il le cache sous son masque de dur.

Dans la cour, un autre détenu, Martin, gitan lui aussi, les rejoint parfois.

Martin est impressionné par les mains de Pierre. Elles dégagent une force qu'il n'imaginait pas. L'alpiniste est capable de faire des tractions en se suspendant sur deux doigts. Cette force physique fascine Martin qui n'a pas été gâté de ce côté-là. Plutôt petit et nerveux.

— Tu arrives à faire des pompes sur la pointe des doigts !

Martin ouvre des yeux ronds. Pierre s'exécute. Une vingtaine, juste sur le pouce et l'index. Martin n'en revient pas. Il essaie et grimace tellement ça fait mal. Pierre lui a dit que quand on est grimpeur de très haut niveau, on tient sa vie au bout de ses doigts. On est obligé d'être fort. Martin conclut :

— Tu as raison, Pierre. Quand on est voyou, on pense pas assez à ça ! On devrait…

Tino, lui, demande la suite des aventures. Il aime les histoires de sherpas par-dessus tout. Ces types capables de porter des charges de mule à des altitudes extrêmes le font rêver. Les sherpas sont des gens à part, comme les gitans. À vrai dire, Pierre s'est juré de revenir au Népal si jamais la justice décide de ne pas le garder jusqu'à la fin de sa vie. Il veut revoir une dernière fois les amis qu'il a laissés au fond des vallées sauvages.

Depuis qu'il est en prison, Pierre s'entraîne tous les jours. Plus de deux heures. Il a retrouvé sa forme d'il y a dix ans. Il n'a pas d'autre choix que de se dire qu'il va revenir en altitude. Une manière de tenir le coup.

Le couvercle du judas de la cellule glisse, une clé tourne dans la serrure.

— Verdier, une visite.

— Qui est-ce ?

— Votre avocat.

Pierre réalise qu'il avait oublié ce rendez-vous. Il se lève et avance jusqu'au milieu du couloir.

— On y va.

Faut descendre des escaliers qui empestent les produits d'entretien et la sueur. Franchir des grilles. Attendre dans des sas. Repartir. Un vrai dédale. L'avocat est dans une pièce pas plus grande qu'une cellule. Il a une mauvaise mine. On s'assoit, face à face.

— Votre demande de sortie pour l'enterrement de votre sœur a été refusée.

Pierre baisse les yeux. En un sens, il préfère. Se présenter menotté devant la tombe de la famille eût été un véritable calvaire.

— Quand l'enterre-t-on ?

— Demain.

— Puis-je vous demander une faveur ?

— Bien entendu.

— Portez-lui une petite couronne de roses rouges. Avec un cœur au milieu. Je paierai ce qu'il faut.

— Ne vous inquiétez pas.

Pierre abrège l'entrevue. Il a besoin d'être seul.

27

Il n'y a pas vraiment foule sur la place de Saint-Vincent, mais on peut dire que le village n'a pas vu autant de monde depuis bien longtemps.

La neige ne tombe pas encore, mais ça ne saurait tarder. Le ciel est bas et comme trop lourd de froid.

Les portes de l'église sont ouvertes. Un prêtre, l'abbé Blanchard, se frotte les mains pour éviter l'onglée. À travers ses grosses lunettes carrées, il observe la soixantaine de personnes qui patientent en échangeant des phrases banales à voix basse. Il ne connaît personne, mis à part le brigadier Constant du PGHM et le docteur Marcelin.

La camionnette des pompes funèbres qui transporte la dépouille de Claire a quitté Grenoble depuis plus d'une heure, elle ne devrait plus tarder.

Portal ne s'est donné qu'une seule mission en ce jour où il sait que les plus proches de Claire Verdier sont présents : mettre un nom sur l'une des innombrables photos qu'il a rapportées du domicile parisien de Claire.

Le premier groupe auquel il s'adresse est la famille, du moins ce qu'il en reste. Étienne Verdier, un cousin en second comme on dit, et deux vieilles dames, environ quatre-vingts ans, probablement des sœurs, qui sont de la parenté plus ou moins lointaine. Portal se présente avec les formes : regard compatissant, expression neutre, voix douce et grave. Étienne, qui a bien connu Pierre, le toise et daigne tout juste jeter un œil à la photo que lui montre le gendarme.

— Jamais vue…

À l'examen du portrait, les deux vieilles font une grimace qui ne laisse aucun doute. Jamais vue non plus. Au moins les deux octogénaires ont-elles accordé quelque temps au gendarme. Étienne est allé rejoindre le prêtre, avec qui il échange quelques mots.

Portal se déplace vers un autre groupe, trois femmes, la quarantaine, et un homme plus âgé. L'accueil reste tout aussi froid mais on l'écoute.

— Nous travaillions avec Claire. Elle était notre directrice.

— Avez-vous déjà vu cette personne ?

Une femme, la plus jolie des trois, répond par l'affirmative. Ce visage lui rappelle quelque chose. Un souvenir qui date d'une dizaine d'années. Elle a bu un café en compagnie de Claire et de cette femme, dans une brasserie non loin de la rue Soufflot. Son nom ? Elle ne s'en souvient plus. Portal note une identité, Armelle Benedetti, puis se faufile vers un autre groupe, telle une ombre. Après les présentations, la question ne varie pas :

— Avez-vous déjà vu cette personne ?

Cette fois-ci, l'interrogé répond par une autre question :

— Qui c'est ?

Cela peut sembler saugrenu, mais Portal se sent obligé de s'expliquer :

— Une proche de Claire… Nous n'en savons pas plus.

— Elle est en danger ?

— C'est possible.

Le groupe auquel il s'adresse comprend des amis, hommes et femmes, qui ont connu Claire à l'école ou au lycée. Des gens d'ici, à peu près aussi sympathiques que la famille à laquelle le gendarme a parlé quelques minutes plus tôt.

— Claire était une fille discrète, dit une copine de toujours. Quand elle est partie à Paris, on l'a perdue de vue.

« Que voulez-vous, c'est la vie ! » semble vouloir dire le groupe, en chœur. Claire ne revenait que pour les vacances. Un garçon, aujourd'hui patron de supermarché dans la banlieue de Grenoble, se souvient de l'avoir rencontrée avec une amie, une fille de Paris. Elles flânaient dans le petit marché de Bourg-d'Oisans, le samedi matin. Portal ressort une nouvelle fois sa photo, le garçon fait non de la tête, il ne se souvient vraiment pas. Peut-être que oui, ce sourire, mais non, c'est trop loin. Ce visage lui parle, du fin fond de sa mémoire…

Quelles conclusions tirer de tout cela ?

L'adjudant reproche à la juge Montaz de demander ces compléments d'enquête. Il a le sentiment que toutes ces démarches hautement désagréables n'ont qu'un but : fragiliser ses conclusions, à lui l'enquêteur chevronné. Marre de faire le clown tragique avec une photo dérisoire, un portrait de jeune fille jolie et souriante, dans la main.

Un moteur peine dans la montée. Les voix se taisent. Le corbillard apparaît au bas du village, gris et noir, tassé dans la brume qui lui fait cortège.

Curieusement, les premiers flocons se mettent à voleter dans l'air épais de froidure.

La foule, dans un mouvement instinctif, se fend en deux rangées, chacun se regardant comme pour donner plus de gravité à l'instant.

Le prêtre descend les marches, les mains serrées sur un missel. Il s'arrête au milieu de l'assemblée et fixe le fourgon qui progresse encore sur quelques mètres, s'immobilise puis effectue un demi-tour, présentant la porte arrière à l'assemblée.

Les visages sont fermés. Pas un mot. Juste la buée qui s'échappe des bouches entrouvertes. Imperceptiblement les flocons se font plus nombreux.

Quatre hommes au costume de cendres sortent du corbillard. Sans perdre un seul instant, ils ouvrent les portes. Le cercueil de Claire est déjà couvert d'une couronne modeste. De petites roses rouges et un cœur blanc en son centre. Quelques sanglots éclatent. Le père Blanchard dit :

— Frères et sœurs, accueillons Claire dans l'église où elle a été baptisée, par la prière que Notre Seigneur nous a donnée.

Puis, tandis que les croque-morts baissent les yeux, il récite d'une voix qui tremble :

Notre Père
Qui es aux cieux.
Que ton nom soit sanctifié
Que ton règne vienne...

La foule des amis, ce qui reste de famille, les collègues et Alfred qui les a rejoints suivent en murmurant. Du moins ceux qui savent les paroles.

Car c'est à toi qu'appartiennent le règne
La puissance et la gloire
Pour les siècles des siècles
Amen

Sans ajouter un mot, le prêtre se signe, se retourne et regagne l'église. Le cercueil le suit. Et la foule. Lentement.

Portal observe, scrute chaque visage. La plupart ne masquent pas leur douleur. Il est ému et a bien du mal à le cacher. Il voit le cercueil, serre les dents. Il n'a vu Claire qu'après l'autopsie. Son corps malodorant, recousu de grosse façon, son visage terreux et pourtant beau. Il a étudié les photos. Il se jure de ne pas laisser en paix celui qui a fait ça. Verdier doit payer. Maudite soit cette juge qui cherche à lui retirer la part de vérité qu'il a établie.

Une fois le cortège entré dans l'église, Portal se place sur le banc du fond, sous un vitrail décati qui représente saint Bernard de Menthon, patron des montagnards. Au bas de l'image : *Don de la famille Verdier, 1934.*

La messe ne dure pas longtemps. Alfred est resté à l'écart. Il ne quitte pas des yeux le cercueil, les yeux secs.

Il fait un froid sibérien dans l'église qui n'a pas dû être chauffée depuis des années. Les murs sont peints d'une couleur ocre sans charme. Un chemin de croix en quinze stations gravées dans des plaques de bois pour seul ornement. Au plafond, un ciel d'un bleu délavé et constellé de croix dorées.

Portal ne croit guère en Dieu. L'exercice de la police judiciaire lui en a trop fait voir sur la nature humaine pour qu'il espère encore.

Pourtant, les quelques mots du prêtre le touchent au plus profond de son être. Le père Blanchard parle tout d'abord de Claire, lui redonne vie avec des mots simples. Il dit l'enfance dans ces montagnes rudes, la grandeur de ce petit destin qui a dû quitter cette terre de misère pour connaître le monde. Sa réussite dans les hautes sphères de la science.

Il dit aussi qu'il va prier pour celui qui l'a anéantie.

— Tu dois être un homme qui souffre d'un mal que nul ne connaît. Un homme déjà aux portes de l'enfer. Je prie notre Dieu tout-puissant pour qu'Il t'accorde Son pardon car tu es au-delà de la pitié des hommes.

Et, citant le poète John Donne, le père termine d'une voix de caverne capable de soulever les cœurs les plus endurcis :

— *La mort de tout homme me diminue parce que je suis membre du genre humain. Aussi n'envoie jamais demander pour qui sonne le glas. Il sonne pour toi.* Aujourd'hui, il sonne pour l'humanité tout entière.

Au moment où chacun défile pour toucher ou bénir le cercueil, Portal reste à sa place. Pas de musique, uniquement les bruits de pas secs sur le dallage glacé, les nez qui reniflent et les pleurs qui résonnent sous les voûtes.

Quand le cercueil rejoint le cimetière, la neige tombe dru. En quelques minutes, la bière se couvre d'un linceul immaculé.

Alfred regagne sa maison en abaissant sur son front

le béret encore neuf, celui dont il se sert pour les grandes occasions.

Devant le caveau ouvert, le prêtre récite la prière des morts, brièvement, pressé par la tempête qui se lève. Le cercueil descend, silencieux, coiffé de la couronne de roses du frère de Claire. Personne n'a voulu l'enlever.

D'ailleurs, de toute la cérémonie, personne n'a osé prononcer le nom de Pierre Verdier.

28

Décembre touche à sa fin.

Presque deux mois de prison.

Pierre n'a eu que deux visites. Le cousin Étienne et Gilles, un guide, comme lui, qui ne l'a pas laissé tomber.

Gilles n'a pas oublié les belles escalades, les premières, les souvenirs que rien n'efface tant ils sont puissants.

Gilles a dit qu'il s'en foutait, de l'innocence ou de la culpabilité. Un homme est un homme. On ne peut pas le nier d'un coup de tribunal.

Tout le monde ignore Pierre. Il est un tueur de femme. Le tueur de sa sœur. « Le monstre », comme l'a titré un journaliste vicieux. Pierre a l'habitude des plumitifs, ce n'est pas la première fois.

Sa cellule est propre. Il a refusé la télé et même la radio. Les livres et les journaux. C'est du dehors, tout ça !

Son corps est là, dans ce béton carcéral. Chaque jour il l'endurcit par des exercices de plus en plus éprouvants.

Son esprit est ailleurs. Là-haut, vers les Aiguilles.

Des fois, il sent la neige qui crisse sous ses pieds, le vent qui manque de le faire chavirer.

Claire non plus ne le quitte pas. Elle indique le chemin.

Vicky n'est pas morte.

Elle est bien vivante.

Un signe va venir, bientôt.

Pierre a cessé d'arpenter ses cauchemars. Sa sœur a donné des certitudes. Pour quand il sortira d'ici.

Personne ne l'ennuie. Les premiers temps, on traitait Pierre de tueur de femme. De lopette. Il en a attrapé un et lui a montré qui il était. Martin et Tino avaient prévenu, un alpiniste de son niveau a une force inimaginable dans les mains.

Pierre s'est battu. Il a brisé un bras. Le type a gueulé comme un porc. Pierre lui a fermé la bouche en le frappant jusqu'à ce qu'il pisse le sang. Toute la détention a formé un cercle autour des deux maudits.

Et puis il y a eu les sifflets et les coups de matraque. On a foutu Pierre au mitard pendant une semaine. Ça lui rappelait les bivouacs en hivernale. Pas de quoi mourir.

Depuis, on le respecte.

Verdier, c'est pas un dur. Pas un méchant. Non. C'est un fou. Voilà ce qu'ils croient, ce ramassis de détritus. Et lui, il a la paix.

Par la fenêtre de sa cellule, il peut voir les sommets de la chaîne de Belledonne. La neige est remontée haut et dessine une frange de dentelle au-dessus de cette ville coiffée d'une gangue de pollution. Le printemps n'est plus très loin.

L'avocat a bon espoir. Il a demandé des contre-expertises mais cette empreinte de pied sous le corps de Claire l'ennuie. Et la corde.

Comment peuvent-ils être aussi sûrs qu'il s'agit de sa chaussure ?

Cette preuve le tient. Et toutes les explications qu'il a avancées se sont brisées sur le mur de cette preuve.

La flicaille a écrit son scénario et n'en démord pas.

Pierre a donc laissé des traces dans la neige.

Et puis il y a la corde. Encore et toujours. Pierre a sa version, simple. Il ne comprend pas. On lui a subtilisé quelques mètres de corde… Personne ne le croit.

Ça pourrait continuer jusqu'à l'infini.

Les premières nuits dans sa taule, il n'a pas vraiment dormi. À cause de la rumeur. Il avait l'esprit vide. Pas de révolte. Pas de colère. Ni même de tristesse. Seulement le vide.

Ce n'est qu'au bout d'une semaine qu'il a commencé à se souvenir.

La face nord de l'Olan.

Il fallait qu'il refasse cette ascension jusqu'au bout. Il le fallait.

Il a revu la face nord de l'Olan.

Au deuxième jour, le temps a changé. Le ciel se charge par le sud. Le signe de la neige. Il faut sortir au plus vite.

Pierre et Paola mettent toute la matinée à passer un surplomb. Un véritable toit à neuf cents mètres du sol. Tout en escalade artificielle. Il faut se hisser sur les échelles. La moindre chute et c'est la fin. Impossible de redescendre.

Quand Pierre s'installe au relais, il est un peu plus de midi. Paola le rejoint. Elle est épuisée. Quelque chose a changé dans son regard. Ses yeux ne sont plus verts, mais gris.

Pierre regarde son altimètre, il reste encore deux cents mètres, dont une centaine de très grande difficulté.

Faut rassurer Paola. Lui dire que le plus dur est fait. Que d'ores et déjà ils ont inscrit leurs deux noms dans l'histoire du grand alpinisme.

Paola sourit vaguement. Elle a l'air si triste. Livide. L'Olan lui a pris presque toutes ses forces.

Pierre ne peut pas la serrer contre lui. Impossible à cause des harnais, des cordes, des sacs et de tout ce matériel de fou.

Je t'aime. Il le répète deux fois. Une larme coule sur la joue de Paola.

— On va manger, Paola. Après on file.

Paola acquiesce. Pierre lui tend des barres de céréales et des biscuits énergétiques.

— Et ce soir, on va se faire un bon repas. Un festin d'amoureux. Qu'est-ce que tu en dis, Paola ? Faut franchir cette barre là-haut. Ensuite, même les vaches y passent…

Paola n'a pas le goût à rire. Elle avale ses biscuits sans dire un mot. Ses doigts ont souffert du froid. Le pouce droit est fendu à la première phalange. Il saigne. L'autre main n'est guère mieux.

— Tu as tes gants, Paola ?

Elle baisse les yeux. Pierre comprend qu'elle les a perdus et que ses mains fines endurent le martyre. Il lui tend ses moufles.

— Moi je suis un paysan, j'ai l'habitude de l'onglée.

Au-delà de la pointe Maximin, un voile fin masque

les sommets de l'Oisans. Il neige déjà tout autour d'eux. Ça va leur tomber dessus dans une heure ou deux.

— Faut pas traîner, ma chérie.

Ils repartent le plus vite possible. Pierre prend des risques insensés. Sur deux longueurs il ne met que trois coinceurs. Il suit un dièdre en dévers qui présente une belle fissure. Très dur pour les bras. Il progresse vite. Paola suit difficilement. Par deux fois, il est obligé de la hisser.

À 16 heures, ils ont passé la barre rocheuse. Il y a une belle vire à droite.

— On va pouvoir s'allonger dans nos sacs de couchage et même sortir la toile de bivouac. Regarde, Paola. Un endroit spécial pour les vrais amoureux.

Le regard de Paola est ailleurs. Il fixe les sommets alentour qui disparaissent les uns après les autres derrière le rideau de neige.

— Ça va passer, ma chérie.

Pierre l'assoit contre le rocher et l'attache. Puis il la serre dans ses bras et l'embrasse. Ses lèvres si douces partent en lambeaux. Pierre craint qu'elle ne fasse une bêtise. Un coup de folie. Il a appris ça à l'école des guides. René Desmaison a connu ça, dans la glace des Jorasses. Le corps se vide, la raison s'en va comme si cette affaire de survie ne la regardait plus.

Il faut que Paola reprenne des forces. Pierre installe le réchaud et prépare des rations lyophilisées. Paola avale deux ou trois bouchées, qu'elle a du mal à faire passer. Avant qu'elle ait fini son plat, la neige arrive de plein fouet. Elle tourbillonne et les couvre à une vitesse inimaginable. En quelques minutes, on ne voit presque plus rien.

Paola se met à crier.

Pierre n'arrive pas à la rassurer. Il a beau lui dire qu'il ne reste plus que cent mètres à passer et que ce sont les plus faciles, elle ne l'écoute pas. Elle fait une crise comme Pierre n'en a jamais vu. À 3 500 mètres d'altitude, le corps peut avoir des réactions que rien ne laisse prévoir. Pierre doit passer une bonne heure à la raisonner avant de parvenir à la coucher dans son sac de couchage. Elle finit par dire :

— Demain, on est à la maison, Pierre. Je veux que tu m'épouses et que tu m'embrasses comme jamais. On boira du champagne et on fera l'amour.

Pierre se retourne sur le côté.

Pierre ne veut pas qu'elle le voie pleurer, de rage et de tristesse.

Pierre sait que si le temps ne se lève pas très vite, Paola va mourir.

Paola, son ange, est épuisée. Elle commence à délirer.

C'est la fin.

29

La neige a cessé de tomber depuis une dizaine de jours. Le temps est au beau fixe, froid et soleil. Un vrai temps de janvier.

Les routes ont été dégagées. Le bitume, crevassé par endroits, a pris une drôle de teinte grise à cause du sel que les services routiers ont répandu pour faire fondre le gel.

La saison du ski bat son plein. Chaque fin de semaine, la nationale qui relie Grenoble aux stations de l'Oisans est aussi embouteillée qu'une artère parisienne. Le reste du temps, la vallée redevient déserte, prisonnière de son silence.

Sur la route de Saint-Vincent, un camion à bétail grimpe lentement, contour après contour. Dans les deux derniers lacets, le chauffeur doit manœuvrer, il a l'impression qu'il devient fou.

Sur la place du village, deux vieux attendent, alertés par le bruit grognon du moteur. Le premier se présente :

— Je suis Étienne Verdier, le cousin de Pierre Verdier.

Alfred Magnin est là lui aussi, avec son anorak

rapiécé qui laisse voir la bourre par les coutures défaites. Le chauffeur le salue d'un geste de la tête.

Alfred écoute la conversation entre le routier et le cousin de Pierre. De temps à autre, il essuie d'un revers de manche la goutte que le froid fait couler de son nez maigre.

Un roulement, un tonnerre défait le calme pesant qui entoure les trois hommes. Le chauffeur lève les yeux et cherche d'où provient le bruit. Un sérac vient de se fracasser sur la moraine du glacier du Plan. Mais le glacier est invisible depuis Saint-Vincent.

Alfred ne dit rien, s'intéresse un instant à la remorque du camion, une immense cage à claire-voie, en se demandant si tout va rentrer là-dedans.

— Vous devriez faire demi-tour, lance Étienne Verdier en exécutant un geste circulaire.

— Parfait, répond le chauffeur. Comme ça, je vais mettre le cul du camion juste devant la porte. Ce sera plus facile.

Capitaine, le chien de Pierre, n'a pas refait surface depuis quelques jours. Magnin le nourrit de temps en temps, mais pas moyen de l'enfermer dans la bergerie. Capitaine trouve sa pitance ailleurs. Il ne reviendra pas tant que son maître ne sera pas de retour, si le dieu des clébards lui prête vie jusque-là.

Le chauffeur remonte dans sa cabine et entame le demi-tour qui va lui permettre de reculer jusqu'à la bergerie de Pierre. Alfred suit la manœuvre des yeux. Il s'est occupé des bêtes de Pierre pendant plus de trois mois, mais maintenant il ne peut plus. Trop vieux. Plus assez de force dans les bras pour transporter les bottes de foin et de paille. Et puis l'avocat de Pierre a envoyé un type pour dire que son client ne rentrerait pas de sitôt et qu'il fallait régler ce problème de bétail.

Avec toutes les naissances, le troupeau de Pierre compte près de cent trente têtes. Saint-Vincent n'a jamais connu de cheptel aussi important, même au temps où une dizaine de fermes nourrissaient leur monde.

Alfred aurait bien repris deux ou trois chèvres de Pierre, mais Étienne Verdier a décidé de les vendre. L'argent, pas grand-chose au total, ira sur le compte de Pierre et servira à payer les frais de justice.

— Qu'est-ce qu'ils vont en faire ? demande Alfred au chauffeur qui vient de terminer sa manœuvre.

— À l'abattoir, direct.

Alfred fait une moue dépitée, comme s'il trouvait que tout cela était un véritable gâchis. Il a la lippe qui pendouille, tout à coup. Son petit monde prend un uppercut, de quoi le mettre K-O. Va falloir vivre avec pour seule compagnie sa sœur impotente. La maison Verdier est désormais fermée, la bergerie ruinée par la justice.

Une voiture déboule sur la place. L'adjudant Portal a voulu être au rendez-vous. Quand sonne l'hallali. Il ne coiffe pas son képi et adresse un bonjour de circonstance aux trois protagonistes d'une fin annoncée. Contrairement à l'image qu'il donne de sa personne, Portal éprouve de la tristesse à la vue de cette cage roulante et de cette ferme bientôt close.

— Je suis venu vous demander si vous n'avez pas vu quelqu'un traîner dans les parages, demande l'adjudant à Alfred.

Le vieux paysan se contente d'un non catégorique. Portal fait le tour du propriétaire. Il cherche des traces, quelque chose qui pourrait alimenter les craintes de la juge Montaz. On a signalé à nouveau la présence d'un type errant dans les communes avoisinantes. Personne n'a pu le décrire et par le temps qu'il fait Portal ne croit pas trop à cette piste.

La bétaillère a fini sa manœuvre. Le chauffeur vient d'enfiler une paire de gants qui lui font des mains de Mickey diabolique. Il fait basculer une rampe et ouvre les portes de la cage sur roues. Le bruit des tôles qui s'entrechoquent tire les moutons de leur torpeur. On dirait qu'ils ont compris que quelque chose d'imprévu et de néfaste allait se passer. Quand Alfred ouvre l'entrée de la bergerie, les bêtes font un grand mouvement circulaire, leurs pattes osseuses froissant la vieille paille. Deux ou trois agneaux restent seuls et appellent leur mère.

Portal observe la petite tragédie qui se joue devant lui. Il tient le rôle sombre par lequel tout arrive, surtout le pire. Cette pensée le désole malgré tout. Il aurait aimé autre chose, mais la loi du crime est ainsi.

Étienne Verdier ne connaît rien aux animaux. Il cherche Alfred du regard et ne le trouve pas immédiatement. Le vieux s'est mis à l'écart, il scrute le troupeau qui s'est serré contre le mur du fond de la bergerie. Il a honte de liquider le bien de son voisin qui est son cousin à lui aussi. Même si ce n'est pas ça mien, se dit-il, ça fait mal quand même.

Le chauffeur a l'habitude des cargaisons animales. Il empoigne deux barrières de bois et les fixe entre la porte de l'enclos et celle du camion.

— Vous les avez comptées ? demande-t-il.

— Cent trente-trois, dit Étienne Verdier.

— Je veux bien vous croire ! De toute façon,

je vous enverrai le bordereau de livraison. On les recompte au déchargement, avant de les abattre.

Le chauffeur saute par-dessus la barrière et pousse les bêtes en sifflant. Elles vont d'un coin à l'autre, se montent dessus, se pressent. Pas moyen de les faire entrer dans le camion. Étienne Verdier s'en mêle et leur barre le chemin en faisant de grands gestes. Une première brebis grimpe sur la rampe puis une deuxième et finalement tout le troupeau, dans un fracas de sabots qui martèlent la ferraille. Il ne reste que quelques agneaux affolés qui tirent la langue en jetant des appels de détresse. Le chauffeur, après une course-poursuite, parvient à les raisonner.

La bétaillère est fermée aussi sec. Étienne Verdier signe des papiers.

Portal s'est planté au milieu de la place et regarde partir le camion. Étienne Verdier ne demande pas son reste et déguerpit sur-le-champ.

— C'est tout de même triste, dit Alfred, les yeux fixés sur la maison Verdier dont le toit est encore chargé de neige.

Portal n'est pas là pour étaler ses sentiments, il doit fermer des portes, selon les termes de police judiciaire. Un chapitre de son dossier vient de se clore.

Il décide de faire le tour de la maison Verdier. En se déchargeant, les toits ont formé de gros bourrelets de neige que le gel a durcis. À l'arrière de la maison, on peut accéder facilement aux ouvertures de l'ancienne grange.

Portal s'enfonce à chaque pas qu'il fait, parfois plus haut que le genou. Il observe, mètre après mètre, les abords de la maison. Aucune trace. Ou plutôt des marques anciennes que la neige a recouvertes, mais dont les contours arrondis demeurent. À quand remontent-elles ? Difficile à préciser. Ces vieilles empreintes vont vers la fenêtre de la salle de séjour dont les volets sont fermés et coincés par la neige.

Portal regagne la place. Alfred est toujours là qui l'observe.

— Vous pouvez me dire à quand remonte la dernière chute de neige ?

Alfred se gratte le front, pensif.

— Ça fait un moment ! Peut-être bien une quinzaine de jours maintenant…

— Et vous n'avez vu personne dans les parages ?

Alfred secoue la tête.

— Non.

— Vous-même, n'avez-vous pas marché autour de la maison de Pierre Verdier ?

— Non. Quand il est parti, je suis allé fermer les volets et la porte et puis… Voilà.

Portal n'insiste pas. Une fois dans la voiture, il téléphone à Marceaux, son assistant, meilleur connaisseur que lui de ces histoires d'empreintes dans la neige.

— À ton avis, combien de temps ça se conserve ?

— Ça dépend des périodes de gel et de chutes. S'il y a eu des pluies entre-temps. Ce qui arrive souvent.

— D'accord, mais peut-on encore voir les traces de Pierre Verdier autour de chez lui ?

Marceaux réfléchit.

— Attends, je fais le tour des bulletins météo et je te rappelle.

Portal grimpe dans le Land Rover et entame la descente. Son téléphone sonne quand il se trouve sur la départementale de Bourg-d'Oisans.

— Verdier a été arrêté en novembre. Il y a eu des

dizaines de chutes de neige depuis. Une période de pluie d'un jour ou deux jusqu'à plus de 1 500 mètres, ce qui signifie une grosse fonte et surtout une transformation du manteau neigeux. Et puis du gel. Et encore de la neige, plus de quatre-vingts centimètres. Et…

— D'accord, coupe Portal. Aucune chance, donc !

— Aucune. Si tu as vu de nouvelles traces, elles ont été laissées après. C'est évident.

30

— Verdier, au greffe !

Il est 7 heures.

Pierre a dormi toute la nuit.

Il vient d'avaler son café.

Les verrous glissent. Il demande pourquoi on le veut au greffe. Le maton n'en sait rien.

On le descend de couloir en couloir, de sas en sas. Les détenus qui se rendent à la promenade passent telles des ombres qui glissent sur le sol luisant.

Le greffe est tout en bas du gnouf. Un coin bien étrange à vrai dire, le passage entre le dehors et le dedans. Pas loin de la porte et de la prétendue liberté. On assoit Pierre sur un banc et on lui passe les menottes.

— Vous êtes convoqué chez la juge.

Il se pince les lèvres. Ces rendez-vous l'ennuient. De toute façon, il n'a pas le choix. En prison on n'apprend pas à obéir, on apprend à subir.

Il y a trois autres types. L'un d'eux, le plus vieux, est tatoué jusque sur le visage. De la bousille partout. Dans son regard usé, on peut lire les longues années de taule. Si la chance ne vient pas un peu en aide, Pierre va finir comme lui. Bouffé par la lèpre pénitentiaire.

Les deux autres mecs sont des pointeurs. Ça se voit tout de suite. On leur donnerait le bon Dieu sans confession. Les plus redoutables.

On flanque les quatre prisonniers dans un fourgon, chacun dans sa petite boîte. On ne peut pas profiter du voyage et s'aérer un peu les yeux. Tout est fermé, tout pue la vomissure.

La circulation se fait de plus en plus dense. On est dans un embouteillage.

Pierre ne veut pas penser. Il n'envisage rien. Il écoute les bruits de la ville. Ça le change de la rumeur de la maison d'arrêt.

Une secousse le sort de sa léthargie.

La porte du fourgon cellulaire s'ouvre.

Une demi-heure plus tard, les trois taulards sont dans la souricière du tribunal.

Pierre est le premier devant Mme la juge. Son avocat est là. Il a un sourire tout neuf qu'il ne lui a jamais vu.

La juge l'accueille, elle aussi, avec un sourire et le prie de s'asseoir. On le détache. Elle dit :

— Vous avez de la chance, monsieur Verdier.

De la chance ! Pierre ne relève pas. Il se contente de fixer la magistrate. Elle a du mal à soutenir son regard. Elle a parfois la même expression que Paola. Ça le touche.

Ingrid Montaz explique que l'expert a fait une grossière erreur sur l'heure de la mort de Claire. Une question de température. On ne lui avait pas dit que le corps avait passé un moment dans la neige. Ça pouvait changer beaucoup de choses. Claire a bien été tuée pendant que Pierre se trouvait chez le docteur Marcelin. Plus d'erreur possible.

La juge égrène ça avec un calme parfait. Pas du tout sur le ton de l'excuse ou de la contrition. Elle dit, de sa voix charmante :

— Le témoignage du docteur Marcelin vous met hors de cause. Il a confirmé ce que vous m'avez déclaré à propos de cette empreinte dans la neige. Voilà.

Pierre a du mal à comprendre.

— Et puis, il y a le témoignage de ce M. Magnin. Alfred Magnin. Il a déclaré qu'il avait vu votre sœur sortir de la maison bien après votre départ. Et surtout, cet Alfred Magnin ne marche pas à l'heure d'hiver. Il y en a encore des comme ça ! Donc tout concorde.

Pierre demande :

— Qu'est-ce que ça change ?

La juge referme son dossier de ses longs doigts et déclare qu'il est libre.

L'avocat reprend. On va sortir Pierre de taule et le ramener chez lui. Le temps de quelques formalités. Ça prendra un jour ou deux. Il a du mal à réaliser. Après tout ce qui vient de lui arriver. Les humiliations, la vente de ses bêtes, l'honneur et l'orgueil jetés aux ordures.

Plus jamais il ne sera le même homme.

L'avocat lui dit un tas de choses qu'il n'écoute qu'à moitié. Il parle de réparations, de droits de l'homme et de l'attirail judiciaire.

Pierre ne pense qu'à ce qu'il a perdu. Il dit, la voix brisée :

— Je n'ai même pas eu le temps d'enterrer ma sœur.

Pierre se tait. Il a les yeux rouges. Ingrid Montaz est émue elle aussi. Elle fait mine de chercher un papier pour cacher son désarroi.

Retour à la maison d'arrêt. On ne sort pas de l'enfermement aussi facilement. Faut repasser par le greffe. Faut attendre demain. Trop tard pour les libérations.

Pierre passe sa dernière nuit en prison. Son voisin Tino, l'as du braquage, a disparu. Un maton a dit qu'il avait été transféré dans une autre taule.

Quand la porte blindée se referme sur Pierre, il reste pendant quelques minutes figé au milieu de la cellule.

Confusément, il pense à sa sœur, puis à Vicky. Étrangement, il n'a jamais cherché à imaginer le couple qu'elles ont formé. Quelque chose s'est bloqué en lui.

À présent, il fait nuit. La rumeur ne cesse pas. Des éclats de voix, des murmures, des bruits à l'infini.

De la ville parvient un brouhaha ponctué de coups de klaxon, de roulage, de télé, de cris étouffés.

De ce tumulte monte la voix de Paola.

L'Olan.

La neige a cessé de tomber aux alentours de minuit. Peu avant l'aube, un vent violent s'est levé. Il vient du nord. Il va ramener le beau temps. Et le froid. À cette altitude, la température peut très vite descendre à moins vingt degrés.

Toute la nuit, Paola a parlé dans son sommeil. Elle a dû faire des cauchemars. À 3 heures du matin, elle s'est redressée.

Ses mains sont nues. Pierre ne sait pas ce qu'elle a fait de ses moufles. Quand il lui pose la question, elle ne répond pas et se contente de rire, un truc affreux qui vient du ventre. Pierre a peur qu'elle ne perde davantage la raison.

Pour la première fois, il songe à appeler les secours. Il fouille dans la poche de son sac et sort son portable. La batterie est vide. Il demande à Paola de lui prêter le sien. À nouveau, elle rit. C'est à ce moment que Pierre s'aperçoit qu'elle a balancé un sac dans le vide. Quelle folie. Elle part d'un fou rire terrifiant quand Pierre lui demande ce qu'elle a fait de ses affaires. Elle dit d'une voix qui n'a plus rien d'humain :

— On va rester ici. On va mourir ensemble comme de vrais amoureux.

— Tu te trompes. Je vais nous sortir d'ici et tu seras ma reine pour toujours.

Elle rit à nouveau.

— Jamais…

Pierre serre les dents pour ne pas craquer.

Le jour se lève. La bise souffle avec une violence inouïe. Des coulées de neige descendent droit depuis les corniches de l'arête sommitale. Pierre et Paola ne peuvent plus bouger. L'ogre a refermé son piège. Le rocher est verglacé. Il n'y aura pas de redoux avant des jours.

Claire sait où nous sommes, se dit Pierre. Elle va appeler les secours à partir de demain. Pas avant. Nous n'avons plus de nourriture. Il fait moins vingt-sept degrés. On peut tenir encore un jour ou deux.

Pierre est assis sur son lit de détenu. Il regarde le mur face à lui. Il s'était juré de ne jamais se souvenir des derniers instants de Paola. Il avait décidé de ranger tout ça au fond d'un tiroir et de ne plus jamais l'ouvrir.

Paola a vu venir l'hélicoptère. Elle ne l'a pas dit. Pierre s'est assoupi profondément. Quand le bruit des pales l'a réveillé, il n'a pas eu le temps de faire les signes conventionnels de détresse. Plus tard, il apprendra que Paola a adressé au pilote un geste amical. Pas un signe de détresse. L'hélicoptère est reparti et le piège s'est refermé un peu plus.

Pierre chasse cette image, mais elle s'accroche à son esprit, pareille à une sangsue.

Le brouillard est venu. Dense. L'hélicoptère est resté cloué au sol.

Paola a tenu encore trois jours de plus. Le deuxième jour qui a suivi l'apparition de l'hélicoptère, une bave blanche est apparue sur ses lèvres. Ensuite, en quelques heures, elle a complètement perdu la raison.

L'avant-dernier jour, Paola n'a plus bougé. De temps à autre, elle poussait des cris. Quelques instants avant sa mort, elle s'est cambrée, tête en arrière. Bouche ouverte. Un long râle s'est échappé de sa gorge et de ses entrailles. Puis elle s'est affaissée.

Pierre a crié de toutes ses forces, jusqu'à se déchirer la poitrine. La face nord de l'Olan a résonné de toute sa colère. Il en a voulu à Paola. Il s'en est voulu.

Pauvre Paola ! Elle n'avait pas dit qu'elle était malade. Une mauvaise angine qu'elle traînait, trois fois rien. Elle ne voulait pas rater cette première. Pour rien au monde. Elle s'est bourrée de médicaments pour paraître en forme. La montagne n'aime pas les tricheurs.

Ce jour-là, Pierre a perdu le goût de la vie. Après, il a duré, comme mort au milieu des vivants.

La famille de Paola n'a jamais pardonné à Pierre. Pire, elle l'a accusé d'avoir refusé les secours par orgueil. Tout était faux, mais Pierre a été mis en accusation. Son passé de tête brûlée l'a rattrapé.

Les gendarmes sont venus à la maison. Ils ont enquêté. Ils ont fouiné. Ils ont cherché à comprendre pourquoi un sac avait été retrouvé au bas de la face. Ils ont voulu savoir pourquoi ni Paola ni Pierre n'avaient fait le signal de détresse. Pourquoi ?

Pierre et Paola se trouvent en fait à quatre-vingts mètres du sommet. Il n'y a aucune raison de s'arrêter si près du but. Deux autres journées passent. Plus froides. Le beau temps revient.

Pierre a couvert le visage de Paola. Il a voulu lui fermer les yeux mais rien n'y a fait. Sa bouche est grande ouverte. Hideuse et fissurée. On dirait qu'elle veut hurler.

Il doit grimper. Au prix d'efforts inhumains. Mètre après mètre. Sous le sommet, l'Olan n'est pas aussi cruel. Un peu comme s'il baissait la garde. Par moments, Pierre a ri. D'un rire de froid et d'horreur. Paola aurait pu franchir ces derniers mètres facilement.

— Pierre ! Oh, Pierre !

Une voix.

Pierre n'a plus la force de parler. Sa vue s'est brouillée. Il a un goût amer dans la bouche. De la bave blanche au coin des lèvres. La mort est là.

Il regarde Paola, au-dessous de lui.

Elle a mis sa robe amarante. Elle est belle et élégante. Sa nouvelle coupe de cheveux, courte, lui va à merveille. Elle fait ressortir son visage mutin et ses grands yeux verts.

Pierre a honte à côté d'elle, avec ses manières de paysan qui ne sait jamais où fourrer ses mains.

Paola est à son aise dans le monde chic où elle a grandi. Elle va d'un invité à un autre, sans perdre son amoureux du regard.

— Maman, je te présente Pierre Verdier.

La mère de Paola le toise un instant puis lui sourit.

— Vous êtes notre héros !

À nouveau la voix dans les rochers. Là-haut.

— Pierre ! Tu es là. Oh, Pierre !

Une colonne de secours a pris pied sur le sommet nord. Les gendarmes du PGHM. Constant est là.

Pierre ferme les yeux. Partez. Laissez-moi. Il faut que je meure. Vous aurez bien le temps après.

Une corde siffle.

— Tu es vivant, Pierre !

Ce sont les premiers mots de Constant.

— Tu es vivant !

Constant le touche. Lui frotte le visage pour le réveiller.

— Tu es fort, mon Dieu. Personne d'autre que toi n'aurait survécu.

Hélas.

Après le drame, après l'hôpital, après les articles de la presse hargneuse, la mort a été l'unique compagne, au quotidien.

Les parents de Pierre sont partis peu de temps après.

Et puis Claire.

31

— Verdier, c'est l'heure.

La porte de la cellule est ouverte.

Le surveillant est un nouveau, un gars aux yeux frileux qui a du mal à regarder les gens en face. Il sourit timidement. Pierre est rasé de frais, il n'a pas eu envie de petit-déjeuner. Sortir au plus vite.

La longue descente commence. Les sas, les grilles, l'impression de se trouver dans le ventre d'une machine qui digère l'homme de ses tripes d'acier.

De temps à autre, un détenu apparaît à l'angle d'un couloir, devant un poste de garde qui ressemble à un bunker. Pierre garde les yeux au sol. Il ne voit que des reflets, des lumières qui fuient devant lui.

Au greffe, on va lui rendre les quatre misères qu'il avait avec lui avant la taule : sa veste, sa montre et son portefeuille. Soixante-trois euros et cinq centimes.

Le surveillant lit le billet de sortie. Pierre signe sans même l'avoir écouté.

On marche jusqu'au dernier sas. À travers les vitres épaisses, les visages déconfits de ceux et celles qui vont au parloir du jour. Tous ont des visages de messe, contrits ou faussement blasés.

La porte, celle qui sépare les deux mondes, le carcéral et l'incertain, s'ouvre. Un regard vers le surveillant. Inévitable, pour se rassurer.

— Bonne chance.

— Merci.

« Sortir de prison, c'est un peu comme se retrouver à poil », a dit un jour Tino. Pierre s'en doutait, de cette vérité-là.

Il se retrouve seul devant un décor de champ en labour, les montagnes du Vercors, plissées comme des millefeuilles. Nulle part. Un arrêt de bus qui date d'une autre époque.

Pierre n'a eu droit à aucun titre de transport de la part de l'administration pénitentiaire puisqu'il est innocent. Peu importe, se dit-il en marchant vers l'arrêt où patientent déjà deux femmes sans âge : blondes à la teinture, trop maquillées et trop parfumées. Pierre les ignore et se tient hors de l'abri. L'impression que tout est décalé. Il pense à son copain de quelques mois, Tino, qui ne sortira que dans une vie entière.

Il n'a qu'un nom en tête : Michel Cros. Le trouver et le tuer. Où qu'il soit. Et ensuite, revenir peut-être derrière les barreaux. Et y finir sa vie. Peu importe, la vie sans Claire n'a plus de sens.

Le temps est au beau. Quelques festons de nuages coiffent les montagnes. L'autoroute du Trièves n'est qu'à quelques centaines de mètres. Elle bondit vers le Dévoluy à travers les vallées grasses du Vercors.

Les deux filles se lèvent. Pierre n'a pas entendu le bus venir. Il observait un gros tracteur qui faisait des allers-retours en tirant une charrue dans le champ immense et plat qui précède la prison.

Les freins de l'autocar couinent. Le chauffeur

regarde à peine le taulard qui grimpe à bord et qui lui paie son ticket jusqu'à Grenoble.

La route est courte. Tout se tient depuis Varces. Une immense banlieue qui se finit dans un cul de ville.

Pierre ne pense plus à rien. Il écoute les conversations autour de lui, sans même en comprendre les fils qu'elles tissent d'un siège à l'autre. Il est dans du coton. Le monde qui l'entoure est flasque. Lui n'est que dureté.

La gare de Grenoble arrive bientôt. Il va remonter ensuite jusqu'à Bourg-d'Oisans. Une heure de tortillard, disait souvent Claire qui prenait cette ligne quand elle était étudiante et passait la semaine sur le campus de Saint-Martin-d'Hères.

Passé Vizille, la montagne devient plus présente, les lignes droites sont plus rares. Un plafond de brumes trace une longue ligne grise sur les épaules massives du relief. Un camion-citerne occupe l'avant de la marche et ralentit la suite.

Pierre s'impatiente. Lui qui d'ordinaire est si patient. Dans quel état va-t-il retrouver sa maison et ses terres ?

Il n'a eu aucune nouvelle depuis longtemps. Son avocat lui a conseillé de se tenir loin de l'enquête qui se poursuit sur l'assassinat de Claire. Pour faire bonne figure, il a juré qu'il ne s'interposerait pas. L'homme de loi l'a plus ou moins cru. Il a dû récupérer tout ce que la gendarmerie avait saisi chez lui et chez sa sœur. Ils ont fouillé la maison des Verdier.

Le bus ralentit. Les eaux de la Romanche sont grises entre les murailles qui les contraignent. Plus haut, les sommets se voilent de brumes.

Pierre se remémore le cauchemar de Claire et puis

l'étrange façon, terrible, dont ce cauchemar est devenu réalité. Il voit les traces dans la neige et la silhouette floue qui s'efface dans le brouillard.

Michel Cros.

Arrivé à Bourg-d'Oisans, Pierre descend. Le bus ne monte pas jusqu'à Saint-Vincent. Il devra se débrouiller par ses propres moyens. Pour l'instant, il veut vérifier deux ou trois choses.

Il va à la poste, demande le bottin et passe en revue tous les établissements psychiatriques du coin. Il n'en voit qu'un seul qui puisse correspondre : le centre hospitalier de Saint-Égrève, où sa grand-mère a été internée pendant des années.

Il demande à téléphoner depuis une cabine. Le premier numéro qu'il compose est celui de l'accueil de l'hôpital. On le transfère vers le service des internements.

— Je voudrais parler à Michel Cros.

— Quelle chambre ? répond une voix féminine haut perchée.

— Je ne sais pas…

— Ne coupez pas.

Pierre attend, sentant sa tension monter. Les secondes lui semblent des heures.

— Il n'est plus chez nous. Qui le demande ?

— Un vieil ami. Vous savez où il se trouve ?

La femme hésite un instant puis répond :

— C'est difficile… Je ne sais pas si j'ai le droit… Vous êtes ?

— Régis, un copain de régiment.

— Ah, c'est-à-dire que… Il a quitté le service.

Pierre a l'impression que son être se vide. Le destin

lui donne sa vengeance. Tout ce qui s'est tendu en lui pendant des mois se détend et lui donne le vertige.

— Vous m'entendez ?

— Oui, répond Pierre en sortant de son trouble. Savez-vous depuis quand il est parti ?

— Le mois d'octobre. Il a eu droit à une sortie et puis il n'est pas revenu.

Pierre raccroche sans en demander plus.

En sortant de la poste, il aperçoit un véhicule de la gendarmerie garé non loin du tabac. Il fait un crochet pour ne pas être vu et marche jusqu'à la fin du bourg en tendant le pouce chaque fois qu'une voiture passe. Elles sont rares pendant la basse saison. Finalement, c'est un forestier qui le prend, un Espagnol qui se fait appeler Paco. Pierre l'a déjà croisé dans une coupe du côté de Saint-Vincent.

Paco conduit sa Clio déglinguée à tombeau ouvert. L'intérieur empeste la résine et le mélange d'huile et d'essence pour tronçonneuse. Il ignore tout de l'histoire de l'assassinat de Claire.

— Je travaille du côté du Villard, dit Paco. Dans cette grande forêt qu'il y a sur la gauche. Au milieu de l'hiver, la tempête a couché beaucoup d'arbres.

La discussion dérive sur des banalités du monde de la montagne. Peu avant d'arriver à l'embranchement de Saint-Vincent, Pierre demande :

— Paraît qu'il y a un type qui rôde dans les parages ?

— C'est ce qu'on m'a dit. Des gens l'auraient vu !

— Y a longtemps ?

— Cet hiver.

Au croisement, Paco rétrograde bruyamment et s'engouffre dans le chemin de Saint-Vincent.

— Pas de travail aujourd'hui, je peux faire un détour.

Pierre aurait préféré finir à pied, prendre le temps de la remontée. Sentir son pays. Il accepte pourtant d'être raccompagné jusque devant sa porte.

Au troisième virage, la maison des Cros apparaît, à moitié dissimulée par de grands sapins. Un des volets a été arraché, sans doute par la tempête. L'Espagnol passe vite. Encore deux virages et surgissent l'église et le petit cimetière. Claire repose là. Pierre ravale son émotion.

Une fois devant la maison, Paco refuse le verre de l'amitié.

— À bientôt, alors !

32

Pierre est seul devant chez lui.

Les Magnin ont dû le voir à travers leur fenêtre. Alfred est en champ avec son petit troupeau, en bas du village.

Pierre passe la main derrière la porte de l'ancienne écurie et décroche la clé coincée entre deux pierres du mur. La serrure a toujours grincé.

Une odeur de cendres et de vieux bois. Puis le silence oppressant de la grande pièce principale.

Pierre avance lentement, posant son regard sur chacun de ses objets familiers, ne touchant à rien. Il comprend qu'il ne sera plus jamais le même homme. Le passage par la prison et la culpabilité l'ont définitivement transformé. Il éprouve un sentiment qu'il n'a guère connu jusque-là : la peur.

Les flics ont tout fouillé, mais ils ont été corrects. Ils n'ont pas retourné les tiroirs et les armoires comme il le redoutait. Ils n'ont pas trouvé les armes.

La carabine Merkel est toujours à sa place, les munitions aussi. Pierre la tire de sa cachette et fait jouer la culasse. Le claquement du métal le rassure.

La chambre de Claire est fermée. Il n'y pénétrera pas aujourd'hui. Demain, si le cœur est assez fort.

Un tas de courrier est posé sur la table de la salle de séjour. Des factures, des mises en demeure, quelques billets de condoléances. De gens qui ne savaient pas pour la prison.

Et puis une lettre simple, sans timbre.

Pierre l'ouvre.

Des coupures de presse sur une feuille de format A4. Certaines lettres en majuscules proviennent d'un papier glacé, d'autres en minuscules sont tirées d'un découpage de papier journal. L'humidité a boursouflé la feuille. Des mots :

Les coupables finissent toujours par payer.

La lettre a été déposée directement dans la boîte.

Est-ce une menace ou un mot déjà ancien ?

Pierre devrait en parler à son avocat, aux gendarmes. D'emblée, il sait qu'il n'en fera rien.

On tape à la porte. Alfred ouvre et se tient, gauche, dans l'embrasure.

— Oh, Pierre, c'est toi ?

— Entre, Alfred !

Alfred cache mal son émotion.

— Nom de Gu ! Ils t'ont remis en liberté.

— Oui, je suis innocent. C'est normal.

— Alors, qu'est-ce que tu en dis ?

Alfred utilise toujours cette vieille expression qui généralement ne signifie rien. Mais aujourd'hui, pour une fois, elle prend tout son sens. Que peut dire Pierre ? Que dire de son troupeau abattu, de sa sœur assassinée ?

Rien.

Il répond simplement :

— Il faut que j'aille me recueillir sur la tombe de Claire.

— Je te laisse, mon Pierre. Tu as de quoi manger ?

— Je trouverai bien.

Pierre traverse la place et passe derrière l'église. Il n'a pas de fleurs. Il ira en chercher plus tard.

En franchissant le seuil du cimetière, il s'arrête. La tombe est au bout de l'allée. Un bouquet de fleurs est posé dessus. Pierre avance sans quitter des yeux cette touche de couleur sur le granit du caveau. Ce sont des narcisses tout blancs et des renoncules d'un bleu azur. Il en pousse partout dans les champs.

Pierre caresse un instant les pétales, puis se recueille. Des pensées tumultueuses l'assaillent. Il aimerait pouvoir choisir un souvenir de Claire, mais rien ne sort du fouillis de sa mémoire.

Un vent frais descend du glacier du Plan. Un sérac vient de chuter en déclenchant une onde sombre qui se répercute de combe en combe. Pierre lève les yeux vers l'Aiguille sans nom. L'arête est dans le soleil, elle semble si lointaine.

Des pas rapides sur le gravier. Un grognement. Capitaine est là, agitant la queue.

— Bonjour, mon chien. Tu es revenu…

Pierre le caresse. Le chien pose ses lourdes pattes sur les mains que son maître lui tend.

— Il va falloir que tu m'aides à retrouver celui qui nous a pris Claire. On va le retrouver et le tuer.

Quand il revient vers sa maison, Pierre croise Alfred, sur la place.

— C'est toi qui t'es occupé de mon courrier ?

Alfred fend l'air d'un geste de la main.

— Y en a, de ces papiers, nom de Gu !

— Pour ça, oui. Merci, Alfred.

Pierre lui montre l'enveloppe sans timbre.

— Tu te souviens de ça ?

Alfred fronce ses sourcils broussailleux et émet un chuintement entre ses dents noires.

— C'est grave ?

— Non, mais y a un type qui est venu la déposer. Je pensais que tu pouvais l'avoir vu.

Alfred relève son béret et se gratte longuement les cheveux.

— Y a eu des traces, une fois. Suzanne l'a vu, le type. Depuis la fenêtre qui donne sur la place. Mais elle n'a pas pu me le décrire. Trop loin !

— Tu en as parlé aux gendarmes ?

— Nom de Gu ! Faut jamais leur parler, à ceux-là ! Ils nous ont emmené que du malheur.

— Ce ne serait pas le Michel Cros, des fois ?

Alfred rabat son béret sur son front et se frotte le nez.

— Je ne pense pas ! Faut pas qu'il vienne tourner par ici, celui-là.

— Pourquoi ?

Alfred lève le menton et fixe un point imaginaire dans la montagne.

— Cette famille, tu sais ! Nom de Gu…

Pierre hausse les épaules.

— Justement, je ne sais rien. Tu te souviens quand il venait en vacances ici ?

— Pour sûr !

— Il jouait souvent avec Claire ?

— Tout le temps ensemble. Tu te rappelles ?

Pierre hoche la tête. Non, il ne se rappelle pas. Sa mémoire lui joue un tour.

— Ils s'amusaient bien tous les deux ?

— Oh oui, ils venaient des fois dans la grange quand on avait des petits chats. Avant que [illegible]anne ne les noie. Moi, je ne sais pas le faire. À l'[illegible]que, on avait encore le cheval, ça leur plaisait.

— Jusqu'à quel âge est-il venu ?

— Je sais pas bien ! Il devait avoir dix-hu[illegible] ans. Après, sa mère est morte et il n'est plus venu.

Quand sa sœur a eu treize ans, Pierre a quitté Saint-Vincent pour faire son service militaire. Ensuite, Chamonix et l'école supérieure de ski et d'alpinisme. Il n'est pas souvent revenu dans son village natal, se contentant d'un week-end de temps à autre. Cette partie de la vie de sa sœur lui est inconnue.

— Tu le reconnaîtrais, si tu le voyais ?

— Pour sûr. Il n'a pas dû changer tant que ça !

Alfred regarde dans la direction de chez lui. La silhouette de sa sœur est apparue à la fenêtre.

— Suzanne m'attend.

— Vas-y ! On discutera mieux plus tard !

33

L'adjudant Portal a conservé la direction de l'enquête. Ce qui signifie reprendre à zéro et rendre compte plus souvent à la juge Ingrid Montaz.

Son premier objectif est de mettre un nom sur les empreintes de pas qui ont été relevées dans la neige autour de la scène de crime.

Le laboratoire de police scientifique a identifié des traces d'ADN sur les vêtements de Claire. Les premiers tests ont indiqué qu'il s'agissait majoritairement de celui de la victime et que quelques relevés étaient imputables à son frère Pierre. Rien de surprenant dans un tel dossier.

Un autre ADN reste inconnu. Le FNAEG[1] n'a rien donné.

Portal [illegible] pour l'instant qu'une seule piste : celle de l'alié[illegible] qui a faussé compagnie à ses médecins de l'hôpi[illegible] de Saint-Égrève : Michel Cros, natif de Grenoble. Sa mère est née à Saint-Vincent.

— Vous recommencez tout à partir de là, a suggéré Ingrid Montaz, c'est mieux.

1. Fichier national automatisé des empreintes génétiques.

Portal a donc passé des heures devant les fichiers, penché à la manière d'un bénédictin sur des textes obscurs. Il a fouillé dans le passé de Michel Cros au point d'en avoir les yeux rouges. Le coupable parfait, et c'est bien ce qui ennuie le gendarme. Trop facile, trop évident. En outre, faut réussir à lui mettre la main dessus.

Première étape, l'hôpital de Saint-Égrève.

Une entrée en pierre de taille, massive et sobrement sculptée s'ouvre entre des murs aussi hauts que des palissades. Sur le fronton est gravé : HÔPITAL PSYCHIATRIQUE DÉPARTEMENTAL.

Portal passe lentement, le gardien ne remarque même pas la voiture bleu marine marquée de grosses lettres blanches : GENDARMERIE.

Le pavillon principal, vaste bâtisse aux grandes fenêtres, sur deux étages, date de la fin du XIXe, typique de l'architecture asilaire. Tout a été repeint récemment en rose, l'ensemble a pris un aspect un peu moins sévère, moins « troisième République ». En guise de jardin, une immense cour occupée, en son centre, par un bassin circulaire où vivotent des poissons rouges.

Des patients et des visiteurs sont assis sur les quelques bancs qui traînent dans le parc. Il fait beau. Portal se gare non loin de l'accueil. Pile à l'heure. Une infirmière l'attend.

— Bonjour.

— Adjudant Portal…

Le premier échange est glacial. L'infirmière en chef du service où a séjourné Michel Cros s'appelle Chantal Bonfils, un petit bout de femme, sèche et autoritaire. D'emblée, elle annonce :

— Michel Cros n'est plus ici depuis le mois d'octobre. Depuis le 15, pour être précise. Plus de nouvelles !

Chantal Bonfils feuillette d'un index nerveux le registre des entrées et des sorties, un grand cahier à couverture verte qui rappelle à Portal les vieux brouillards gendarmiques.

— Il est arrivé le 28 février à 13 heures sous escorte policière, à la suite d'une altercation violente dans la rue. Il a été traité immédiatement… Injection de Nozinan… Stabilisé au bout de la première nuit. Il est resté neuf mois ici. Voilà, le reste ne vous concerne guère.

— Tout me concerne, rétorque Portal sèchement. Je dois voir le médecin qui l'a traité.

— Le docteur Martial. Vous avez de la chance, il est là aujourd'hui. Dans un autre secteur, je vais vous montrer.

Ils sortent par l'arrière du bâtiment principal. Bonfils marche vite, sa blouse blanche battant ses mollets. Hostile. Il y a de quoi ! Le centre hospitalier Saint-Égrève a déjà connu des évasions de malades dangereux. Quelques années plus tôt, trois médecins du service de psychiatrie pour adultes ont été mis en examen dans le cadre d'une affaire de meurtre d'un jeune homme, à l'arme blanche, par un patient qui s'était enfui de l'hôpital.

Bonfils traverse une autre cour ombragée. Des patients traînent sous les marronniers. L'un d'entre eux, un vieux tout sec, fait de grands discours à une foule invisible. Une femme en robe de chambre tire sur sa clope en louchant sur le bout incandescent.

— Michel Cros était dans le pavillon que vous

— Vous voulez dire que vous l'avez accueilli à sa demande ?

Martial réfléchit quelques secondes.

— Quand il est arrivé ici, il avait eu une altercation avec des policiers. Il en était venu aux mains avec le serveur d'un bar du centre de Grenoble, une affaire pas claire du tout. Bref… Il a été maîtrisé et emmené ici sous la contrainte. Nous l'avons stabilisé et puis tout allait bien. Mais il n'a pas voulu retrouver le monde extérieur.

— À votre avis, pourquoi ?

— Parce que notre société n'est pas très tendre avec les plus fragiles. Ce n'est pas à vous que je vais apprendre cela.

— Où est-il, à votre avis ?

Le médecin secoue la tête, l'air de dire : « J'en sais rien et je m'en moque. » Puis il finit par marmonner :

— Pourquoi faut-il toujours que la victime soit coupable ?

— Merci, docteur, chacun son rôle. À vous le soin de la cervelle, à moi la culpabilité.

Portal relit ses notes. Elles ne disent pas grand-chose d'intéressant, sans surprise.

— A-t-il laissé des objets, des lettres ou des photos ?

— Oui, répond le psychiatre, je vais vous les montrer.

Il se lève et empoigne un carton par terre.

— Voilà ses effets, si je puis dire.

Quelques cartes postales. Portal reconnaît des patelins de l'Oisans. Saint-Vincent. Une vieille photo prise au temps des Renault 8 et des 2 CV – il y en a sur la place du village.

Portal se penche longuement sur le cliché, ne sachant que penser au juste. Faudrait peut-être interroger Verdier ? Oui, mais le gendarme le croit toujours coupable, malgré les apparences.

— Vous a-t-il déjà parlé de ce village ?

— Non, répond le psychiatre. Ni du reste, d'ailleurs. On n'a jamais évoqué ces photos, ni ces lettres, ni ces cartes postales. Cela semblait avoir de l'importance pour lui, mais en parler s'avérait délicat.

Ton boulot, c'est les neuroleptiques, le courant électrique dans la tête, se dit Portal, pas la discussion avec les esprits siphonnés. C'est bien là le problème.

— Je vais saisir ces documents, dit le flic. Ils sont importants.

— Vous n'avez pas le droit !

— Gardez vos protestations pour vous. Quand on a laissé filer un assassin, on tente d'avoir le propos moins outré.

— Mais comment osez-vous ?

— Je fais mon travail. La photo de la victime se trouve parmi ces clichés. Trop de coïncidences finissent par former ce qu'on appelle une intime conviction.

Portal se saisit du carton et se dirige vers la sortie. Le médecin le regarde partir, impuissant et désolé.

En chemin, le gendarme retrouve Chantal Bonfils.

— Parlez-moi de la dernière fois où vous avez vu Michel Cros.

L'infirmière interroge le flic du regard, manière de lui faire remarquer qu'elle n'a pas l'intention de tout déballer en un seul bloc.

— Je ne m'en souviens pas. Impossible.

— Vos dernières impressions ?

— C’était un sans domicile fixe, comme on en voit des centaines. Mais il voulait rentrer chez lui.

— C’est-à-dire ?

— C’est ce qu’il a dit : « Je veux rentrer chez moi. »

LE PRINTEMPS

34

Claire est morte.

Vicky l'a appris par hasard.

Un entrefilet, page des faits divers.

Le journal date du mois de novembre.

Meurtre atroce à Saint-Vincent. Isère.

Au début, Vicky croit qu'elle fait un cauchemar.

Elle est chez sa mère, à Paris. La visite annuelle pour les fêtes de fin d'année. Sa mère dit :

— Tiens, regarde ce qui s'est passé à Saint-Vincent. Je t'ai mis de côté le journal. J'ai pensé que ça pouvait t'intéresser.

Vicky lit. La douleur est immédiate. Une lame qui pénètre le ventre et ravage tout ce qui est à l'intérieur. Puis le vide. Le vertige.

Vicky balbutie :

— Pourquoi tu ne me l'as pas dit plus tôt ?

Sa mère n'a pas entendu la question. Elle a disparu derrière le sapin de Noël. Elle s'affaire à placer la guirlande qui clignote stupidement du mieux qu'elle peut.

Quand elle relève la tête, Vicky a disparu.

Elle est sortie.

Elle marche quelque temps, s'engouffre dans le métro, sent des odeurs de bouche amère, voit des regards torves, des lèvres sales.

Elle ressort à l'air libre, trop frisquet et trop humide. Elle ne sait où aller.

Claire est morte.

Pour leurs premières retrouvailles à Paris, Claire l'avait invitée chez elle, le jour de son anniversaire. Trente ans, ça se fête ! Elle organisait donc une petite soirée, rien de grandiose, juste de quoi se réjouir le temps d'un repas et de quelques verres.

Cela faisait alors un mois qu'elle était à Paris. L'envie de se revoir, de se parler, de se frôler était devenue plus forte que tout.

Claire occupait tout l'espace, à présent. Pas une seule journée ne passait sans que Vicky découvre un message plus ou moins long sur son répondeur, mais toujours tendre et parfois même d'une sensualité retenue qui la bouleversait.

Vicky sonne à l'interphone. La voix de Claire est douce, malgré le sifflement du haut-parleur et la banalité de la question. L'entendre la chavire presque.

— C'est Vicky…

Un bref moment de silence, la porte s'ouvre. Vicky monte lentement par un escalier en spirale couvert d'un carrelage de terre cuite, savourant chaque moment de la découverte.

Elle s'arrête sur le pas de la porte. Claire se fait attendre quelques minutes.

Vicky se sent nue, intimidée comme au premier rendez-vous d'amoureux.

Claire apparaît, belle, en robe moulante aigue-marine qui laisse deviner ses formes. Ni trop chic ni trop commune. Elle a un physique vigoureux, les épaules bien sculptées, les jambes musclées, les seins fermes. Et puis ce sourire en coin, irrésistible, voyou.

Vicky reste un moment silencieuse à la scruter de ses yeux bleu pâle. Elle finit par faire un pas en avant. Elles s'embrassent avec fougue. Vicky dit :

— Tu es plus belle que jamais.

Claire lève les yeux, touchée, puis répond d'une voix timide :

— Heureuse de ne pas te décevoir.

Vicky lui tend un simple brin de myrte avec solennité. Claire le prend du bout des doigts et l'observe avec un sourire amusé.

— Merci ! Qu'est-ce que c'est ?

— Un brin de myrte. Je l'ai cueilli pour toi. Bon anniversaire !

Vicky pose sa main sur l'épaule de Claire et l'embrasse sur les joues. Claire tressaille. Vicky brandit le cadeau qu'elle dissimulait dans un sac de papier.

— Je voulais attendre pour te l'offrir, mais je suis trop impatiente.

— Moi aussi, je suis d'un caractère impatient.

Claire ouvre le paquet en dépliant soigneusement le papier glacé qui l'enveloppe. De temps à autre, elle lève les yeux vers Vicky. Quand elle découvre le cadeau, elle ne cache pas sa surprise. Une statuette d'une vingtaine de centimètres de haut, en bronze. Elle la trouve magnifique et la caresse longuement, troublée.

— Qui est-ce ? finit-elle par demander sans détacher ses yeux de la figurine.

— Une reproduction de l'Aphrodite de Praxitèle

que l'on surnomme la Vénus d'Arles. J'ai pensé que cela te ferait plaisir.

Elle dépose un baiser, un seul sur la joue, un baiser plus long et plus doux que les autres. La magie de la déesse vient d'opérer.

La table est mise : assiettes de vieille faïence, sans doute un héritage de famille, verres de cristal, nappe brodée.

Vicky n'en demandait pas tant. Claire passe dans la cuisine.

— Il y a du champagne au frais, lance-t-elle en désignant le réfrigérateur. Si tu veux bien l'ouvrir, on va le boire sur le balcon.

La nuit est presque tombée. Claire veut en savoir plus sur Aphrodite, avouant ses lacunes sur l'Antiquité, ses divinités et ses mythes. Elle est femme de science et de nature. La poésie et l'art lui semblent parfois venir d'une autre planète.

— Aphrodite est la divinité de l'Amour, dit Vicky. Elle personnifie les voluptés dont elle est la source, mais elle représente aussi la maternité heureuse qui la couronne. Elle a donné à la femme la beauté et la grâce. Elle éveille le désir. Sa beauté est aussi sensuelle qu'harmonieuse et souriante.

Vicky parle d'une voix posée. Elle a fait des études de lettres classiques à la Sorbonne. Claire l'écoute sans détacher ses yeux des toits de Paris qui s'enveloppent lentement de nuit.

— Aphrodite est rusée et souvent voluptueuse, continue Vicky. Elle n'est pas aussi majestueuse que les autres déesses. Une beauté spéciale… Aphrodite la sensuelle est la reine de l'amour, mais elle peut être aussi le modèle parfait de la jeune épouse qui séduit et qui materne.

Claire pose son verre et prend la statuette dans ses mains.

— Elle incarne donc la femme telle qu'elle est, dit-elle. Enfin, pas toutes les femmes…

— Oui. Avec l'infinie variété des passions, les excès coupables, mais aussi les sentiments honnêtes et la tendresse.

Claire lève les yeux vers Vicky qui devine à peine son regard dans la pénombre. Vicky dit dans un murmure :

— Je te l'ai offerte parce que je sais qu'elle te ressemble.

Claire est morte.

Vicky replonge à nouveau dans le ventre de la ville, croise des gens de toutes les langues, de toutes les formes, monte des escaliers mécaniques au milieu de marbres froids, chemine, bien décidée, les yeux fixés sur les pieds qui donnent la cadence.

Elle s'arrête.

L'entrée du Louvre. Une gigantesque pyramide de verre. Des grappes de touristes.

— Un ticket, s'il vous plaît.

Vicky repart. Monte des escaliers sombres. Elle connaît bien le Louvre. Elle venait y suivre des cours d'histoire de l'art.

Aphrodite est au détour d'un couloir. Blanche. Immense. Orgueilleuse et réservée.

Vicky l'observe. Ses yeux, indécis, ne restent qu'un bref instant sur la bouche fine et mélancolique, descendent sur les seins fermes, encore jeunes et pointus, s'attardent sur le ventre doux et pâle, puis s'arrêtent sur les hanches drapées d'un tissu froissé.

Vicky n'ose pas approcher davantage.

Claire est morte.

Un mur invisible les sépare désormais, une muraille sèche qui se dresse entre deux êtres qui ont trop aimé et qui se sont usés aux promesses et aux mensonges.

Claire est morte.

Vicky n'est plus qu'un reflet luisant sur le marbre du sol. À peine peut-elle distinguer la forme incertaine de son corps. Elle n'existe déjà plus. Plus rien qu'une des lueurs fuyantes sur la pierre froide.

Elle a l'impression que sa matrice et toutes ses tripes deviennent solides et lourdes, que chaque cellule de son corps se caille.

Aphrodite reste immobile, presque rigide, indifférente à sa douleur.

Vicky se voit attirer Claire une dernière fois sur ses genoux. Elle voit l'étreinte folle, les cheveux d'ambre, le parfum d'épices, les cris des orgasmes.

Claire est morte.

Assassinée.

Vicky pleure.

Aphrodite détourne les yeux.

Tout se fige.

Vicky a froid, de l'intérieur, jusque dans les moindres vaisseaux, les lanières de muscles à peine mobiles. Chaque coup du cœur claque à ses tempes. Elle voit la mort, son visage mouillé, ses lèvres bleues.

Il n'y a plus d'honneur, plus de femme, plus de

fard. Plus de petite fille qui gourmandise la vie. Plus de jeune femme qui trébuche sur une tendresse.

Seulement une âme cherchant la vengeance.

Vicky ne va pas laisser vivre ceux qui ont détruit son amour.

35

Parmi les quelques souvenirs que Michel Cros a abandonnés derrière lui, un nom, Paul Joubert, et un village perdu, le Villard, inscrits sur l'une des cartes postales qui ne le quittaient pas durant son errance.

Au printemps, le Villard est un bled à peu près fréquentable. Il n'a pas la chance de posséder des sommets somptueux, juste des pics prolétaires et des arêtes sans gloire. Quelques vacanciers plus fauchés que les autres s'y attardent.

Portal se gare près d'un bassin, accompagné du gendarme Marceaux qui n'a pas supporté le voyage ni la conduite erratique de son supérieur. Livide, il cherche de l'air et court se rafraîchir au bassin.

— Désolé. Au retour, tu prendras le volant.

Paul Joubert les attend, debout sur le seuil de sa porte. La maison est une ancienne ferme, en angle droit. Une faux et quelques fourches sont appuyées devant la porte de l'écurie. Un tombereau fait encore usage. Quelques poules cherchent leur vie non loin de là en grattouillant la terre.

Paul Joubert essaie de sourire. Présentations, premiers échanges, des banalités sur le climat et la pluie qui ne devrait pas tarder. Portal remarque le regard madré et la froideur du visage, quelque chose de commun à tous les habitants de ces villages d'altitude.

— Quel est votre lien de parenté avec Michel Cros ?

— Cousins !

— C'est-à-dire ?

— Son grand-père et mon grand-père étaient frères…

— Quand l'avez-vous vu pour la dernière fois ?

Le regard de Joubert change, trouble et fuyant.

— Je ne me souviens pas. Ça fait tellement loin… Faudrait demander à ceux de Saint-Vincent !

— Que voulez-vous dire ?

— Y en a un qui est passé à la fin de l'automne dernier. Pierre Verdier. Vous devez bien savoir qui c'est !

Portal et Marceaux échangent un bref regard.

— Qu'est-ce qu'il vous voulait ? demande Marceaux.

— Savoir où se trouvait mon cousin. Je lui ai répondu comme à vous.

— Que vous a-t-il dit ?

Joubert hésite à répondre, ses yeux vont d'un militaire à l'autre.

— Que mon cousin avait intérêt à se rendre avant qu'il ne le trouve lui-même.

— C'est tout ?

— Oui.

Joubert se frotte le menton.

— Verdier, c'est un chasseur, un mordu. Un traqueur. Ces types-là me font peur.

Le cousin de Michel Cros est sur la défensive. Il

fourre ses mains dans ses poches. Marceaux remarque qu'elles se sont mises à trembler. Ce n'est pas de la peur mais plutôt un sentiment proche de la colère ou de la haine rentrée.

— Il faut tout nous dire ! insiste Portal. Accueillir sous son toit un type recherché, ça la fout mal devant la justice. Vous me suivez ?

L'adjudant se dit qu'il est temps de laisser macérer le vieux montagnard. Dans moins d'une heure, si la juge Montaz en donne l'autorisation, il va le placer sur écoute.

— On va aller voir Pierre Verdier pour lui poser des questions, dit-il en tendant une carte de visite. N'hésitez pas à me contacter si jamais quelque chose se passe. Le moindre détail a son importance.

Marceaux et Portal lèvent le siège. Avec le sentiment que Joubert les a baladés, sauf à propos de la visite de Pierre Verdier.

— Va falloir le serrer de près, dit Marceaux en s'installant au volant de la voiture.

— C'est bien ça qui m'inquiète ! Pourquoi tu lui as dit qu'on allait chez Verdier ?

— Parce que je veux qu'il le croie...

Les deux gendarmes roulent jusqu'au centre du Villard. Une église triste, une mairie qui servait autrefois d'école et qui n'ouvre que pour les grandes occasions.

— Rentrons, ordonne Portal. Je crois qu'on a fait le tour.

En quittant le village, ils aperçoivent Joubert qui a rejoint son jardin et qui s'active dans une rangée de pommes de terre.

— Il doit butter, dit Marceaux.

— Butter ?

— Butter les patates. Rabattre de la terre sur les pieds pour améliorer le rendement.

— Ah bon… Comment tu sais ça ?

— Mes parents sont agriculteurs…

La route longe des champs minuscules que la friche menace. Sur le bas-côté, le chant monotone du torrent qui étale ses bourrelets de pierres grises et de boue. À main gauche, un chemin grimpe dans la montagne. Un abri en bois du Parc national des Écrins a été construit au départ du sentier.

— Arrête-toi là, ordonne Portal, soucieux.

— Quelque chose ne va pas ?

— Rien de grave. Je veux juste vérifier un truc.

Sur l'abri sont placardées des affiches concernant les activités du parc, une nomenclature de la faune et une grande carte du secteur. Portal scrute la carte.

— Nous sommes ici, dit-il. Pour venir de Saint-Vincent, on a fait tout ce tour.

Son doigt suit le parcours sinueux de la route départementale, filet rouge au milieu des courbes de niveau grises.

— Normal, dit Marceaux.

— Oui, mais si on était venus à pied, on serait passés par le col des Hirondelles… Il y a un sentier. À peine trois heures de marche. Peut-être moins.

Portal lève les yeux vers la montagne. Le sentier décrit une courbe jusqu'à une épaule rocheuse puis disparaît dans la forêt. Le col des Hirondelles est presque à 3 000 mètres, mais il n'est pas difficile à passer. De la montagne à vaches.

— Sauf quand il neige, objecte Marceaux.

— Tu as raison, mais ne sous-estime pas les types du coin. Ce sont des rudes.

— Tu veux dire…

— Que quelqu'un peut très bien partir d'ici, aller à Saint-Vincent, commettre un assassinat et revenir.

À son tour, Marceaux promène son regard sur les arêtes austères. Un couple d'aigles tournoie en altitude.

— Quelqu'un qui connaît bien la région.

36

Vicky a sonné, deux fois comme toujours, deux coups brefs. Claire va ouvrir, mal réveillée. Elle a travaillé tard dans la nuit pour corriger une étude un peu bancale.

Vicky n'est pas maquillée, ce matin. Le visage fermé à double tour, elle se tient droite dans l'embrasure de la porte. Claire lui lance :

— Tu fais la tête des mauvais jours…

Vicky a un sourire amer, les yeux humides. Une grande tristesse la défigure. Elle veut enlacer Claire, sentir son corps ferme contre le sien, lui dire des mots un peu fous, des tendresses, s'excuser de ne pas avoir de croissants. Claire la repousse parce qu'elle a peur des effusions, et s'écarte pour la laisser entrer.

— Il reste du café, tu en veux ?

— Non, répond Vicky. Je crois que rien ne passe, ce matin.

— Quelle heure est-il ?

— 11 heures.

— C'est rare que tu viennes si tôt.

Vicky baisse la tête. Elle a noué ses cheveux en un chignon qui découvre sa nuque si fine et sa peau d'albâtre. Deux boucles rebelles font des virgules mutines sur ses joues. Séduisante, comme toujours, même dans les tempêtes de la vie.

Claire dissimule mal son trouble. Elle file à la cuisine, se sert un bol de jus et le glisse dans le micro-ondes pour le réchauffer. Ses mains tremblent, l'émotion la submerge. La tragédie pénètre dans sa vie, en noue chacun des fils. Elle se doutait de quelque chose depuis que Vicky fréquente un type. Ses pensées sont confuses. La jalousie ? La haine qui se mêle à l'amour. L'attirance folle et le rejet le plus radical. Un sentiment de dégoût, quelque chose dans le ventre qui soulève la peine. Et puis la colère qui prend le dessus un instant et se retire, avant de revenir à la manière d'une vague qui ourle la grève et disparaît dans le sable.

Claire n'a jamais ressenti pareille brouille dans son âme. Elle pense à Pierre, grand et fort, si sûr de lui quand il est face au pire. Pierre qui semble ne jamais rien ressentir. Un masque, elle le sait bien, mais tout de même, il ne flanche pas.

— Il faut qu'on parle… murmure Vicky.

Claire fixe la fenêtre de la cuisine dont les volets sont fermés. C'est l'été, le souffle de la lumière matinale se glisse dans les fentes des persiennes. Elle a froid tout à coup et se dit que son corps a de drôles de réactions. Le café est trop fort, elle le balance dans l'évier d'un geste nerveux.

— Voilà… hésite Vicky. Je dois te dire la vérité…

Claire se retourne et fixe Vicky, le visage blême.

— Ne me dis rien, j'ai compris. Comment s'appelle-t-il, déjà ?

— Grégory.

— C'est ça, oui.

Le regard de Claire se refroidit. Sa lèvre inférieure vibre. Une larme roule. Elle se sent soudain paysanne. Ridicule. La fille de Saint-Vincent qui n'a pas d'autre choix que d'être brillante pour voir le soleil de la société. Elle est tellement ridicule face à cet amour d'une autre classe, d'un autre monde. Même dans la tristesse et le pathétique, Vicky conserve la grâce des gestes et des attitudes, les mots pesés. Elle sait mettre en scène. Elle dit :

— Nous allons nous marier.

La voix s'est brisée sur le dernier mot. Claire tressaille tout d'abord, puis elle sent sa vie se fissurer. Tout se déglingue en un instant, sous le coup d'une révélation. Elle fait répéter, comme si elle croyait encore au cauchemar dont on se réveille :

— Je n'ai pas très bien compris.

Vicky baisse les yeux. Elle redit d'une voix incertaine :

— Je vais épouser Grégory.

Claire repose sa tasse. Son regard est devenu noir. Vicky n'y a jamais vu autant de colère.

— Je veux des enfants, dit-elle. Je veux une vie normale. J'en ai marre d'être une clandestine.

— Des enfants, bredouille Claire.

Son amour ment. Elle ne veut pas se marier pour les enfants mais pour les conventions. Juste pour plaire à son père et à sa mère. Pour que cessent les questions douteuses et les insinuations de son frère.

Claire ne supporte pas le mensonge. Elle chancelle, ne parvient plus à maîtriser la colère qui va finir par exploser. Elle hurle :

— Sors de chez moi !

La voix est tellement horrible que Vicky recule. Claire la fixe durement.

— Sors.

Vicky se fait plus douce.

— Pardonne-moi. Je…

Claire a tendu la main tremblante vers l'évier. Un couteau de cuisine est posé sur l'égouttoir.

— Fous le camp.

Les doigts tâtonnent, cherchent le manche du couteau. Vicky fait un pas en arrière. Claire s'est saisie de l'arme. Ses yeux jettent des éclairs de pure méchanceté. Elle dit entre ses dents :

— L'amour est une rose, chaque pétale une illusion, chaque épine une réalité.

Vicky recule jusqu'à la porte d'entrée. Claire avance lentement avec des pas d'automate. Le couteau est levé devant elle, étincelant.

— L'amour est une rose…

La lame s'abat comme un sabre. Vicky a le réflexe inespéré de l'éviter.

— Chaque pétale…

Vicky attrape le guéridon qui se trouve à droite de la porte et le jette sur Claire.

— Chaque épine…

La lame s'abat une seconde fois et se plante profondément dans la porte. D'un coup d'épaule, Vicky repousse Claire, qui perd l'équilibre et tombe. Vicky parvient à ouvrir la porte et s'élance dans l'escalier. Elle dévale les marches et manque de se rompre les os à plusieurs reprises. La peur la pousse en avant.

Arrivée au rez-de-chaussée, elle s'arrête et lève les yeux, complètement essoufflée.

Claire est penchée sur la rampe et la regarde.

Hirsute. Les yeux pleins de larmes. La lumière de la minuterie lui fait un visage de poupée chiffonnée. Elle bredouille des mots incompréhensibles. Puis un dernier cri :

— Je t'aime.

37

Le printemps sera court. La chaleur se fait déjà plus présente. Les fleurs sont en avance.

Pierre a fauché les prés et rentré le foin. L'herbe n'était pas la plus haute, mais qu'importe. Il coupera le regain au milieu de l'été. Dans l'hiver, il reprendra des bêtes. Maintenant, il doit tout remettre en ordre.

Capitaine a retrouvé sa place auprès de son maître. Qu'a-t-il fait de son hiver ? Des chasseurs l'ont aperçu dans la forêt. Certains ont voulu le tuer parce qu'il dévorait du gibier. Un des chasseurs a dit que c'était le chien de Pierre et qu'il fallait le laisser vivre.

Capitaine va souvent à la bergerie et y reste un long moment à renifler la vieille paille. Tout est froid. Les bêtes sont mortes.

— Viens, mon chien. Tu vas venir à la maison. Bientôt, on aura un nouveau troupeau.

L'appartement de Claire a été vendu. Pierre a signé l'acte notarié il y a une semaine. La mort de sa sœur a fait de lui un homme riche. Tout cet argent lui donne le vertige. Son logement et les économies qu'elle avait accumulées. Pierre ne sait pas trop quoi faire de cette petite fortune, lui qui n'a jamais été bien nanti.

Il n'a rien trouvé dans l'appartement de Claire qui puisse le mettre sur la piste de Vicky. Il a récupéré toutes les photos et les a examinées à la loupe, les unes après les autres. Il n'a pas appris grand-chose.

Il a téléphoné à des collègues de travail de Claire. Il a questionné. Aucune trace de Vicky. Il a l'impression de poursuivre un personnage qui n'a jamais existé que dans les histoires de sa sœur.

Sur le caveau de la famille, Pierre a fait graver le prénom de Claire à la suite de ceux de Fernand et de Marie Verdier. Et des aïeux du côté Verdier.

Le bouquet qu'il a trouvé à sa sortie de prison a fané. Il ne veut pas encore l'enlever. Il n'a pas pu savoir de qui il venait et cela n'a pas fini de l'inquiéter. Il peut s'agir de la personne qui a aussi déposé une lettre anonyme.

L'appartement de Claire ne contenait rien de personnel. Aucune lettre. Aucun papier, à part des factures et la paperasse du quotidien.

Son ordinateur trône maintenant sur un petit meuble, à côté de la table de l'unique salle de la maison Verdier. Étrange boîte noire dans une carène vieillotte.

Dans le disque dur, des dossiers de biologie, des rapports d'expériences diverses auxquels il ne comprend pas grand-chose.

L'intime, le vivant a été effacé. Pourtant, l'ordinateur est ancien. Ce genre de machines, on les bourre toujours de mille et une futilités. Où sont les photos que Claire prenait en quantité astronomique ? Disparues.

Dans la tablette numérique, le même vide. Rien

qui puisse raconter des petites bribes de vie et livrer ne serait-ce qu'une passion.

Claire n'était pas du genre à s'ouvrir, mais de là à ne rien laisser. Pierre ne comprend pas.

Soit les gendarmes ont tout effacé.

Soit quelqu'un d'autre a fait le ménage.

Pierre songe à Vicky. Elle devait bien avoir un jeu de clés. Quand elle a appris la mort de Claire, elle est venue effacer tout ce qu'elle devait considérer comme indésirable.

Sur le Net, pas mal de travaux de Claire ont été mis en ligne. Elle travaillait sur la génétique dans la zone du cerveau humain. Notamment sur le déclenchement des schizophrénies. Elle avait essuyé une forte critique pour une publication tendant à prouver que la maladie pouvait être héréditaire. Les salves venaient du camp des psychiatres et des psychanalystes, des « freudiens », comme Claire les appelait non sans une certaine moquerie.

Pierre lit tout ce qu'il a trouvé sur sa sœur. Surpris de voir qu'Internet peut regorger d'informations en tous genres sur des gens qui n'appartiennent pas au monde des célébrités. Plusieurs pages sont consacrées à Claire. Une université américaine a même publié les photos d'une intervention qu'elle a donnée quelques années plus tôt.

Pierre est fier de sa sœur. Il ne lui a jamais dit son admiration. Ça ne se fait pas dans le milieu des montagnards. Il a pensé qu'un sourire ou un regard gratifiant suffisait. Il en est moins sûr aujourd'hui.

Le vide se creuse autour de lui. Il dort mal et passe ses journées à se traîner d'une tâche à l'autre. Il y a toujours une chose à faire dans une maison. De temps à autre, il voit Alfred mais pas Suzanne dont la vie de recluse n'a pas varié depuis des années. Il n'y a pas si longtemps, elle sortait encore pour conduire le troupeau en champ. Aujourd'hui, elle ne bouge plus, pareille à une momie vivante.

Alfred n'aime pas parler de Claire. Chaque fois, il esquive et change de conversation. Claire ne l'appréciait pas non plus. Juste bonjour et bonsoir. Elle trouvait les deux vieux célibataires tellement sales et si loin de tout progrès.

Une fois, Alfred a dit à Pierre qu'il se demandait comment les satellites s'y prenaient pour ne pas percuter les étoiles. Pierre l'a répété à sa sœur. Ils ont ri pendant des heures.

Claire estime que les Magnin font honte à tout le village. Les vacanciers les évitent ou les prennent en photo, des curiosités de foire. Pierre leur rentre le foin car ils ne sont pas capables de conduire un tracteur. Ils ont vendu le cheval il y a tout juste une dizaine d'années. La télévision était venue les filmer parce qu'ils travaillaient comme autrefois. Ils donnaient l'illusion que le temps s'était suspendu.

Pierre aime bien cet immobilisme. Ça lui donne l'impression que sa vie est cohérente, qu'aucun lien n'est tranché.

L'été à Saint-Vincent, quelques maisons se remplissent d'estivants. Claire connaissait certaines familles. Pierre ne leur parle que rarement. Dans l'Oisans, on ne devient pas amis aussi facilement qu'à Paris. Il faut du temps, peut-être même toute une vie.

Pierre aura bientôt fini de réorganiser sa bergerie. Il pourra se remettre au travail. À l'automne, il ira trouver de bonnes mères chez un berger, du côté de

Saint-Raphaël, en Provence. Un grand gars à l'accent formidable qui venait autrefois en transhumance du côté de Saint-Vincent. Pierre lui a téléphoné plusieurs fois, les prix ont été fixés.

Il changera aussi son vieux tracteur avec l'argent de Claire. Elle aimerait qu'il fasse ça.

Une voiture de gendarmerie est garée devant la maison Magnin. Portal a ouvert le coffre et farfouille dans un cartable. Pierre a envie de prendre sa carabine et de lui expédier une balle en plein crâne. La prison l'a rendu méchant. Avant, il ne savait pas qu'il pouvait avoir de telles pulsions. La haine aussi, ça s'apprend.

Portal n'est pas seul. Un autre képi est avec lui. Il entre et il sort de la maison Magnin. Pierre monte au premier. Par les volets entrouverts de sa chambre, il peut braquer ses jumelles de chasse sur la scène qui se joue devant lui.

Portal a toute une quantité de papiers et de photographies. Difficile de distinguer ce qu'il montre aux Magnin. Alfred fait quelques pas sur la place et désigne le sentier du plan des Aiguilles. Le flic l'écoute tandis que son collègue range le matériel du parfait enquêteur dans le coffre de la voiture.

Pierre n'est pas retourné au plan des Aiguilles depuis sa sortie de prison. Depuis la découverte du corps de sa sœur. Tôt ou tard, il devra faire le chemin et affronter les souvenirs parmi les plus durs qui le marqueront à jamais. Un instant, il a songé à vendre et à partir s'installer ailleurs. C'est pas les endroits qui manquent plus haut dans l'Oisans, du côté de Saint-Christophe. Il a pensé reprendre le métier de guide, s'inscrire à la compagnie et vivoter avec ses économies.

Mais quitter Saint-Vincent lui semblait trahir tous les serments qu'il avait faits à sa sœur. Il restera.

Pour le pire, se dit-il, depuis qu'il voit ce maudit képi lui tourner autour comme un rapace qui n'en a jamais fini.

38

Depuis trois jours, Vicky passe des vacances du côté de Saint-Vincent, dans un gîte perdu à l'autre bout de la vallée. Elle a changé de coiffure, beaucoup plus courte, et de couleur. Du blond, elle est passée au noir. Elle a ajouté une paire de lunettes qui la rend méconnaissable.

En trois jours, elle est retournée sur tous les lieux qu'elle avait partagés avec Claire, des années plus tôt. Au passage, elle a remarqué qu'Alfred Magnin menait ses bêtes du côté du plan des Aiguilles. Non loin de l'endroit où Claire a été retrouvée morte. Régulièrement, le vieux s'endort et ne se réveille que si son chien aboie. Et encore, pas toujours.

Vicky a conçu un plan qu'elle va mener à son terme. Elle n'a plus vraiment le choix.

Le lendemain, vers 16 heures, elle arrive au plan des Aiguilles en ayant contourné la maison Verdier par un sentier qui passe plus haut.

Alfred Magnin est en champ, ou plutôt il dort à l'ombre d'un frêne et laisse ses quelques bêtes faire ce que bon leur semble. À ses côtés, son chien pionce lui aussi. Il se met à grogner quand Vicky arrive à leur hauteur. Alfred ouvre un œil.

— Pardonnez-moi, monsieur, s'excuse Vicky. Un de vos agneaux s'est égaré. Je crois qu'il a du mal à revenir.

Le vieux se redresse lentement et ajuste son béret. Claire lui avait décrit le personnage, elle n'a jamais vu quelqu'un d'aussi sale et dépenaillé. Ses souliers tiennent par des bouts de fil de fer à la place des lacets.

— Un agneau, vous dites ?

Le regard du montagnard, noir et d'une extraordinaire vivacité, glace Vicky. L'impression d'être découverte tout à coup.

— Oui, l'agneau est là-haut, dit-elle en désignant un éboulis au pied des Aiguilles.

Alfred se redresse sur son bâton. Ses gros doigts noueux se terminent par des ongles épais comme des cornes et noirs. Il voudrait bien vérifier si ce que dit l'étrangère est vrai, mais il ne le peut pas, la moitié de son troupeau est dispersée.

Il jure :

— Nom de Gu ! Il faut toujours qu'ils aillent par là-haut. Pourtant, il n'y a rien à manger dans ces caillasses. Des fois, ils vont même jusqu'au glacier du Plan.

Vicky prend un air désolé.

— J'ai voulu le descendre, mais j'ai peur de lui faire mal.

Alfred siffle en dodelinant de la tête.

— Hou… ! Vous n'allez pas y arriver. Je vais venir. Où est-il exactement ?

Vicky explique avec force gestes. Alfred ne comprend pas vraiment, mais il décide de grimper jusque là-haut.

De toute façon, son troupeau n'ira pas plus loin, qu'il reste là ou pas.

Vicky chemine devant, surprise par la vitalité d'Alfred. Elle ne s'attendait pas à ce qu'il marche aussi vite sans même s'essouffler, courbé qu'il est, à chaque pas, sur son bâton, mais vaillant comme un diable.

En même pas trente minutes, ils sont presque au pied de l'aiguille Sans-Nom, sur un éboulis qui a la forme d'un immense cône.

— Il est sous cette grande pierre, là-bas, dit Vicky.

Elle accélère le pas. Alfred la suit de plus loin, moins agile sur les blocs du pierrier. L'endroit que Vicky a désigné est en fait une grande dalle qui s'est décrochée de la paroi de la Sans-Nom. En se bloquant sur d'autres roches, elle a formé une grotte assez profonde. Claire avait montré cette curiosité à Vicky, un après-midi de vadrouille.

— Voilà, c'est ici, lance Vicky. À l'intérieur. Il y est encore !

Elle disparaît dans le trou et attend. Alfred a pris le temps de souffler un peu. Il arrive au bout d'une minute.

Vicky s'est postée à l'écart de l'entrée. Elle frappe au moment où Alfred passe la tête.

Un coup comme elle ne s'en croyait pas capable.

Sur le moment, elle croit qu'elle a tué le vieux paysan. Ce n'est pas le but. Elle veut qu'il souffre. Elle veut qu'il connaisse l'envie, la vraie.

Le désir que rien ne rassasie.

39

Pierre est en train de consolider la mangeoire des agneaux. Il lui manque deux planches. Il se dit que demain, il ira en chercher à Bourg-d'Oisans.

Une ombre apparaît dans l'embrasure de la porte.

— Tu es là, Pierre ?

La voix faible de Suzanne Magnin. Quelque chose de grave vient d'arriver.

— Qu'est-ce qu'il y a ?

— Alfred a disparu.

Pierre se lève et va vers Suzanne.

— Qu'est-ce que tu me dis ?

— Alfred a mené les bêtes en champ et il n'est pas revenu.

— Il se sera endormi ! C'est tout ! Où sont les bêtes ?

— Dans les Travers. En dessous du chemin du Plan.

Pierre sort devant la bergerie. De l'endroit où il se trouve, il ne peut pas apercevoir le troupeau des Magnin.

— Rentre chez toi, Suzanne. Je vais y monter… Y en a pas pour long.

Suzanne tourne les talons et redescend chez elle. Pierre enfile une paire de brodequins et s'élance sur le sentier.

Il n'y a aucun risque qu'Alfred ait eu un accident.

En un peu plus de dix minutes, Pierre arrive aux Travers, une série de champs minuscules qui s'arrêtent sur des barres rocheuses. Ces lopins de terre servaient autrefois à la culture des patates. Avec le temps, ils se sont transformés en pâturages.

Les bêtes se sont regroupées près d'un frêne. Alfred n'est pas là, son chien non plus. Pierre tend l'oreille. Il espère un aboiement. Le vent de la fin d'après-midi descend du glacier. Si Alfred est parti par là-haut, il ne peut pas l'entendre.

Les bêtes risquent de se disperser, se dit Pierre. Alfred a dû monter vers le glacier pour récupérer un de ses moutons. Sinon, le chien serait là.

Pierre appelle le troupeau et le ramène à la maison Magnin. Suzanne est agitée.

— Je vais monter plus haut, dit Pierre.

— Vers les Aiguilles ?

— Oui. Je pense qu'Alfred a voulu récupérer une bête. Tu sais, cette brebis qui se cavale toujours.

— Quelle misère ! Pourvu qu'il ne soit rien arrivé de mal !

Pierre ne perd pas de temps. Il laisse Suzanne à son angoisse et repart. Il s'arrête chez lui, prend une corde et les jumelles dont il se sert pour la chasse. Si dans une heure il n'a pas retrouvé Alfred, il alertera la gendarmerie.

40

Quand Alfred se réveille, il met un bon moment à réaliser où il est. Il jure plusieurs fois d'une voix de fausset, dans une langue que Vicky ne connaît pas et que la colère rend stridente.

— Nom de Gu ! Mais vous m'avez attaché !

— Pour que tu souffres…

D'une voix posée, Vicky raconte le mythe qu'elle a choisi comme châtiment : Tantale puni au triple supplice par les dieux pour leur avoir donné à manger son fils Pélops.

— Tantale fut placé au milieu d'un fleuve qui s'assèche lorsqu'il veut en boire l'eau et sous des arbres fruitiers dont il ne peut atteindre les fruits pour calmer sa faim.

Alfred entend plus ou moins le récit de Vicky. La panique le fait trembler de tout son corps.

— Au supplice du désir, les dieux ont ajouté celui de l'angoisse. Au-dessus de sa tête, ils ont placé un énorme rocher qui menace à chaque instant de l'écraser.

Vicky braque une lampe électrique sur le visage d'Alfred.

— Tu n'es qu'un mortel, mon pauvre Alfred. Ça prendra moins de temps…

— Nom de Gu ! Mais qu'est-ce que je vous ai fait ?

Vicky a tout prévu. Cordelette de 6 mm. Sangles d'escalade. Pendant des jours, elle a répété les nœuds que rien ne peut défaire. Impossible qu'Alfred en réchappe.

Normalement, un être peut durer trois ou quatre jours sans boire. Une personne âgée résiste moins.

Vicky a fait son calcul.

Alfred n'a pas dû boire depuis le repas du midi. Il a déjà passé une demi-journée sans la moindre boisson. Pour monter jusque dans cette grotte, il a dû fournir un effort qui l'a considérablement affaibli.

— J'ai soif, donnez-moi à boire.

— Oui. Je vais te servir.

Vicky sort une gourde de son sac, l'ouvre avant d'en boire une gorgée avec délices et l'approche du visage d'Alfred. À toucher presque ses lèvres déjà racornies. Il avance la tête pour boire, mais elle éloigne la gourde. Il fait des efforts pour se ployer davantage, mais la gourde se dérobe à nouveau.

— C'est cela, dit-elle d'une voix calme, la tentation. Vouloir une chose plus que toute autre au monde. La vouloir et ne pas pouvoir la posséder.

Vicky range la gourde dans son sac et sort de la grotte.

La vallée de Saint-Vincent est dans l'ombre. La nuit ne va plus tarder. Suzanne a déjà dû donner l'alerte. Elle a dû aller voir Pierre, son unique voisin.

Pierre va chercher dans les champs, à droite, à gauche. Il va d'abord rassembler le troupeau des deux vieux et il trouvera le petit chien, fracassé dans un ravin.

Il fera déjà nuit.

Vicky a eu du mal à tuer l'animal, car elle aime les chiens. Mais cela n'a pas été difficile. Elle l'a appelé, l'a caressé et l'a poussé au-dessus de la barre rocheuse.

Rien ne bouge dans le village. Dans le halo de ses jumelles, Vicky va d'une maison à l'autre. Aucun mouvement. Elle vise les champs où Alfred faisait paître. Quelques moutons se sont rassemblés sous un arbre. D'autres continuent leur vie en descendant un peu plus.

Une heure passe, et toujours rien. Vicky revient dans la grotte.

Alfred ne cesse de gémir, alternant les plaintes et les insultes quand il aperçoit sa tortionnaire.

À bout de patience, Vicky décide que la parole ne sert plus à rien. Elle bâillonne le vieux et pose la gourde devant lui, à une distance qui lui interdit de l'atteindre.

— Il faut que tu saches pourquoi tu es là. Hein !

Elle s'assoit à trois mètres de son prisonnier parce qu'il pue trop, l'observe quelques secondes, l'éblouissant de sa lampe torche.

— Claire m'a tout raconté. Tu dois te souvenir, toi aussi ?

Alfred a baissé la tête. Son menton repose sur sa poitrine. Ses joues mal rasées pendouillent.

Vicky éteint sa lampe. Le noir total. Elle commence son récit :

— Claire n'a pas encore dix ans. C'est une belle petite fille. Très bonne élève à l'école. Un peu sauvageonne. Elle aime musarder toute seule autour de la maison Verdier… Elle s'invente des histoires de petite fille où l'amour et le rêve tiennent la plus grande place. Des histoires où il y a des méchants, mais jamais de salauds.

Vicky reprend sa respiration. Elle ne doit pas se laisser aller à l'émotion, pas flancher. Elle a décidé d'être forte.

— Un jour de printemps, un peu comme aujourd'hui, elle est venue vous voir dans votre grange. Ta sœur Suzanne était là. Elle a toujours été gentille avec elle. Toi aussi, tu as toujours été gentil… N'est-ce pas ?

Vicky éclaire. Alfred la regarde quelques secondes de ses yeux vitreux puis baisse à nouveau la tête. Ses jambes tremblent. Sa poitrine se soulève de manière irrégulière. Vicky éteint à nouveau.

— C'était un après-midi. Suzanne est revenue à la maison. Claire est restée seule dans la grange, avec toi. Tu lui as dit : « Viens voir, je vais te montrer les petits chats. Il y en a six. » Claire t'a suivi au fond de la grange. C'est là que se trouvaient les chatons. Six petits bâtards. Tu en as pris un et tu le lui as donné. Et pendant qu'elle caressait le petit animal, tu as passé ta main sous sa jupe et tu as cherché son sexe encore vierge. Elle a crié. Tu l'as poussée sur la paille. Tu t'es jeté sur elle.

Vicky éclaire à nouveau. Laisse passer un long silence. Le halo jaune fixé sur la tête basculée en avant.

Alfred s'agite de plus en plus. Les troubles nerveux arrivent plus vite que prévu.

— La suite de mon histoire, poursuit Vicky, tu la

connais mieux que moi. Claire m'a dit que ça n'avait pas duré longtemps.

Vicky sort. Le jour décline. Les arêtes, de l'autre côté de la vallée, font une frange d'or dans le ciel encore bleu.

Le troupeau d'Alfred a disparu.

41

Vicky a envie de vomir.

Revenir dans cette grotte sera difficile. Elle veut fuir, disparaître et ne plus suivre le cours de sa vengeance.

Elle n'a jamais été forte, contrairement à Claire. Chaque acte de courage est pour elle un obstacle infranchissable. Quand elle a peur, elle pense à un personnage qui lui a servi un peu de modèle dans la vie.

Une femme. Elle s'appelait Louise. La grand-tante côté paternel. Une furie, selon les chroniqueurs du clan familial. Une des très rares femmes journalistes de sa génération. Elle ne s'était pas mariée, avait vécu aux quatre coins du monde et avait eu des liaisons sulfureuses avec d'autres femmes.

Enfant, Vicky voulait suivre la voie tracée par Louise. Elle a fait des études de lettres pour comprendre le monde, s'évader. Elle était douée. Son père rêvait qu'elle fasse médecine. Elle a préféré la littérature classique. Les grands auteurs grecs.

Et puis Claire est arrivée. Une vie autre. La différence. Tout s'est chamboulé dans la tête de Vicky.

Elle s'est souvent dit que ce n'était pas possible. Une passade. Une expérience comme une autre.

Je n'arriverai pas à vivre une histoire pareille. Tout expliquer à maman. Et papa.

Impossible.

Vicky revoit la scène horrible qu'elle a vécue avec Claire. La lame dans la pénombre, les yeux fous. Elle a failli mourir. Mourir sous les coups de son amour. Elle a mis des mois pour s'en remettre.

Puis elle a choisi le refuge des conventions à une époque où toutes ces vieilles normes explosent les unes après les autres.

Elle s'est mariée.

Grégory a voulu des enfants. Vicky a refusé. Non pas qu'elle n'aime pas les enfants, mais parce qu'elle pense qu'ils doivent naître de l'amour. Le mariage a commencé à se déglinguer. Jusqu'à devenir insupportable.

La vision de Claire prête à tuer est revenue. Lancinante.

Vicky s'est rendu compte qu'Aphrodite lui avait joué un sale tour. Elle l'avait perdue dans des apparences trompeuses. Vicky devait tout réparer. Revenir à Paris, près de Claire, et ne plus la quitter. Les autres, la société, la famille et tout ce qui va avec, auraient compris. Sinon tant pis.

Mais comment oublier la violence et la folie soudaine ?

Claire était d'un autre monde. Un univers étroit où une femme ne peut pas aimer une femme, sinon en cachette. De toutes ses jeunes années, elle n'a jamais entendu parler d'homosexualité à la maison. Juste à l'école. On dit gouines ou pédés et rien de tendre. Que des insultes. De la honte jusqu'à la nausée.

— Tu ne connais pas la bourgeoisie, disait souvent Vicky.

— Et toi, tu ne sais rien des gens de la montagne.

C'est ce jour-là que Claire a raconté le viol. Avec des mots simples. Sans émotion apparente.

Elle disait souvent qu'elle avait eu peur de tout dire à son frère. Il n'était pas comme elle. Il n'était pas comme les autres hommes. Claire n'a jamais osé lui dire qu'elle aimait Vicky. Elle a inventé un amoureux à Paris. Un garçon qu'elle devait présenter, mais qui n'est pas venu.

Vicky se souvient de sa première rencontre avec Claire. Elle était un peu sombre. Très vite, la conversation est venue sur leurs conquêtes. À l'époque, Vicky ne savait pas qu'en aucun cas elle n'aimerait les garçons. Elle avait passé une bonne partie de la discussion à se vanter. Elle était si belle que personne ne lui résistait longtemps. Claire s'était contentée de citer quelques vers de Baudelaire :

L'amour est une rose, chaque pétale une illusion, chaque épine une réalité.

Au fond, tout cela est vrai. Claire avait dû souffrir pour apprécier autant ce vers d'un poète maudit. Vicky a commencé à l'aimer à ce moment-là.

Elle a éprouvé le besoin de la connaître, de l'approcher, de la sentir très proche d'elle et, pourquoi pas, de l'étreindre. Un sentiment d'impatience, aussi soudain qu'intense, la chahutait.

Elle avait envie de parler à Claire, de lui dire des

mots pour la rassurer. Elle sentait qu'elle avait besoin d'elle, de ses attentions et de ses compliments, pour être à nouveau une femme fière d'elle-même, pour compter parmi la foule des anonymes.

Être à côté d'elle, c'était comme remplir le monde. Exister intensément.

Être loin de Claire faisait revenir la mélancolie. Le désir de la retrouver, insistant et sans limites.

Vicky répète : « L'amour est une rose, chaque pétale une illusion, chaque épine une réalité. »

Elle frissonne. Les arêtes sont devenues froides. Le soleil a fui.

Un homme, minuscule, marche sur le sentier du plan des Aiguilles. Pierre Verdier progresse rapidement. Vicky doit retourner dans la cavité. Une dernière fois. Il faut en finir.

Alfred s'est écroulé sur le côté. Du bout du pied, Vicky le redresse.

— Essaie au moins d'être digne ! Ta fin est proche.

Alfred donne l'impression de se ratatiner. Il ne pleure plus. Son intérieur est déjà sec.

Impossible de gémir derrière son bâillon qui déforme atrocement le visage.

Il a une tête atroce. Sa peau s'est racornie comme un vieux fruit.

Ses yeux laissent encore passer un filet de vie. De temps à autre sa poitrine se soulève violemment.

Si elle le pouvait, Vicky mettrait un terme à ses souffrances. Elle couperait tout ce qui le relie encore à la vie.

Elle ne le fera pas.

Les orbites d'Alfred se sont creusées. Rapidement. C'est noir comme du charbon tout autour.

Vicky regarde la gourde posée devant le vieux. Objet dérisoire.

Il doit rester à ce salopard d'Alfred encore quelques heures de vie. Peut-être plus. Vicky s'en moque. Elle n'a pas le temps d'attendre. Elle doit fuir.

42

L'hélicoptère a tourné toute la matinée.

Il a déposé une équipe du PGHM au pied des Aiguilles.

Les gendarmes fouillent.

Alfred a disparu depuis deux jours.

Pierre est sorti sur la place du village. Suzanne est dehors, elle aussi. En montagne, personne n'aime entendre le son du rotor qui coupe l'air, tranche à tranche. Dans les vallées étroites, l'atmosphère bourdonne à chaque rotation, comme si la machine voulait étrangler le silence.

— Tu crois qu'Alfred est monté aussi haut ?

— C'est possible.

Suzanne lève les yeux vers les Aiguilles. Elle n'a jamais eu le courage d'aller y faire un tour. Dans le soleil de la mi-journée, les faces de gneiss aux longues traînées corallines resplendissent.

— Tu vas aller leur donner la main pour le retrouver ? demande Suzanne.

— Oui.

Une voiture de la gendarmerie déboule. Portal

conduit. À côté de lui, Ingrid Montaz baragouine quelque chose dans son téléphone.

Pierre se demande si le cauchemar n'est pas en train de refaire surface.

Ingrid l'a aperçu. Elle se dirige vers lui immédiatement et tend une main énergique.

— Monsieur Verdier… Bonjour.

Pierre ne répond pas. Il remarque simplement qu'Ingrid est très belle. Cette pensée n'a rien à faire dans une situation pareille, mais c'est la première qui lui vient à l'esprit. Même avec un pantalon de randonnée et de grosses chaussures, Ingrid est séduisante et redoutable.

— Nous pouvons parler ?

— Je n'ai rien à vous dire.

Elle le fixe quelques secondes.

— Vous n'avez pas le choix. Je peux vous convoquer…

— Dans la vie, rétorque Pierre, on a toujours le choix. Question de courage !

Il a mis tellement d'énergie dans sa réponse que la juge a un léger mouvement de recul.

— Et je sais que vous n'en manquez pas, monsieur Verdier.

Ingrid l'attrape par le bras et l'attire à l'écart.

— J'aimerais vous parler. En tête à tête. Je vous dois des explications.

— Alors revenez sans ce clown, répond Pierre en désignant Portal.

La magistrate hésite à acquiescer. Elle finit par dire :

— D'accord. Je vous contacterai.

Puis elle ajoute :

— Nous avons besoin de vous…

— Et pour quoi faire ?

Ingrid Montaz réfléchit quelques secondes. Portal a disparu derrière l'hélicoptère qui vient d'atterrir. Il discute avec le brigadier Constant, du PGHM, qui répond avec de grands signes en direction de la zone de recherches.

Ingrid a un regard d'une étrange douceur. Sa voix change, plus familière.

— Vous connaissez le secteur des Aiguilles mieux que quiconque, dit-elle. Vous êtes un alpiniste hors pair. Vous êtes aussi un chasseur… Nous avons besoin de quelqu'un de votre trempe.

Puis elle ajoute à voix basse :

— J'ai tout lieu de croire que cette disparition et celle de votre sœur sont liées.

— C'est Portal qui vous a soufflé cette idée ?

— Ne soyez pas désagréable…

À nouveau, Ingrid Montaz met de l'ordre dans ses idées avant de parler. Elle fixe Pierre pendant un long moment, comme pour le jauger. Son regard est redevenu celui de la juge. Incisif.

— Vous connaissez Vicky ?

Pierre s'attendait au pire. En voyant débouler sur la place de son village un flic tordu et une juge redoutable, il se voyait déjà dormir en prison.

— Qui est-ce ?

— Victoria Vassilis, née Braun. Je pense que ce nom ne vous est pas inconnu.

Pierre a l'habitude de contenir ses émotions, mais il ne peut pas s'empêcher de laisser paraître son trouble.

— Une amie de ma sœur, dit-il. Enfin c'est ce que j'ai cru comprendre.

— Elle était plus que cela, vous le savez bien.

À nouveau, la même douceur du regard que Pierre a du mal à soutenir. Il lève les yeux vers les Aiguilles. La lumière a changé. Des nuages noirs d'orage arrivent, poussés par le vent du sud. Le sauvetage risque de tourner à l'épouvante.

— Comment savez-vous que Victoria a quelque chose à voir avec la disparition d'Alfred ?

Ingrid Montaz regarde autour d'elle comme si elle voulait s'assurer que personne n'écoutait la conversation.

— Presque un hasard, dit-elle. Nous avons retrouvé son numéro de téléphone dans un carnet d'adresses de votre sœur. Nous l'avons mise sur écoute car nous voulons envisager toutes les possibilités dans l'enquête sur la mort de Claire. La dernière localisation du téléphone mobile de Victoria date d'hier, en toute fin de journée. La triangulation nous a permis d'établir qu'elle se trouvait là-haut. Le seul problème est que le téléphone n'est plus sous tension et qu'on ne peut plus la suivre.

— Je vois, répond Pierre, dont le regard est resté accroché aux Aiguilles.

— Vous allez nous aider, n'est-ce pas ?

Pierre pose ses yeux sur le visage d'Ingrid. Pour la première fois depuis longtemps, il a envie de céder à quelqu'un.

— Où se trouvait-elle exactement aux dernières nouvelles ?

— Au pied de l'aiguille centrale. La Sans-Nom.

Pierre réfléchit vite. Une grotte existe dans ce secteur. L'entrée est masquée. On peut passer devant sans la voir. Alfred a pu aussi prendre pied sur le glacier, des moutons s'y sont déjà égarés. Il risque d'être tombé dans une crevasse.

— Je vais rejoindre les gars du PGHM, dit-il. On verra bien. Qui commande là-haut ?

— Le brigadier Constant.

— Parfait. Dites-lui que je serai sur zone dans un peu plus d'une heure.

— Merci.

— Et dites à Portal de se tenir loin de moi.

— Oubliez Portal, monsieur Verdier... Je voudrais...

Pierre tourne les talons sans même écouter ce que lui dit la juge. Il rentre chez lui et s'équipe. Cela fait des années qu'il n'a plus touché à du matériel d'alpinisme. Il retrouve sur-le-champ les gestes d'une époque qu'il croyait révolue.

Il passe un pantalon et une chemise. Dans son sac, il fourre une veste, un anorak, un casque, trente mètres de corde de 9 mm, des coinceurs, des dégaines et de quoi manger et boire si le besoin se fait sentir. Puis il accroche deux piolets de progression et des crampons sur l'extérieur du sac.

Quand elle voit Pierre sortir de sa vieille maison, Ingrid Montaz comprend quel genre d'homme il est. Elle aurait voulu le connaître dans une autre vie. Il lui semble tout à coup revoir son père quand il partait en course. Le baiser sur le front. Les mains rugueuses. Et puis, un jour, le bruit épouvantable de l'hélicoptère. Sa mère, sur le balcon du chalet, les yeux rivés sur le grand Dru, le pilier sud, le plus difficile. On lui a simplement dit que la foudre lui avait pris son mari, juste au moment où il passait une sangle autour de la statue de la Vierge, au sommet. Il avait ouvert une voie, inscrit à jamais son nom sur le granit. Et sur une plaque mortuaire. L'orgueil des conquérants.

— Madame la juge ?

Ingrid se retourne. Portal lui tend un rapport sans importance. Elle le parcourt, le regard brouillé.

Pierre marche vite. Il voit le sentier en hiver, Claire derrière lui qui demande à aller au sommet de la Sans-Nom. L'embranchement des deux chemins. Il accélère le pas. Sa forme physique reste intacte. Il arrive au plan des Aiguilles et s'arrête quelques secondes à l'endroit où sa sœur gisait, cinq mois plus tôt. Les images le frappent. La corde, le cou serré, déjà bleu. Les lèvres qui ont blanchi.

Il serre les sangles de son sac et entame la montée vers le pied des Aiguilles. Il ne suit pas le sentier et coupe droit à travers les barres rocheuses. Si quelqu'un est tombé dans ses rochers chargés de myrtilliers et de rhododendrons nains, il a des chances de l'apercevoir.

De temps à autre, il jette un œil en arrière. La vue embrasse tout le massif de l'Oisans, hérissé de pics et de pointes noires. Les glaciers des grandes stations brillent sous le soleil au zénith.

Sur le sentier, à sa droite, des promeneurs se sont arrêtés et observent les rotations de l'hélicoptère en levant le nez au ciel. Aucun d'eux ne remarque Pierre.

À 15 heures, il atteint le pied de l'aiguille Sans-Nom et fait la jonction avec le brigadier Michel Constant.

— Tu es là, Pierre ! Ça me fait plaisir. Tu peux pas savoir comme ça me fait plaisir !

Michel chante un peu quand il parle, comme tous les gens de l'Oisans. Sa voix fluette contraste avec son physique trapu et son visage taillé à la serpe.

Il a de petits yeux bleus et des sourcils qui semblent roussis par le froid et le soleil.

Tout à coup un craquement sinistre percute les faces des Aiguilles, suivi d'un roulement sourd. Constant se tourne vers le glacier du Plan. Un sérac vient de se fracasser sur la moraine.

— Ça secoue drôlement par ici ?

— Oui, répond Pierre. On dirait que le glacier avance de plus en plus vite.

Constant acquiesce.

— Qu'est-ce que tu en dis, de cette météo ?

— Pluie avant demain, répond Pierre. Orage.

Les autres gendarmes n'osent pas le regarder en face. Pierre ne cherche pas à leur parler. Il serre les mains et se retourne vers Constant.

— Tu as trouvé quelque chose ?

— Rien. Juste un morceau de tissu.

— Fais voir.

Constant fouille dans sa poche et en sort un sachet plastique. La pièce de toile n'est pas bien grosse.

On dirait un bleu de travail. Le même que celui que porte Alfred.

— Où l'avez-vous trouvé ?

— Vers ce rocher plat, là-bas. On a pensé qu'il avait peut-être déchiré un vêtement en s'y frottant. Ce sont des écailles de gneiss. Assez tranchantes...

Pierre a reconnu l'endroit où se trouve l'entrée de la grotte. Son principal souci est d'éloigner les gendarmes. Il a compris qu'en bas l'adjudant Portal le suivait à la longue-vue.

Pierre ne prend pas le temps de réfléchir. S'il veut retrouver Vicky avant tout le monde, il n'a guère le choix.

— On va se diviser en deux groupes, dit-il. Je vais fouiller du côté de l'endroit où vous avez trouvé ce morceau de tissu. Remontez dans le couloir sur la gauche. Il se peut qu'il ait voulu passer par le col du Fourchu et qu'il soit par là.

— Tu crois que…

— Je viens souvent à la chasse ici, coupe Pierre. S'il y a des traces que vous avez loupées, je les verrai immédiatement. Ensuite je vous rejoins.

Constant est dubitatif. Ses hommes fouillent le coin depuis déjà deux heures. Pourquoi n'auraient-ils rien vu ?

— Je veux être seul, ajoute Pierre. J'espère que tu me comprendras après tout ce qui s'est passé.

Le brigadier fait un signe de tête et s'engage dans le couloir. Les sauveteurs grimpent vite, en se tenant sur le côté. Le couloir est exposé aux chutes de pierres. Sa partie supérieure est assez raide.

Au bout d'une centaine de mètres, l'un des gendarmes, un jeune au visage piqué de taches de rousseur, crie le nom d'Alfred. Plusieurs fois.

43

La grande dalle de granit qui a formé une cavité est tombée de l'aiguille Sans-Nom lors d'un éboulement, une trentaine d'années plus tôt.

Pierre a découvert cette grotte nouvelle en chassant le chamois. Il y vient dormir parfois, au début de l'automne. Personne d'autre que lui ne connaît ce trou car il bouche l'unique entrée à l'aide de gros cailloux. Personne, mis à part Claire.

Pierre contourne la grande dalle. L'entrée de la grotte est juste derrière. À l'abri des jumelles de Portal.

Le blocage de roches qu'il avait monté la dernière fois est toujours là. Impossible de se rendre compte qu'une cavité se trouve sous cette immense dalle tombée, même en passant devant cent fois.

En enlevant le premier bloc, Pierre comprend immédiatement que quelqu'un a déjà manipulé le verrou. Il a envie d'appeler les gendarmes, mais sa curiosité l'emporte. Il démonte le blocage, juste le nécessaire pour pouvoir se hisser à l'intérieur. Cela ne lui prend que quelques minutes.

Une fois l'entrée dégagée, Pierre s'équipe de sa

lampe frontale et pénètre dans le trou. L'odeur qui se répand soudain ne lui laisse aucun doute sur ce qu'il va trouver.

Une indicible horreur.

Alfred est attaché, la bouche bâillonnée. Les yeux presque hors de leurs orbites. Mort.

Pierre s'approche. Il essaie de maîtriser sa peur. Alfred a dû passer des heures dans cette position. Son supplice a été lent.

À deux mètres de lui, une gourde est posée sur le sol. Toute droite. Pleine d'eau. Bien en vue.

Pierre la reconnaît, cette gourde. Il l'avait achetée pour sa sœur quand elle voulait s'initier à l'alpinisme. Un modèle courant, mais pas d'erreur, c'est bien elle, d'un beau vert, la couleur préférée de Claire, et cabossée sur le côté. Souvenir d'une chute mémorable dans un pierrier.

Cette gourde, Claire l'emportait toujours à Paris. Un peu comme un grigri qui lui rappelait les belles heures en montagne.

Pierre ressort de la cavité et appelle Constant.

— Redescends, Michel. Je l'ai trouvé.

Les gendarmes rebroussent chemin. Pierre est assis sur la grande dalle de granit. Prostré.

— C'est dessous, dit-il d'une voix sombre.

Constant ne pose aucune question. Il fait le tour, voit le trou et braque sa lampe à l'intérieur. Quand il aperçoit le cadavre, il ne peut retenir un cri de dégoût. Lui qui en a tant vu.

Il murmure à ses hommes :

— On passe la main, les gars. On est des sauveteurs, rien d'autre. Ce qui est là-dessous, c'est pas notre affaire.

Par radio, il prévient l'équipe au sol qu'un cadavre a été découvert. Le cadavre d'Alfred.

Quelques minutes après, l'hélico décolle et exécute une première rotation. Il dépose l'adjudant Portal et deux techniciens de scène de crime.

Pierre n'est plus là. Il a pris le chemin du retour, à pied. Besoin d'air et de solitude. Des morts, il en a trop vu. La montagne est généreuse en la matière. Celui-là n'avait plus rien d'humain.

Il descend à une vitesse vertigineuse, coupe les lacets et évite les quelques curieux qui sont montés. Une fois au plan des Aiguilles, Pierre s'arrête de nouveau à côté de l'endroit où il a retrouvé sa sœur. C'était à la fin de l'automne. La neige était déjà là. Aujourd'hui, des narcisses tout blancs et des campanules d'un bleu délicat ont poussé. La nature se fout des drames des hommes.

Alfred est mort. Pourquoi lui ?

Un souvenir revient se mettre en place.

Il fait déjà chaud, ce printemps-là. Une année de canicule. L'air est poussiéreux.

— Où est Claire ? demande maman.

— Je l'ai vue partir vers la grange des Magnin.

— Ça ne me plaît pas trop.

— Pourquoi ?

— On ne sait jamais avec les vieux garçons. Va la chercher.

Pierre marche jusqu'à la grange. Alfred apparaît à la porte.

— Je cherche ma sœur. Tu sais où elle est ?

— Elle était là, y a pas dix minutes. Elle est repartie. Je crois qu'elle doit jouer vers les pommiers.

Pierre traverse la place et regarde du côté des arbres

que son grand-père a plantés à son retour de la Grande Guerre. Claire est assise contre le plus grand, celui qu'elle préfère parce qu'il donne les mêmes grosses pommes rouges que dans le film *Blanche-Neige*.

Claire pleure. Des sanglots qui secouent son corps encore dans l'enfance. Elle aura dix ans dans quelques jours.

— Pourquoi pleures-tu ?

Claire ne répond pas. Elle a enfoui son visage entre ses genoux.

— Tu t'es fait mal ?

Elle secoue la tête pour dire oui.

— Allez, viens, on rentre à la maison.

Pierre veut la soulever, mais elle se débat.

— Ne me touche pas.

Claire se retourne. Le regard mauvais.

— Ne me touche plus jamais.

Pierre comprend aujourd'hui.

Il se dit que Claire est vengée à présent. Celui qui a détruit quelque chose dans sa vie est là-haut, au pied de la Sans-Nom. Il a payé cher son geste. Les techniciens de la gendarmerie sont en train de le photographier sous tous les angles. Comme ils ont manipulé Claire.

Vicky a tué. Elle a atteint le point de non-retour.

Pierre ne veut pas qu'on fasse du mal à Vicky. Il veut la protéger. Elle doit se trouver quelque part, non loin d'ici. Cachée dans ce monde vertical.

Comment a-t-elle connu l'existence de cette grotte au pied de l'Aiguille ?

Il n'y a que Claire qui a pu lui montrer l'entrée.

Les questions tournent dans la tête de Pierre. Il

a besoin d'y répondre avant de se retrouver sur la place de Saint-Vincent. La juge d'instruction voudra l'entendre. Pire, l'adjudant Portal va se mettre de la partie. Qu'il le veuille ou non, Pierre n'y coupera pas.

Le flic a dû continuer à fouiner. Il a forcément trouvé des choses. Et il va s'en servir. Des pans de l'histoire de Claire dont Pierre ignore tout. Des vérités vont surgir du passé.

Pierre a peur des découvertes qu'il peut faire. Ce n'est pas l'orientation sexuelle de sa sœur qui le dérange. Elle aurait heurté profondément ses parents. Ils étaient d'une autre époque. Lui, il s'en moque, pourvu qu'elle ait été heureuse.

Ce qui le trouble, c'est la personnalité de Vicky. Qui est-elle ? D'où vient-elle ?

Pierre arrête sa marche et s'assoit sur un rocher qui forme un promontoire en contrebas du sentier. Face à lui, au loin, l'Olan. La face nord. Minuscule pyramide noire au fond de son talweg sauvage.

Pierre a besoin de réfléchir. Il est resté de longues années loin de sa sœur. Sans jamais vouloir se l'avouer, il est bien forcé de reconnaître que des chapitres entiers de la vie de Claire demeurent dans l'ombre.

Il a vécu plus de cinq ans avec Paola. Ailleurs, à Chamonix. Loin de Saint-Vincent. Auparavant, il n'était guère présent non plus.

Les étés, il les passait en montagne. L'automne, le peu de fois où il revenait à Saint-Vincent, Claire n'était pas là. L'hiver était la saison la plus active pour Pierre. Quand il ne partait pas pour l'Himalaya, il guidait des clients sur des cascades de glace. Et puis, à la fin du printemps, venaient les grandes classiques. La montagne et la vie avec Paola avaient pris toute la place.

Que vivait Claire pendant ce temps ?

Pierre n'a pas de réponse et n'en aura sans doute jamais. La vision du cadavre tout à l'heure lui a rappelé qu'il existait dans le passé de sa sœur des épisodes qu'il valait mieux ne pas lire.

Un sérac du glacier du Plan s'effondre à nouveau, plus petit que le précédent, répandant une rumeur lugubre entre les falaises brunes.

À cette heure, l'aiguille Sans-Nom se trouve dans l'ombre. On dirait qu'un coup de sabre vient de partager la roche.

44

Vicky ne connaît Pierre que par les récits de Claire.

La dernière fois qu'elle a parlé de son frère, elle a raconté le drame de la face nord de l'Olan. Vicky est entrée dans une colère sans limites. Elle a traité Pierre d'égoïste, d'orgueilleux. De mâle dominateur. De tueur de femme.

Claire ne l'a pas supporté. Elle a giflé Vicky.

L'amour est une rose, chaque pétale une illusion, chaque épine une réalité.

Vicky était jalouse de Pierre. Claire le vénérait. Il était le héros que rien ne peut faire tomber de son piédestal.

Au moment où Vicky est retournée à Saint-Vincent, Pierre était en prison. Le frère avait tué la sœur.

Vicky a cru la presse. Elle a cru que sa moitié avait été assassinée par cet homme adulé.

Elle le croit toujours.

Dans la famille Verdier, la folie n'est pas loin. Claire en a souvent parlé. Parfois, elle a même dit qu'elle se sentait sur le fil de la raison, comme en équilibre sur une arête.

— Je pense qu'il ne faudrait pas grand-chose pour que je bascule à mon tour.

— Ne dis pas de bêtises, ma chérie.

Les récits de Claire donnent froid dans le dos. La grand-mère qui menace la famille, une hache à la main. Elle veut tuer son fils et sa belle-fille. Les enfants se réfugient dans leur chambre.

Vicky a besoin de respirer. Elle ouvre la fenêtre et s'emplit longuement des parfums du matin. Le vent du nord a ramené le beau temps. La bise souffle, puissante et violente, comme des claques sur les rochers qui dominent Saint-Vincent.

La grand-mère s'est suicidée.

Un jour qu'elle est revenue de l'hôpital.

Le médecin avait dit que les médicaments la rendaient aussi douce qu'un agneau. Qu'elle pouvait rejoindre sa famille sans risque. La camisole chimique.

Deux jours après son arrivée, elle a trouvé le fusil de son fils et s'est tiré une balle à gros gibier dans la tête.

Pierre a entendu la détonation. Il était aux foins. Il a compris sur-le-champ.

La grand-mère était appuyée contre un talus, sur le chemin qui mène au plan des Aiguilles. Assise dans une étrange posture. Une pose obscène, le fusil entre les jambes, la tête à moitié arrachée. Comme les alpinistes qui se dérochent.

Pierre n'a pas pleuré, ni crié.

Il valait mieux que la grand-mère s'en aille comme ça.

Vicky referme la fenêtre et regarde à nouveau la photo de Claire. Nulle larme ne vient. Elle est ailleurs, dans l'amertume qui assèche le cœur.

Quand elle est allée vivre en Grèce, Vicky a relu l'*Iliade* et l'*Odyssée*. Dans l'épopée, les personnages qu'elle a aimés ont de beaux rôles. Ils ne sont pas faillibles.

Pourquoi la vie n'est-elle pas l'épopée ?

Trop bête. Peut-être trop cruelle.

Il faut vivre dans l'épopée, comme guidée par le panache qui se dresse sur les casques de bronze des héros.

Vicky en rêvait quand elle était enfant, du fracas des armes et des amours à conquérir. Il lui avait semblé pendant le temps court que dure l'enfance, toutes ces jeunes années de mille histoires réinventées à chaque sommeil, que la vie ne valait que parce que les héros la rendaient pareille à un torrent qui se nourrit d'aventures, de tumultes et de colères.

Mais elle était une fille.

De toutes les héroïnes, elle avait choisi Atalante. Celle qui fait vœu de virginité, qui tue des centaures et accompagne Jason et les Argonautes chercher la Toison d'or.

Cette pensée prête à sourire, elle n'a plus l'âge de se mesurer à l'héroïne antique, mais elle aime s'en souvenir, ne pas sortir de son enfance.

Atalante avait été à ses côtés tout au long de ses jeunes années, l'âge tendre, comme disent ceux qui veulent ignorer que c'est aussi l'âge le plus difficile dans la vie d'un être humain. L'âge où l'on a besoin d'héroïnes pour vivre. À chaque coup qu'elle recevait, elle pensait à Atalante, égale des hommes les plus valeureux. Pour affronter l'existence médiocre et vulgaire, il fallait être semblable à Atalante.

Même si…

La légende disait qu'Atalante finissait par se marier. Vicky a finalement suivi le même chemin.

Cette pensée lui déplaît car c'est une réflexion de grande personne, pas une idée d'enfant pur. Il ne faut pas oublier l'âge de la pureté, se dit-elle. Jamais, le reste de l'existence ne convient pas. Le reste n'est que trahison, basse vengeance, manœuvre pour ne pas disparaître dans la masse molle de l'humanité.

Vicky songe à Claire qu'elle vient de perdre.

Elle n'a pas mérité un être tel que Claire, tout simplement. La vie est ainsi.

Vicky a trahi Claire. Elle l'a laissée à sa solitude.

Claire aimait l'envoûter, être sa reine. Bien avant l'amour physique, elles préféraient l'enchantement, le trouble que procure le désir, cette sorte de ravissement qui naît des compliments et des mots flatteurs, des parfums que l'on porte et des caresses que l'on se donne.

Les femmes ne se laissent pas ensorceler aussi facilement. Il faut les captiver, les éblouir. Les héroïnes savent cela.

Claire savait cela.

Vicky passe une veste et sort.

L'arête de roches brisées qui domine son hôtel n'est qu'à une heure de marche, au-dessus du départ des remontées mécaniques.

C'est l'été.

L'alpage a repris ses droits sur les skieurs. Des vaches aux robes fauves sont dispersées entre les poteaux d'acier du téléphérique des glaciers. On devine partout les blessures que les grandes stations infligent à la montagne.

Au fur et à mesure que Vicky prend de l'altitude, le vent du nord la contraint à se voûter pour ne pas lui donner de prise. De là-haut, la vue s'étale sur le massif des Rousses, le grand pic de Belledonne et, au loin, minuscule, dans son manteau de verdure, le village de Claire.

Vicky marche rapidement, le pas sûr. Elle débouche sur l'arête, à plus de 2 000 mètres d'altitude. Ici, elle connaît chacune des entailles de la roche, chaque vire que les promeneurs du dimanche ont fini par transformer en sentier.

C'est là qu'un jour Claire lui a montré son village, un peu à l'écart de cette montagne que la ruée vers l'or blanc a ravagée.

Claire venait tous les jours des vacances faire du ski. Son frère était déjà guide, il lui obtenait des forfaits à l'année sans vraiment les payer.

Vicky débarquait de Paris, avec sa famille. Elle skiait seule, heureuse de se soûler de vitesse et de lumière. Claire aussi enchaînait les descentes sans jamais trop s'arrêter. Sauf le temps d'un café.

Elles se sont croisées au bar des Cimes, juste à côté du glacier du Dôme. Les histoires commencent bêtement. Vicky a demandé à Claire l'endroit où se trouvaient les pistes noires. Elle lui a répondu :

— Je t'accompagne.

Claire était une skieuse hors pair. Vicky avait du mal à la suivre. Elle admirait son corps élancé et souple, ses genoux, ses hanches qui ondulaient à chaque virage. Sa témérité.

Elles se sont revues. Tous les jours.

Puis le temps du lycée est revenu. Elles ont juré de s'écrire. Vicky a refait le chemin pour les vacances suivantes. Un jour, elles sont montées en haut du téléphérique et Claire a déclaré avec gravité :

— Tiens, regarde mon village.

Vicky a écarquillé les yeux. C'est difficile de distinguer les choses en montagne. Claire s'est approchée d'elle pour mieux lui montrer. Leurs visages se sont touchés.

Vicky veut se souvenir de ce moment. La première fois où elles se sont embrassées longuement.

Elles ne se sont rien dit, goûtant la saveur de la liberté, le regard perdu vers les champs de neige qui basculaient sur les combes folles, les vallées si étroites. La saveur des choses qui sont interdites dans ce monde d'en bas.

Vicky lève les bras, comme le faisaient les prêtresses antiques sur les images du livre d'histoire des petites classes.

D'une voix forte elle déclame le poème d'Homère qu'elle a récité un jour à Claire, par-dessus la rumeur énorme du vent, les mains tendues vers le tourbillon :

Salut, douce comme le miel, aux paupières arrondies !
Donne-moi la victoire dans ce combat, et orne mon chant !
Et moi, je me souviendrai de toi et des autres chants.

45

Ingrid Montaz a convoqué Pierre au tribunal de Grenoble. C'est la forme officielle. Impossible de se défiler. Pierre a fait une fois de plus la descente vers cette ville qu'il exècre.

Le tribunal de grande instance se trouve sur les bords de l'Isère. Non loin de là, des bulles transparentes, suspendues à un câble noir, filent vers les fortifications du rocher de la Bastille. Pour le touriste, c'est le clou du spectacle. Pour Pierre, la vision de ce téléphérique a été la dernière du monde libre avant la prison de Varces. Il la déteste d'autant plus.

Pierre se gare non loin du tribunal, dans un parking souterrain. Tout ce décor l'oppresse. Il a hâte d'en finir le plus vite possible.

Ingrid est assise à son bureau quand Pierre frappe à la porte. Elle se lève pour venir l'accueillir avec un sourire radieux.

— Comment allez-vous ? demande-t-elle en tendant une main ferme.

Elle a défait sa chevelure et passé une robe droite qui lui donne une allure chic. C'est ce qu'elle doit être, se dit Pierre, une femme qui aime le luxe. Comme

Paola, sous ses dehors d'amazone. Il aurait pu tomber amoureux d'Ingrid.

— Je vous ai fait venir pour vous signifier la fin de la procédure vous concernant.

Elle invite Pierre à s'asseoir et en fait de même. Ses mains sont fines, sans aucun bijou. Elles courent d'une feuille à l'autre, sûres d'elles.

— Nous pensons que l'homme que vous avez découvert, Alfred Magnin, a été assassiné par l'amie de votre sœur. Les techniciens ont trouvé des empreintes digitales sur la gourde qui ne laissent guère d'équivoque. Ce sont bien celles de Victoria Braun, épouse Vassilis. Cette gourde appartenait à Claire ?

— Oui.

— Comment s'est-elle retrouvée dans les mains de Victoria Braun ?

— Ma sœur emportait toujours cette gourde à Paris. Allez savoir pourquoi !

Pour une fois, Pierre a l'impression qu'on le croit.

— Connaissez-vous Victoria Braun ?

— Non. Pas du tout.

Ingrid Montaz se concentre. Pierre Verdier ne lui ment pas. Elle doit dévoiler des pièces de son dossier sans pour autant rompre avec le secret de l'instruction.

L'adjudant Portal n'a pas chômé. En très peu de temps, il a réussi à bétonner un premier dossier. Victoria Braun-Vassilis est sortie quelque peu de l'ombre.

Ingrid Montaz, d'une voix posée, demande :

— L'avez-vous jamais croisée ?

— Non.

— Votre sœur vous en a-t-elle parlé ?

Pierre fronce les sourcils. Il ne comprend pas très bien où la magistrate veut en venir. Il a envie de quitter ce bureau et de tout oublier. Il répond :

— Ma sœur ne m'a jamais parlé de tout ça. Ma sœur était homosexuelle et elle a pensé que je n'étais pas capable de le comprendre. Il existait une autre Claire, à Paris, dont je ne sais strictement rien.

Ingrid hoche la tête. Quand elle siégeait aux Affaires familiales, elle avait beaucoup travaillé sur des dossiers concernant des personnes homosexuelles. Le plus difficile, pour la plupart d'entre elles, était de révéler à leurs proches leur orientation. Pour certaines, une impossibilité absolue. Ingrid fait une moue dubitative.

— Notre problème, c'est de savoir comment Alfred Magnin est arrivé dans ce trou.

— Je comprends, dit Pierre qui n'a même pas réfléchi à la chose.

Ingrid ajoute :

— Peut-être qu'il s'agit du même assassin que celui qui a tué Claire ? Il est possible aussi que quelqu'un venge la mort de votre sœur ? Et, dans ce cas, ce quelqu'un se trompe. Ce n'est pas Alfred qui a tué Claire. Impossible.

La magistrate se penche vers Pierre.

— J'avoue que l'on vous a soupçonné pendant un temps.

— Pourquoi ?

— Parce que vous avez tout du vengeur. Si je n'avais pas été là, l'adjudant Portal vous plaçait à nouveau en garde à vue.

Pierre serre les dents.

— Je dois vous remercier, c'est ça ?

Ingrid a un sourire pâle.

— Me remercier ? Certainement pas. J'ai confiance en vous. Je sais quel genre d'homme vous êtes.

— Quel genre d'homme je suis !

— Je suis de Chamonix…

Ingrid baisse les yeux. Pierre devine de la timidité. Il a connu un guide qui s'appelait Montaz. Une référence dans le milieu de la montagne. Ingrid est sa fille. Elle lui ressemble. Le même menton volontaire, le même regard cajoleur, la même douceur qui dissimule une grande force de caractère.

— Victoria Braun est activement recherchée, annonce Ingrid.

Le regard de Pierre se brouille. Il n'y a pas un quart d'heure, il avait des certitudes.

— Qui a tué ma sœur ?

Ingrid Montaz secoue la tête en signe d'impuissance. Elle sent, elle aussi, que tout lui échappe. Cet assassinat est devenu une affaire personnelle. À présent, plus rien ne va comme elle le souhaitait.

— Nous recherchons toujours un certain Michel Cros, mais depuis que Victoria Braun est entrée dans cette affaire, toutes les cartes sont rebattues. Nous devons agir vite pour mettre la main sur cette femme.

— Et sur Cros, aussi.

— À ce propos, je voulais vous parler de l'adjudant Portal. Je sais que vous le jugez mal et je vous comprends. Il a pourtant fait du bon travail. Les preuves s'accumulaient contre vous et…

— J’ai fait quatre mois de prison. Quatre semaines de mitard.

Ingrid baisse la tête.

— Je sais, dit-elle. Mais il faut dépasser cela.

— Pourquoi ?

— Parce que Portal a repris l’enquête à zéro et qu’il est persuadé que quelque chose ne va pas. Il a établi beaucoup de faits sur ce Michel Cros, mais il reste introuvable. En revanche, nous sommes sûrs que Victoria a tué Alfred. Savez-vous comment ?

— Non.

— En lui faisant subir une sorte de supplice de Tantale.

Ingrid Montaz s’interrompt quelques secondes et farfouille dans ses papiers. Ses longs doigts courent de procès-verbaux en rapports d’expert.

— Voilà, dit-elle en extrayant une feuille de la pile. Alfred Magnin est mort de soif. Il a tenu vraisemblablement un jour et demi, ce qui est la moyenne pour une personne âgée dans ce genre de situation, à une telle altitude.

Pierre revoit la gourde posée devant le cadavre d’Alfred. Il tente d’imaginer la longue agonie d’un homme qui a sous les yeux l’objet de son désir le plus élémentaire sans pouvoir l’atteindre.

— Le supplice de Tantale, vous connaissez ?

— Non.

— Un supplice grec. Mythologique, si je puis dire. Très cruel.

Ingrid replace le rapport dans la pile de papiers. Pierre l’observe sans savoir que penser.

— Si jamais Victoria Braun cherche à prendre contact avec vous ou si elle donne signe de vie d’une manière ou d'une autre, vous devez nous le signaler immédiatement.

Pierre acquiesce. Sa volonté est pourtant tout autre. Il fera justice lui-même.

46

Vicky a dû rouler longtemps pour trouver du myrte. En cette saison, la plante fleurit. On en trouve un peu partout dans les garrigues bouillantes du Sud. Jamais dans les Alpes.

Vicky a quitté son hôtel assez tôt dans la matinée et a pris la direction du sud. Ce n'est pas si loin. En chemin, elle a écouté la radio. Plus personne ne parle du mort de Saint-Vincent.

Passé Valence, elle quitte l'autoroute et prend la nationale qui file vers Orange. Les maisons et les entrepôts industriels défilent. Elle a l'impression que la France est une immense banlieue. Au loin, les deux gigantesques réservoirs d'une centrale électrique dégagent de la vapeur d'eau.

Vicky se souvient de son premier séjour à Athènes, avec Claire.

C'est la semaine sainte. La Pâque orthodoxe. Une fête qui flanque tout un État au pied de la foi. La plus importante de toutes les liturgies de l'année, enluminée comme pas possible.

Claire dit :

— C'est impressionnant, cette foi !

— Depuis le lundi saint, ajoute Vicky, les plus croyants se prosternent devant les icônes d'or et d'argent qui sont dans les églises. Ils baisent les images pieuses et les reliques. Faut le voir pour le croire.

Dans l'ombre des églises d'Athènes, on attend le jugement du Seigneur, sa mort saignante et cruelle et sa renaissance, au troisième jour.

Le vendredi saint, les administrations, les usines et les banques ferment, la plupart des musées bouclent. Vicky se souvient de la lourde grille du périmètre de l'Acropole cadenassée jusqu'à midi. Au pied de la ville haute, quelques touristes tournent en rond. Certains sont assis sur des murets de pierres sèches, les doigts de pied gigotant dans leurs sandales poussiéreuses. D'autres lisent leur guide en marmottant, les joues déjà rouges de chaleur. Quelques-uns s'avancent jusque devant la grille, puis s'en reviennent, navrés de ne pas avoir leur ration quotidienne d'Antiquité, leur part de marbre et de divin.

Dans la guérite des portiers de la ville haute, Vicky aperçoit un gardien à moitié ensuqué par la chaleur moite et lui demande si le site va ouvrir dans la journée. Le cerbère répond que les visites reprennent à partir de midi et se terminent à 15 heures.

— Fermé ! dit Vicky quand elle arrive à quelques mètres de Claire. Il faut revenir à midi. Qu'est-ce que tu en penses ?

En guise de réponse, Claire hausse les épaules et se lève mollement. La chaleur, trop pesante pour elle, dévore son énergie. Dès qu'elle quitte l'ombre, elle a l'impression que le soleil cogne comme le marteau sur l'enclume.

— On va marcher, dit-elle sur le ton de la résignation. Tant pis, si c'est fermé.

— Demain, il fera moins lourd, répond Vicky. C'est à cause de la brume de mer.

Elle prend Claire par la main et l'attire à elle. Personne ne les voit. Elle a noué ses longs cheveux blonds. Claire ne peut s'empêcher de caresser du bout des doigts les mèches rebelles qui font de belles flammes sur sa nuque. Vicky sourit timidement, de cette risette un peu décalée qu'arborent les korês aux lèvres pâles.

— Je veux te montrer quelque chose, dit-elle. Suis-moi…

Elles marchent en cherchant l'ombre des oliviers et des chênes mal tournés qui ont poussé sur la colline de l'Acropole. Un peu plus loin, un vaste rocher tout gris forme un promontoire. On y monte par un escalier de fer, chaque pas est un son de cloche.

— De là-haut la vue est imprenable, dit Vicky. On domine toute l'ancienne agora.

Elles grimpent les marches. Au sommet, un souffle puissant et chaud les accueille. Claire manque de perdre l'équilibre.

— Fais attention, prévient Vicky. Le rocher est très glissant.

Le marbre a été poli par des millions de touristes. Par endroits, dans les failles de la carapace grise de la colline, saillent des veines noires et rouges. Claire a l'impression que le sang de la terre s'est figé à cet endroit-là, dans un dernier bouillonnement, aux premiers temps, avant les Titans et les dieux, l'Olympe et tout le bazar mythique.

Claire s'accroupit et caresse une veinule ronde que le soleil a chauffée. Elle n'a jamais aimé le marbre car c'est la pierre de la mort, on en fout partout dans les cimetières.

Une cloche carillonne quelque part.

— Tu crois en Dieu ? demande Claire.

— Non, répond Vicky. La religion, c'est du sacré qui pue.

— Qui a dit ça ?

— Antonin Artaud.

Vicky fixe du regard l'immensité qui lui fait face. Elle aime le vent qui vient de la mer, contourne les collines et se charge des bruits et des senteurs de la ville.

— Dans deux jours, on goûtera l'agneau pascal, murmure-t-elle. Et on sera les plus heureuses, tu verras.

— Mais tu n'es pas croyante !

— Faut prendre le bon côté des choses…

Elle passe son bras sous celui de Claire et la conduit jusqu'au bord du promontoire. En contrebas, les ruines de l'antique agora se dispersent entre les pins, les chênes-kermès et les buissons. Des tronçons de colonne dorique sont couchés dans l'herbe jaune, vaincus par les siècles. Sur la gauche, le temple d'Héphaïstos se dresse sur un îlot de verdure.

— C'est beau, dit simplement Claire.

Les superlatifs ne servent à rien. De toute façon, Claire exprime toujours ses sentiments avec la même simplicité, juste le mot exact. Dire que c'est beau suffit. Le beau est tellement rare.

Sur les toits blancs d'Athènes, les citernes jettent des éclats de cabochon par-dessus l'immensité des rues et des immeubles serrés les uns contre les autres.

— On va descendre, dit Vicky. Par la colline, on peut rejoindre ces cafés que tu vois en bas. On boira quelque chose en attendant que l'Acropole ouvre ses portes.

Un sentier file entre des buissons et des tapis de fleurs fanées. Vicky s'arrête pour tirer des portraits de Claire qui n'aime pas prendre la pose.

— Photographie des paysages !

— Non, dit-elle. Les paysages, c'est pour les touristes. Moi, ce sont des souvenirs de toi que je veux. Toi et uniquement toi.

Claire se dit que l'image avec l'Acropole en fond doit être un incontournable cliché du voyage, un rituel auquel elle doit se plier avec le sourire, histoire de faire plaisir.

— Tu es très belle dans toute cette pauvre verdure, dit Vicky en s'éloignant.

Claire s'arrête devant des fleurs jaunes semblables à des camomilles au parfum acide. Elle cueille un bouton et souffle un instant sur les pétales fragiles, comme elle l'a fait des dizaines de fois quand elle était jeune fille. Puis elle arrache les pétales un à un en murmurant : « Elle m'aime, un peu, beaucoup, à la folie… Pas du tout… » Le dernier pétale qu'elle enlève dit : « Pas du tout ! » Elle jette la fleur décoiffée et la tige démembrée. Tout à coup, il fait trop chaud, trop poussiéreux. Trop soif. Elle rejoint Vicky qui a descendu une bonne centaine de mètres.

Des plantes aux branches fines et droites comme des pattes d'insecte ont poussé sur le bord du chemin. Leurs tiges se terminent par des bouquets aux fruits dorés déjà secs. Elles sont hideuses et ne diront jamais la bonne ou la mauvaise fortune en amour.

— Qu'est-ce que c'est ?

— La ciguë, répond Vicky. Un poison violent. Mortel !

— Je n'en avais jamais vu.

— As-tu entendu parler de la mort de Socrate ?

— Bien sûr ! La dernière fois, c'était en classe de philo…

Vicky casse une branche du poison et la tient à bout de bras dans un geste théâtral.

— La mort de Socrate. Condamné à boire la ciguë parce qu'il ne pensait pas comme les autres !

Elle récite d'une voix sombre :

Socrate se coucha sur le dos, comme l'homme le lui avait recommandé. Celui qui lui avait donné le poison, le tâtant de la main, examinait de temps à autre ses pieds et ses jambes ; ensuite, lui ayant fortement pincé le pied, il lui demanda s'il sentait quelque chose. Socrate répondit que non. Il lui pinça ensuite le bas des jambes et, portant les mains plus haut, il nous faisait voir ainsi que le corps se glaçait et se raidissait.

Claire applaudit et lance :

— Je vois que tu t'y connais. Quelle mémoire !

Vicky jette le brin de ciguë à ses pieds et le piétine.

— Je connais la recette de la mort.

Vicky s'assombrit.

Elle serre les mâchoires et dit :

— Si jamais tu me quittes, je bois la ciguë.

— Tu es folle ! proteste Claire. Je n'en vaux pas la peine.

Le regard de Vicky se durcit.

— Je te jure que je le fais. Tu es tout pour moi. Sans toi, ma vie n'a guère de sens.

La route grimpe une colline. La garrigue n'est pas loin. Vicky se gare et s'enfonce sur un chemin de terre. Un buisson de myrte a poussé. Les feuilles sont d'un beau vert brillant. Au bout des brins, les petites fleurs blanches sont encore toutes fraîches. Vicky cueille tout ce qu'elle peut et s'en retourne.

Le cimetière de Saint-Vincent est adossé à l'église, un peu à l'écart du village et surtout hors du champ de vision des habitants et des passants.

Devant le tombeau où Pierre a fait graver le nom et le prénom de sa sœur, Vicky dépose les brins de myrte. Elle récite le poème de Sappho que Claire adorait, la prière à Aphrodite :

Si elle refuse tes cadeaux,
elle t'en offrira bientôt.
Si elle ne t'aime pas, elle t'aimera bientôt,
même sans l'avoir voulu.
Cette fois encore, viens à moi,
délivre-moi de mes peines,
exauce les souhaits de mon cœur.
Sois mon alliée.

Vicky s'en va. Le cœur presque soulagé.

Elle a juré de faire subir les pires tourments à ceux qui lui ont ravi son amour.

Elle a cherché dans la mythologie des anciens Grecs où les dieux sont experts en vengeance. Elle a trouvé Tantale.

47

Il est presque 10 heures.

Dans la forêt, une douce chaleur réveille les odeurs fortes de résine. Un couple de geais se chamaille en criant à la cime des grands épicéas.

Vicky s'est installée dans une trouée d'arbres que la tempête a laissée derrière son passage, l'hiver précédent. À la fonte des neiges, les bûcherons ont récupéré les troncs et les ont entassés plus bas. Des framboisiers en ont profité pour pousser dans la terre retournée par les roues chaînées des tracteurs forestiers.

Dommage que les fruits ne soient pas encore mûrs, se dit Vicky.

Le village de Saint-Vincent se trouve sur l'autre versant, à même pas un kilomètre à vol d'oiseau. Ses maisons aux toits de tôle ondulée s'égrènent le long d'une épaule couverte de champs. Un peu plus haut, on aperçoit un gigantesque plissement de roches toutes grises et parcourues de veines noires comme les courbes d'un tableau de Soulages.

Vicky repose ses jumelles sur une souche de sapin. Pierre Verdier n'est pas sorti de chez lui.

Que fait-il ?

Lui qui d'ordinaire se lève à 6 heures du matin et court droit à sa bergerie pour s'occuper.

Depuis trois jours qu'elle vient dans cette clairière pour l'observer, Vicky a remarqué qu'il transporte des planches et passe des heures à l'intérieur de la bergerie. Il doit aménager de nouvelles installations. De temps à autre, il sort quelques minutes, caresse son énorme chien et s'en retourne à l'intérieur. Sans doute va-t-il reprendre des moutons…

Depuis la mort d'Alfred, Vicky a teint à nouveau ses cheveux, au henné cette fois-ci. Elle porte une paire de lunettes sans verres correcteurs qu'elle s'est procurée dans un bazar de Grenoble, franchement ringarde mais simple et efficace. Elle est méconnaissable et n'en revient pas qu'il soit aussi facile de passer au travers des mailles du filet.

À l'hôtel, elle s'est enregistrée sous le nom de Melanie Klein, comme la célèbre psychanalyste dont elle a essayé de lire *Le Complexe d'Œdipe* quand le sujet l'intéressait. Ça n'a pas duré longtemps.

Après le lycée, Vicky a hésité entre des études de psychologie et de lettres classiques. À dix-huit ans, on se cherche. La vie n'a pas répondu à toutes les questions. La vie ne répond jamais à toutes les interrogations qu'un être lui pose. La vie n'a pas de réponses.

La rencontre de Claire a révélé à Vicky ses « penchants », comme dit sa mère.

« Penchants », « orientation », les mots sont pauvres. Personne ne parle d'amour. Alors, Vicky s'est inscrite à la faculté de psychologie de la Sorbonne et espère ainsi comprendre. Et peut-être gagner du temps sur les choix qu'elle devra faire. Car ni son père ni sa mère n'ont l'intention de la laisser se perdre dans des études qui ne rapportent rien ou pas grand-chose. Un an ou deux à traînailler sur les bancs des amphithéâtres, mais pas plus.

Le père de Vicky est médecin. Cardiologue bien en place. Il ne connaît guère qu'une loi : celle du travail. Et qu'une voie : la réussite. La psychologie n'est pas sa tasse de thé. Il y croit encore moins qu'en Dieu.

La mère de Vicky est plus compréhensive, plus sensible. Elle a senti que sa fille n'était pas vraiment comme les autres. Elle ne parle jamais de garçons, si ce n'est pour dire des banalités. Quand elle évoque son amie Claire, elle s'empourpre légèrement. Il ne faut pas la contrarier. Elle veut passer ses vacances à la montagne, été comme hiver. Pas loin de l'endroit où habite Claire. Cette relation ne durera pas, se dit la mère. Tôt ou tard, l'ordre social finit par triompher.

Vicky reprend ses jumelles. Le chien de Pierre s'est allongé devant la porte de la maison. Pour surveiller les alentours, il n'y a pas meilleur assistant. Vicky devra faire avec. Neutraliser un molosse pareil n'est pas une mince affaire. Ce qui importe à présent, c'est de connaître les habitudes de son propriétaire.

Rien ne bouge. Vicky ne peut pas s'approcher. Pas encore. Elle se laisse aller à des souvenirs, histoire de tuer l'ennui.

La soirée est presque fraîche. Un vent léger s'est levé. Les rues d'Athènes sont quasi vides. Quelques touristes, des Espagnols, marchent dans la lumière jaune des réverbères. Les rideaux de fer des magasins sont tirés, couverts de tags et de poussière noire. Vicky frissonne, Claire lui couvre les épaules de sa veste.

Dans le quartier de la Pláka, l'ambiance est différente. Beaucoup de Grecs déambulent, une bougie à la main.

— Que font-ils ? demande Claire.

— C'est l'un des rituels de la Pâque orthodoxe. Tout le monde ou presque est religieux ici… Pâque, c'est sacré, peut-être la fête la plus sacrée. Il n'y a pas de séparation entre l'Église et l'État dans ce pays… Ce soir, les orthodoxes célèbrent la passion du Christ. La journée des ténèbres.

Dans les ruelles qui montent au pied de l'Acropole, les lignes de lumignons dessinent des courbes et des volutes dorées le long des murs blanchis. Tout le monde est vêtu des habits du dimanche. Les femmes et les jeunes filles ont passé des robes à dentelles, les hommes et les garçons des chemises noires pour la plupart.

Claire se demande d'où ces familles peuvent bien venir et où elles se rendent. Elle veut poser la question à Vicky qui marche quelques mètres devant, mais elle a l'air tellement perdue dans ses pensées qu'elle n'ose pas la déranger.

Elles musardent un long moment sans se parler, ni même se regarder. Claire goûte le plaisir de la cérémonie mystérieuse qui se déroule sous ses yeux. Les visages qu'elle croise lui paraissent joyeux, malgré l'étroitesse des rues propice au désordre et au vacarme.

Puis, au fur et à mesure qu'elles quittent la vieille ville, les passants se font plus rares.

Vicky passe son bras autour de la taille de Claire. Leur hôtel est à quelques pas de là, elles marchent plus vite. Elle a envie d'elle comme jamais.

Une fois la porte de leur chambre refermée, elles

font l'amour sans même se déshabiller complètement. C'est la première fois que Vicky est aussi directe. Claire éprouve rapidement un plaisir violent. Elle ne sait dire si cela la satisfait, mais du moment qu'elle donne de la jouissance à celle qu'elle a choisie, elle accepte.

Une fois sur le lit, Vicky caresse les cheveux de Claire, l'esprit ailleurs, sans dire un mot. Sa poitrine se soulève lentement. Elle respire bruyamment. Vicky pose sa joue sur son bras.

Au-dehors, depuis les terrasses des cafés et des restaurants, montent les éclats de rire, les mots dans toutes les langues et les cris des touristes. Il doit être minuit passé. De temps à autre, le bruit d'une moto ou d'un taxi tranche l'ambiance de la fête avant de se disperser plus loin.

Plusieurs fois, Vicky sent son ventre se contracter. Son désir est à nouveau en train de la submerger, mais Claire s'est tournée sur le côté opposé et dort comme une enfant.

Vicky reste seule à écouter la nuit, un peu triste. Son corps s'éteint lentement, tout le feu qui le remplissait se meurt. Elle songe aux destins qui se nouent autour d'elle et à ceux qui se dénouent. Ce chaos de vies lui donne le vertige. Chaque être existe et dure selon sa propre logique qui ne relève pas de l'arithmétique de l'existence.

Parfois, Vicky se dit qu'elle réfléchit trop. Parfois, elle pense qu'il est bon de se pencher sur le sens des choses. Sinon, rien ne sert à rien.

Une cloche sonne la première heure du jour à venir. L'image de son père lui apparaît à ce moment-là. Il lui tend la main pour l'inviter à marcher à ses côtés, comme il l'a si souvent fait quand elle était une petite fille aimante. Il ne parle pas, il montre juste une direction, quelque part dans le flou d'une rue qu'elle ne reconnaît pas.

Cette image angoisse Vicky. Elle en saisit mal la signification et redoute tout à la fois de la connaître. La vie avec son père n'a jamais été facile. Il a toujours pris trop de place. Avec ses certitudes et sa rigueur. Vicky ne connaît que le doute.

Claire dort profondément. Le rythme lent de sa respiration semble suspendre le temps, comme si une éternité parvenait à se glisser entre les respirations.

Vicky tente de chasser l'étrange vision du visage de son père. Elle ferme les yeux et convoque d'autres souvenirs. Le sommeil ne vient qu'après la deuxième cloche qui perce le silence de la nuit.

Vicky reprend ses jumelles et les braque en direction de Saint-Vincent. Une voiture de gendarmerie s'est garée sur la place. À la distance à laquelle elle se trouve, Vicky ne peut pas distinguer les visages. Elle comprend seulement qu'un gendarme discute avec la sœur d'Alfred Magnin.

Elle songe à une phrase de Claire : « Mon frère, c'est un vrai héros… »

Vicky a vu les coupures de presse qui faisaient de lui l'alpiniste le plus doué de sa génération.

Elle se souvient aussi du journal télévisé qui disait : « On est toujours sans nouvelles des deux alpinistes… »

Vicky redoute l'instant où elle va se retrouver devant Pierre.

Le printemps vit ses derniers jours.

— En montagne, il est d'une vivacité sans pareille, disait Claire. On sent la sève qui monte du sol. C'est la saison que je préfère.

— Malheureusement, tu es née en été.

— Oui, juste au début. Le 29 juin.

C'est la date que Vicky a choisie pour se trouver face à Pierre Verdier.

L'ÉTÉ

48

L'adjudant Portal demande à Suzanne Magnin :

— N'avez-vous rien vu d'anormal, ces derniers temps ?

Quand une question la préoccupe, Suzanne regarde par terre et secoue le bras droit. Elle répond :

— Rien, mis à part les fleurs !

— Les fleurs ?

D'un geste du menton, Suzanne désigne l'église.

— Au cimetière. Hier. Quelqu'un est venu mettre des fleurs.

— Un homme, une femme ? Vous souvenez-vous ?

— Cheveux noirs et courts. Un homme qui ressemblait à une femme. Tout fluet.

Portal regarde autour de lui. Le cimetière est hors de son champ de vision.

— Comment avez-vous vu cet individu ?

Suzanne cogite. Devant la maison Verdier, Pierre est apparu. Il fixe longuement le gendarme et s'en retourne à l'intérieur. De toute sa carrière d'enquêteur, Portal n'a jamais senti autant d'hostilité.

— Entrez donc !

L'adjudant pénètre chez les Magnin. Aucun étranger,

depuis des années, n'avait franchi le seuil de cette maison. Une grande pièce, comme chez les Verdier ; un peu sur le côté, une grosse cuisinière émaillée vert bouteille. Des chiens en loques contre le feu.

Ce qui surprend tout d'abord, c'est la chaleur douceâtre du feu de bois qui ne se tait jamais et l'odeur ambiante, indéfinissable et tenace. Le parfum de la crasse patiemment couchée sur chaque centimètre de ce lieu clos.

Suzanne va et vient en faisant traîner les talons de ses chaussures raccommodées maintes fois. Elle disparaît derrière une porte. Juste à côté de la télévision dont le capot est crépi de chiures de mouches.

Portal vise un fauteuil dont les coussins ont retenu le moulage d'un corps. Suzanne réapparaît, silhouette fantomatique et chétive.

— Racontez-moi ce que vous avez vu, dit Portal.

Suzanne a posé ses avant-bras sur les accoudoirs croûtés de crasse. Sa tignasse est relevée et laisse voir son front tout ridé.

— C'était hier. J'ai vu dans le cimetière. De l'œil-de-bœuf de notre grange, on voit bien dans le cimetière.

— Qu'est-ce que vous avez vu ?

Suzanne fronce ses sourcils aux longs poils. Elle dit de sa voix traînante :

— Je ne saurais pas dire s'il s'agit d'un homme ou d'une femme. On sait pas trop les reconnaître, aujourd'hui !

— Décrivez-le.

— Un peu grand comme mon frère…

Suzanne réfléchit. Elle dit en se fourrant le doigt dans le nez :

— Il marchait comme une femme. Avec des cheveux noirs. Il a déposé des fleurs sur la tombe de la pauvre Claire et puis il s'en est retourné.

— À pied ?

— Oui. D'abord à pied, puis après j'ai entendu le bruit d'une moto. Mais de l'œil-de-bœuf, on ne voit pas la route. Il y a ces grands frênes qui gênent.

Portal s'est appuyé sur la table pour noter.

— Quelle heure était-il à peu près ?

— Un peu avant 17 heures. C'est l'heure à laquelle Alfred sortait les bêtes. Avant, il fait trop chaud.

Portal n'a pas d'autres questions. Il a hâte de quitter la maison des Magnin. Avant de sortir, il demande :

— Avez-vous le téléphone ?

— Non.

Dommage, se dit Portal.

Suzanne lève la main à la manière d'une écolière obéissante. Elle s'écrie presque :

— C'est fini, l'interrogatoire ?

— Oui, répond le gendarme avec un sourire.

Suzanne disparaît aussitôt derrière une porte noire. Un bruit d'animaux passe. Ce doit être l'heure d'aller en champ.

Portal ne s'attarde pas sur la place. Il sent que Pierre l'observe. Peut-être dans le cercle froid d'une lunette de chasse. Pour se rassurer, l'adjudant passe la main sur la crosse de son Sig-Sauer 9 mm. L'uniforme n'a guère d'autorité dans les parages.

Avant de se rendre au cimetière, Portal descend sur la route qui le longe par le bas, derrière les grands frênes que Suzanne a décrits. Sur le bord de la chaussée, une cabane de bois et de pierre sert au dépôt des ordures ménagères. Des affiches aux couleurs fluorescentes annonçant les bals de la région ont été agrafées sur le mur en planches épaisses.

Portal fait le tour de la cabane. Des roues de vélomoteur ont laissé les empreintes de leurs pneus sur la terre encore humide.

Le gendarme emporte toujours un petit appareil photo numérique avec lui. Il prend des vues des empreintes.

Entre les frênes, les hautes herbes du talus ont été foulées. Portal fait encore plusieurs photos.

Le clocher de Saint-Vincent sonne les 17 heures. Suzanne vient de sortir les neuf bêtes. Portal revient sur la route et s'imprègne des lieux.

Il a acquis la certitude que la visiteuse aux cheveux noirs n'est autre que Vicky. Elle n'est pas loin et est suffisamment maligne pour vouloir jouer au jeu de cache-cache.

Portal revient à la voiture, charge les photos sur son ordinateur portable et contacte le laboratoire de la gendarmerie de Rosny-sous-Bois.

— Je vous envoie des images d'empreintes d'un deux-roues.

— C'est important ? demande une voix agacée.

— Très urgent. Il s'agit d'une enquête sur une série d'homicides. Commission rogatoire de la juge Montaz. Tribunal de grande instance de Grenoble. Ça vous suffit ?

— C'est bon, c'est bon. Vous avez la réponse dans cinq minutes.

Portal attend, les yeux levés vers les Aiguilles. C'est à cette heure qu'il trouve qu'elles sont le plus belles. Sombres et impressionnantes. Presque menaçantes. Le soleil ne va pas tarder à passer derrière le col des Hirondelles.

Le téléphone sonne.

— Oui.

— C'est le labo.

— J'écoute.

— Il s'agit d'empreintes laissées par un pneumatique Michelin.

Le technicien lit son rapport en détail. Portal note le plus rapidement qu'il peut. De toute façon, il va en demander une copie.

— Ces pneumatiques sont habituellement montés sur les scooters Honda, les 50CC.

— Vous voulez dire que ce sont les modèles de série ?

— Oui, tout à fait.

Portal raccroche. Il tient une piste.

Le soleil est passé derrière le col des Hirondelles. L'ombre des Aiguilles, longue et grise, s'allonge sur la vallée.

49

Vicky repose ses jumelles. Elle a vu le gendarme entrer chez Suzanne. Elle a vu Pierre sortir sur le perron de sa maison puis retourner à l'intérieur.

Plus rien.

Tout semble immobile à nouveau.

Elle lève les yeux vers les Aiguilles. Vue d'ici, la Sans-Nom paraît plus haute que ses deux sœurs. Claire a dit, un soir d'été, alors qu'elles les contemplaient depuis le plan des Aiguilles : « Pierre y a ouvert plusieurs voies. »

Cette année-là, Vicky est venue en vacances à Bourg-d'Oisans. Elle est descendue dans un hôtel sans charme, juste à la sortie du village, sur la route qui va au col du Lautaret et aux stations de ski. Vicky a loué une mobylette. Chaque jour, elle voit Claire dans un endroit différent.

Pierre n'est pas là. Il est à Chamonix ou peut-être ailleurs dans le monde, là où il y a des montagnes. Claire ne l'a pas vu depuis six mois.

— Pourquoi tu ne viens pas chez moi ?

— Ça me gêne, répond Vicky.

— Mes parents ne sont pas des sauvages ! Je peux dire que tu es ma copine…

Le regard de Vicky se voile.

— Non, il ne faut pas tricher. Tu es la femme de ma vie. Je ne peux pas aller chez toi et faire semblant.

Alors Vicky est venue à Saint-Vincent incognito. Comme une simple promeneuse. Elle a laissé la mobylette à côté de l'église et elle est montée par le sentier du plan des Aiguilles. Elle a trouvé le coin magnifique et parfaitement désert. Elle n'a pas vu les parents de Claire.

Claire l'attendait au plan des Aiguilles. Elles se sont allongées dans l'herbe, sur une couverture un peu usée que Claire a emportée dans son sac. Elles ont savouré la fin d'une belle journée de juillet. Main dans la main, à l'abri des regards, derrière le gros rocher rond. Elles ont fait l'amour. Le torrent grondait, juste à côté. Un courant d'air frais descendait depuis les hauteurs.

— Tout cet alpage est à nous, dit Claire en désignant l'étendue d'herbe et de fleurs qui se trouve devant elles. Tout jusqu'à la forêt.

Vicky demande :

— C'est quoi, ces fleurs qui font des petites cloches bleues ?

— Des campanules…

— Et celles-là, avec de grosses feuilles ?

— De la gentiane.

— Embrasse-moi !

Vicky a froid tout à coup. Claire est morte à l'endroit où elles se sont données l'une à l'autre. Comment ne pas y voir un signe ?

Quand Claire est revenue chez elle, le jour où Vicky est allée la voir à Saint-Vincent, Pierre était là. Il était apparu par hasard, comme toujours. Imprévisible.

Les a-t-il vues allongées dans l'herbe en train de faire l'amour ?

Claire pensait que oui car il la regardait bizarrement, ce jour-là.

Vicky dirige ses jumelles vers le village. Rien ne bouge. Cette immobilité l'angoisse. Elle ne peut imaginer ce que font ces hommes minuscules dans leurs petites maisons. On dirait presque des jouets.

Vicky cherche un autre souvenir. Chaque fois, c'est la Grèce qui revient. Elles étaient loin de tout.

Le ferry qui dessert Santorin, l'*Aegean King*, lâche un coup de sirène. La coque vibre. Athènes fuit lentement, gardant, dans ses derniers éclats, les souvenirs de ceux qui l'ont étreinte le temps d'un passage.

Claire fixe l'eau bleue de cobalt. Elle se sent familière à toute cette lumière, à toutes les odeurs de la Méditerranée. Le soleil a cuit son visage délicat. Elle a l'impression qu'un masque est posé sur sa peau.

Le vent souffle sans discontinuer, comme sur les arêtes de ses Alpes natales.

— J'aime le vent, dit Claire. Il emporte tout.

Vicky se souvient qu'elles sont restées à la proue jusque tard dans la nuit. De la mer toute noire, on ne distinguait que les crêtes des vagues qui s'ourlaient dans la lumière faible du ferry.

Une branche craque. Vicky sort de ses pensées.

Des éclats de voix. Immédiatement, elle se cache derrière la souche, à l'abri des herbes hautes.

Un groupe d'enfants passe sur la route forestière, à une centaine de mètres au-dessus d'elle.

Ne pas sortir, ne pas être vue.

Quand le vacarme des gamins a disparu, elle s'extrait de sa planque. La voiture de gendarmerie n'a pas bougé.

Combien de temps s'est écoulé ? Vicky ne le sait pas. Elle n'a jamais eu de montre et n'a pas la moindre notion du temps qui passe.

Elle retourne à ses souvenirs. Il n'y a plus que là qu'elle se sent bien.

Le vent redouble quand l'*Aegean King* change de cap. Le phare de Santorin apparaît, seul au bout d'une muraille noire à peine visible. À intervalles réguliers, sa lumière découpe furtivement un long triangle d'or sur la mer agitée.

— C'est beau et ça me fait peur en même temps, dit Claire en se serrant contre Vicky.

— Il y a beaucoup de vent par ici, dit Vicky.

Les chapelets de lumières de Santorin dansent dans le noir.

Vicky pointe ses jumelles. Le gendarme est dans le cimetière. Il voit les fleurs. Il se penche et les touche.

Est-ce qu'il en comprend le sens ?

Vicky s'en moque.

50

Portal quitte la place de Saint-Vincent et va se garer devant l'entrée du cimetière.

L'après-midi touche à sa fin. Il se dit qu'il aimerait pour une fois rentrer chez lui et se reposer devant un film. Depuis deux ans, il collectionne les DVD des grands classiques et n'en regarde quasiment aucun, sauf en vacances. Le dernier est un film d'Henri-Georges Clouzot, *Le Corbeau*. En roulant dans l'unique rue de Saint-Vincent, il ressent la même atmosphère que dans le film en noir et blanc. Le sentiment que les murs l'observent, que chaque fenêtre l'épie, que des ombres le fuient. Le village a dû connaître des drames où la jalousie et la délation tenaient la plus grande place.

La journée n'est donc pas finie. Le gendarme doit faire une halte devant la tombe de Claire. Vérifier les dires de Suzanne. Avec de la malchance, un indice va en entraîner un autre et tout ça le mènera jusque tard dans la nuit. Le temps de tout rentrer sur son ordinateur, rapports et procès-verbaux.

Ingrid Montaz est pointilleuse. Elle va jusqu'à corriger les fautes d'orthographe. C'est un peu pour elle qu'il se démène autant. Son seul bonheur dans la vie.

Depuis que la gendarmette dont il était amoureux a décidé de vivre une autre vie que celle de la caserne et de la brigade, Portal vit seul. Dans la compagnie des criminels, des grands classiques du cinéma et de la musique. À quarante ans, ce n'est pas aussi anormal que cela. Enfin, c'est ce qu'il se dit pour se rassurer.

La porte du cimetière est à moitié ouverte. La rouille a eu raison de la serrure. Quatre allées de gravillons desservent les carrés de sépultures.

Portal marche tout en lisant les noms sur les plaques mortuaires. Il y a des Faures, des Verdier, des Cros, des Joubert et des Magnin. Rien d'autre. Souvent le nom est suivi d'un lieu ou d'un autre patronyme pour éviter les confusions. La consanguinité des gens des hautes vallées n'est pas un mythe, se dit Portal. Tous cousins ou presque. Il songe tout à coup à l'omerta et au témoignage d'Alfred qui a innocenté Verdier. Sur la tombe des Verdier, il y a des Cros, nom de jeune fille de la mère de Pierre ; sur la plaque mortuaire des Magnin, on retrouve le même nom : Cros. Très répandu dans la région. Alfred était le cousin de Verdier, songe l'enquêteur, il aurait menti à son sujet que ça ne m'étonnerait pas.

Au passage, Portal remarque aussi qu'on ne se faisait guère vieux dans le temps. Soixante-dix ans était un bon âge pour mourir, quelques décennies plus tôt. Il voit aussi des vies qui se sont achevées brièvement. Trente-cinq ans, vingt et un ans... Décédés par accident. En l'espace d'une dizaine d'années. Pour un si petit village, cela fait beaucoup.

Que sont devenues ces familles ?

Portal n'a pas retrouvé les noms sur le bottin. Il y a maintenant deux familles de Belges qui viennent en vacances et un couple de la région de Lyon. Deux autres maisons sont louées durant l'hiver et l'été. Elles appartiennent au même propriétaire, un type d'un autre village qui a dû en hériter d'une manière ou d'une autre.

Le caveau des Verdier est tout au bout, adossé au muret de pierre. Un bouquet de fleurs tout simple est posé au pied du crucifix.

Portal ne connaît pas ces fleurs. Il pense à une plante sauvage qui a dû être cueillie dans ces maudites montagnes.

Portal n'aime pas les fleurs et encore moins les sauvages. Il aime cogiter par contre, en toutes circonstances. Vicky a loué un scooter. Elle possède aussi peut-être une voiture.

Nouveau coup de fil. Le collègue de service à la caserne.

— Passe-moi un nom au STIC…

— Je t'écoute.

— Vassilis.

Portal épelle : Victor, Alpha, Sierra… La réponse tombe immédiatement.

— Rien.

— Essaie un autre nom. Braun. Bravo, Roméo, Alpha…

Même réplique.

Pendant un instant, Portal a failli croire dans les vertus des fichiers. Il observe la terre autour de lui. Pas d'empreinte qui puisse l'intéresser.

La tombe des Verdier est simple. C'est la seule qui soit de pierre noire. Les autres sépultures de Saint-Vincent sont grises, tout juste ornées de fleurs de plastique que le soleil et le froid ont défraîchies.

Le jour de l'enterrement d'Alfred, l'adjudant était là. Il pleuvait. De temps à autre parvenaient, assourdis par l'épaisseur de la brume, le grognement d'une coulée de boue dans un couloir des Aiguilles ou la chute d'un sérac sur le glacier.

Portal n'est pas du genre à s'appesantir sur ses émotions et ne pratique guère l'introspection. Quand il referme la petite grille du cimetière de Saint-Vincent, il pense à Claire Verdier et se sent bouleversé comme sans doute il ne l'a jamais été auparavant.

Il regarde longuement les montagnes lourdes qui le dominent, comme pour se pénétrer des images familières de Claire.

Une ombre pare les faces froides tandis que le soleil illumine encore une arête blanche.

Plus bas, la vallée s'encaisse en une auge de pâturages et de bois maigrelets. Les bêtes des Magnin traînent dans un enclos de barbelés. Suzanne s'est allongée dans l'herbe et caresse son nouveau chien, un petit bâtard malin comme pas deux.

Du temps de l'enfance de Claire, tout cela devait être un peu plus vivant.

Mais comment ne pas fuir un lieu aussi beau et majestueux qu'ennuyeux ?

Portal se dit que c'est peut-être là que se trouvait l'une des clés de la personnalité de Claire : un attachement viscéral à ces à-pics inaccessibles et à ces combes folles et, en même temps, un désir irrépressible de s'en arracher pour trouver sa vie ailleurs. Et, du même coup, sa souffrance.

L'homosexualité de Claire n'est pas connue à Saint-Vincent. Ni de ses proches ni de ses amis. Elle est partie avec ses mystères. Vicky, dont le flic a vu le visage dans l'appartement de Claire, est devenue comme une obsession.

Il lève les yeux vers l'œil-de-bœuf. Un visage se retire de l'embrasure.

Le gendarme a cru reconnaître le profil de Pierre Verdier. Il n'en est pas totalement sûr, mais il serait prêt à le jurer.

51

Le flic est remonté dans sa voiture.

Il a descendu la route en zigzag et puis il a disparu dans le défilé qui conduit à Bourg-d'Oisans.

Pierre Verdier est sorti de la grange des deux Magnin. Que faisait-il là ?

Élémentaire, se dit Vicky en souriant. Pierre observait le flic depuis l'œil-de-bœuf.

Elle aussi, elle l'a vue, cette ouverture dans le mur épais de la grange. Elle l'a remarquée juste après avoir déposé son bouquet. Trop tard. De toute façon, rien ne l'aurait empêchée de dire un dernier adieu à Claire.

Vicky range ses jumelles dans leur étui. Ces quelques brins de myrte qu'elle a envoyés à Claire sont une ultime preuve d'amour.

Le flic a mis ses grosses pattes sur les pétales blancs et purs et les a tripotés de ses mains d'homme pareilles à celles de Grégory. Les pognes qu'elle avait fini par haïr. Surtout lorsqu'elles parcouraient son corps et qu'elles cherchaient son sexe sans aucune retenue.

Maintenant, Vicky a un plan pour en finir avec Pierre. Autrement difficile qu'avec Alfred. Pierre est fort.

52

Portal se lève tôt. 6 heures. Une habitude militaire. Il prend son petit déjeuner en musique, quelques airs baroques ou de l'opéra. À 7 heures précises, il est d'attaque et commence par faire le point sur la journée précédente.

Hier, il a avancé à grands pas. Il a enfin retrouvé la piste de Victoria Braun. En milieu de matinée, il va interroger tout ce qui se fait comme loueur de voitures et de scooters dans la région de Bourg-d'Oisans.

De Victoria Braun, il ne sait pas grand-chose, mis à part sa relation amoureuse avec Claire Verdier. Elle est née à Paris, dans une famille bourgeoise. Père cardiologue, mère au foyer. Victoria vivait en Grèce et a tenté de reprendre contact avec Claire au début de l'automne. Elle se faisait appeler Vicky. Nettement plus glamour que Victoria, se dit le gendarme. Ce prénom rappelle celui d'une reine britannique acariâtre et laide.

Dans la semaine, Portal devrait se rendre à Paris afin d'interroger la mère de Vicky. Ingrid Montaz a délivré une autorisation de mise sur écoute. Depuis deux jours, un disque dur amasse tous les appels entrants et sortants.

— Il ne se passe rien, a commenté laconiquement le gendarme qui est en charge des grandes oreilles.

Il ne se passe rien non plus du côté de Michel Cros. Les écoutes de l'appareil de son cousin restent sans équivoque. Les deux personnages ne sont pas en relation, du moins téléphonique.

Vicky n'a pas donné signe de vie.

La question que se pose l'adjudant est simple : qui est la prochaine victime sur la liste de Victoria Braun ?

Il pense à Pierre Verdier. Car Victoria a dû aboutir aux mêmes conclusions que lui.

Le mode opératoire qui a servi à tuer Alfred Magnin donne froid dans le dos. C'est celui d'une psychopathe. Difficile de voir une femme dans ce registre de la cruauté. L'écrasante majorité de ce type d'homicide est commise par des hommes.

Avant d'aller plus loin, Portal se replonge dans le dossier de Claire Verdier. Il a réussi à établir un emploi du temps de Vicky, le jour de l'assassinat de Claire. Elle se trouvait sur l'île de Santorin, très vraisemblablement au côté de son mari.

Aucun vol entre Athènes et Paris, ni entre Santorin et la France, ne porte le nom de Victoria Braun ou Vassilis. Portal est remonté jusqu'à deux mois avant la date de la mort de Claire. Le premier billet émis au nom de Vassilis date du mois de juillet.

De Vicky, il ne sait que cette vérité : elle n'a pas tué Claire Verdier.

Portal cherche le *Concerto pour violon en ré* de Beethoven, Christian Ferras et Karajan, sa version de référence, bien qu'il trouve le deuxième mouvement un peu lent. Le disque a disparu ! Il fouille un moment avant de s'apercevoir qu'il l'a prêté à Ingrid Montaz. La cause est bonne, Ingrid a besoin de douceur, le violon sublime de Ferras ne peut que lui procurer du bien-être. En l'absence de Beethoven, Portal choisit les *Partitas* de Bach et place sur le lecteur le très bel enregistrement d'Hilary Hahn.

Il est 7 h 30. Il lui reste une demi-heure avant de se mettre en route pour le tribunal de grande instance. Ingrid l'attend à 9 heures.

Sur la table du salon, il pose les photos du scellé numéro 8. Les fleurs que Vicky a déposées sur la tombe de Claire. Un brin qui commence à faner. Par méthode, il a fait analyser le végétal. Le labo a dit clairement qu'il s'agissait de myrte, une plante méditerranéenne. Il s'est renseigné davantage, le myrte est l'un des attributs de la déesse Aphrodite.

Quelle force symbolique Vicky a-t-elle voulu utiliser ?

Le myrte est utilisé dans le judaïsme pendant la fête de Souccot, symbolisant, par son parfum, les personnes qui ont le savoir. Il peut aussi exprimer l'amertume et la tristesse par son goût. Le myrte a la caractéristique de produire trois feuilles par bouton et cela représente les trois patriarches : Abraham, Isaac et Jacob. La bonté, la rigueur et l'harmonie entre les deux. Mais la référence à la déesse Aphrodite est la plus évidente.

Un geste d'amour.

Un truc de lesbienne, se dit le gendarme.

Portal a toujours pensé qu'on ne tue pas par amour, sauf si on est vraiment un cas limite. Mais on peut se consumer de la blessure d'âme, de la trahison, des images qui frappent l'amour-propre. Jusqu'à ce que la flamme n'ait plus de mèche et que la vie s'éteigne.

L'amour pousse au suicide. Rarement au meurtre de l'être qu'on aime. À moins qu'il ne se transforme en haine.

Portal réfléchit à toutes les tragédies qu'il a vues se jouer durant sa carrière d'enquêteur. Dans cette longue liste, personne n'est mort d'amour. Il se souvient de crimes passionnels, de folles jalousies, de maris violents au point de tuer, mais il ne range pas ces types-là dans le clan des amoureux. Il ne s'agit que de pervers ou de paranoïaques, beaucoup d'hommes et très peu de femmes.

Vicky est de ceux-là. La mise en scène qu'elle a utilisée pour mettre à mort Alfred Magnin la range définitivement dans la catégorie des psychopathes.

Avec de la chance, se dit l'enquêteur, Vicky a un passé psychiatrique.

À 9 heures, il frappe à la porte du cabinet d'Ingrid Montaz. Elle n'a pas bonne mine. Elle est vêtue d'un jean et d'un chemisier mauve mal assortis. Mauvaise nuit, pense Portal.

— Je vois que vous n'êtes pas au courant, dit-elle froidement.

— Au courant de quoi ?

— Pierre Verdier a disparu depuis hier.

Portal reste figé.

— Je ne suis pas au courant, non !

Il fouille dans sa poche et trouve son portable. Éteint. Il fait partie de ceux qui pensent que les ondes

des téléphones mobiles sont nocives pour la santé. Chaque soir, il coupe avant de s'endormir et, régulièrement, oublie de rallumer.

Le regard d'Ingrid est devenu hostile. Elle dit :

— Je crois qu'on vous attend à Saint-Vincent.

53

— Où est Verdier ?

Portal tourne en rond. Piqué au vif d'avoir raté les messages du PGHM.

Suzanne Magnin a donné l'alerte. La veille au soir, Pierre devait venir pour nourrir les bêtes et elle l'a attendu, en vain. Alors elle est montée jusqu'à la maison des Verdier et elle n'a trouvé personne. Porte close. Pas de traces de Pierre non plus à la bergerie. Heureusement qu'un promeneur passait par là et qu'il a pu téléphoner à la gendarmerie.

Suzanne a dit qu'elle avait vu Pierre partir sur le sentier qui va au glacier du Plan. Le matin. Équipé comme pour aller en course. Elle l'a observé aux jumelles avant qu'il ne disparaisse derrière une épaule rocheuse.

— C'est tout ce que vous savez ?

En guise de réponse, Suzanne hausse les épaules. Depuis ce matin, elle est assise sur le petit banc qui se trouve devant chez elle. Depuis que son frère est mort, elle ne parle plus guère, ne regarde que ses pieds, indifférente au monde qui l'entoure.

— Il est où, ce putain de glacier ? demande Portal.

— À droite des Aiguilles, répond Constant avec un calme qui a le don d'irriter Portal.

— Pays de merde…

Le glacier est invisible depuis Saint-Vincent. Les premiers séracs sont au bout d'une moraine de grosses pierres rondes. Un torrent divise cette casse en deux.

Portal ne sait pas s'il a affaire à une série noire ou si Pierre Verdier lui joue les meilleurs tours qu'il connaît.

Au bout d'une heure d'attente, les recherches n'ont pas progressé. Un bonnet gris, de grosse laine, a été découvert sur une pierre en contrebas d'un sérac.

— C'est celui de Pierre, confirme Constant. Son bonnet fétiche. Sa mère le lui avait tricoté…

Le vent a dû le déposer là, pensent les sauveteurs. Des chocards tournaient autour, croyant à une proie.

— Les disparitions sur les glaciers, ajoute Constant d'un ton toujours égal, c'est ce qu'il y a de plus difficile !

— Surtout quand on reste là à se tourner les pouces, crie Portal, à cran.

Constant le fixe de ses yeux bleus.

— Fais attention à ce que tu dis ! C'est pas toi qui fais la loi ici. C'est bien clair ?

Portal bat en retraite. Constant est aussi gradé que lui et appartient à une section prestigieuse de la gendarmerie. Si jamais leur relation tourne au vinaigre, l'enquêteur risque de perdre des plumes.

— Excuse-moi, je suis à bout de nerfs.

Constant retourne à l'hélicoptère et discute un long

moment avec le pilote. Quatre hommes ont été déposés sur le glacier. Le talkie crachouille :

— Ici Constant. Avez-vous vu des ponts de neige qui auraient cédé récemment ? À vous.

— Négatif.

Il n'y a pratiquement pas de neige. Avec le temps qu'il fait cet été, tous les ponts ont fondu.

Pas de traces de pas non plus. Pierre a chaussé ses crampons juste avant de marcher sur le glacier.

Merde, se dit Constant. Si Pierre est tombé, il y a des chances qu'il soit encore en vie. À moins d'un mauvais coup. Pierre est résistant au-delà de la normale. Il l'a prouvé dans l'Olan. Il tiendra. Mais combien de temps ?

— Y a de l'espoir, dit-il à voix basse en grimpant dans l'hélico.

Il faudrait plus d'hommes, mais les effectifs du PGHM sont minces. Si la situation n'évolue pas d'ici à une heure, il faut appeler la CRS de montagne en renfort ou des guides qui sont libres.

Constant ne comprend pas ce qui a pu se passer. Pierre n'est pas du genre à tomber dans une crevasse. Il connaît les glaciers, des Alpes à l'Himalaya en passant par les Andes.

Le glacier du Plan est son glacier. Il y monte chasser tout l'automne. Constant est souvent venu avec lui. Des bons souvenirs. Rien qu'à les évoquer, le sauveteur est ému.

En colère aussi. Il pense à ce cadavre que Pierre a découvert. D'après ce qu'on lui a dit, il n'y a que du sordide là-dessous. Pourvu qu'il ne trouve pas Pierre dans le même état.

Portal est dans la voiture de la brigade. Il a demandé qu'on lui fournisse tous les numéros de téléphone des loueurs de voitures et de scooters de la région. Ça ne fait pas beaucoup d'adresses, même pas une dizaine. Au troisième coup de fil, il tombe sur une agence de l'Alpe-d'Huez, l'une des plus grandes stations du coin.

Vicky a bien pris en location une Renault Clio, trois jours plus tôt. Le véhicule doit être rendu à la fin de la semaine. À un autre loueur de la même station, elle a retenu un scooter de marque Yamaha. Dans les dates qui concordent.

Portal dépêche sur place deux hommes de la brigade de Bourg-d'Oisans. Les deux agents de location donnent la description de Vicky. Cheveux noirs, courts. Lunettes…

Le manque total de précautions a de quoi sidérer le flic. Vicky agit comme si elle avait hâte qu'on la découvre.

Portal fait le tour du village de Saint-Vincent. La Clio est introuvable. Il descend plus bas, vers le torrent qui vient directement du glacier. En été, un pont de bois est jeté entre les deux berges de grosses pierres. La voiture est garée juste après, sous un sapin solitaire. Vicky n'a même pas pris la peine de la fermer. Portal fouille. Rien.

Non loin de là, un panneau indicateur est planté dans le sol. Une pancarte jaune. Une inscription : GLACIER DU PLAN. 1 HEURE. Le sentier que Pierre Verdier a emprunté la veille.

Vicky est passée par là, elle aussi. Était-elle avec Verdier ? L'a-t-elle suivi ? Jusqu'où est-elle allée ?

Le sentier dessine trois lacets dans une pente raide. Ensuite, il s'enfonce dans un bois de sapins qui domine Saint-Vincent. Le glacier se trouve juste après.

Portal adresse une vacation radio au brigadier Constant.

— Je vais monter sur le sentier du glacier.

— Reçu, répond simplement Constant sans poser plus de questions.

L'adjudant de la SR n'est pas un montagnard, mais il possède une bonne forme physique. Une forme qu'il entretient régulièrement par la pratique du vélo ou de la course à pied. Il marche vite. En un quart d'heure, il se retrouve dans le bois de sapins.

L'air vif est chargé des fragrances de résine et de mousse. Le chemin est recouvert d'un tapis d'aiguilles rousses. Vicky y a laissé des traces bien visibles. Impossible de dire si elles sont plus récentes que celles de Pierre. Portal prend quelques photos puis se remet en marche.

Plus loin, une source a inondé le sentier. La terre s'est transformée en boue noire. Vicky n'a pas pris la peine de contourner l'obstacle. Son pied s'est enfoncé par deux fois. Pas celui de Verdier, qui a évité le brouet. Nouvelles photos.

En contrebas, le torrent donne l'impression de rouler des blocs invisibles. L'eau qui chute part en fumée et pousse de l'air froid le long du ravin.

Le glacier n'est plus très loin. Entre les arbres se découpent les premiers séracs, bleu et gris. Le sentier monte sur une épaule et longe une prairie gorgée d'eau.

Portal s'arrête quelques secondes, saisi par la vue spectaculaire. Face à lui, de l'autre côté du chaos des crevasses et des blocs, les Aiguilles, immenses jets de pierre dont les faces semblent taillées à coups de serpe. Autour du glacier, une frange de sommets plus modestes, couverts de neige.

Une cabane est posée sur un promontoire, au-dessus de la moraine. Portal y jette un œil. Un vieux poêle à bois, une table bancale, quelques bougeoirs. Vicky ne s'est pas attardée là.

Portal n'en saura pas plus. Il n'y a plus de traces. Aucun indice. L'endroit est un cul-de-sac pour celui qui ne sait pas s'aventurer au-delà du sentier.

À 19 heures, tous les hommes du PGHM sont rassemblés sur la place de Saint-Vincent. Un journaliste du *Dauphiné libéré* a fait le déplacement. La télé ne devrait pas tarder.

Constant donne des ordres pour une dernière rotation. Le glacier du Plan n'est pas très vaste, ses crevasses, sur sa partie haute, sont en étoiles. Les sauveteurs n'ont pas fouillé cette dernière partie, la plus difficile et la plus dangereuse.

Sonder des lézardes de glace pas plus larges qu'un mètre ou deux, une par une, va prendre du temps.

— On fait un tour d'une heure, pas plus, ordonne le brigadier. En commençant par la gauche, parce que c'est le plus évident. Ensuite…

Constant s'arrête, submergé par l'émotion. Une nuit dans un glacier peut être fatale à un homme qui a subi le choc d'une chute. Il espère pour Pierre. À son âge…

Les hommes qui l'entourent connaissent cette vérité du sauvetage en montagne : le temps travaille contre eux beaucoup plus vite qu'ailleurs. Qu'importe qu'il fasse beau ou pas. Sous la glace, la température ne varie pas. Quelques degrés au-dessous de zéro.

Constant adresse un signe au pilote. Les turbines de l'EC 145 sifflent aussitôt. Trois gendarmes embarquent.

Suzanne n'a pas bougé de son banc.

54

— Santorin a des murs de cendres.

La voix résonne étrangement sur les parois de glace. Dans le noir absolu.

— Pourquoi me parlez-vous de Santorin ?

— Patience.

Pierre a compris qu'il était prisonnier de celle qui a aimé sa sœur. Et qui l'aime encore. D'emblée, il doit admettre qu'elle a tout prévu, tout calculé. Sauf une chose peut-être : sa capacité à survivre.

Un texto, la veille, sur son portable :

Je suis sur le glacier. Blessée. Sauvez-moi. Vicky.

Pierre n'a pas réfléchi. Il s'est équipé, deux piolets de progression, des broches, de la corde, et a pris le chemin du glacier du Plan.

Il a d'abord aperçu une écharpe, au bord d'une crevasse profonde.

Il a sorti une broche à glace et l'a vissée dans la partie la plus dure de l'ouverture de la crevasse. Par sécurité, il en a mis une seconde dans la poche extérieure de son sac. Il n'a pas de descendeur pour le rappel, mais il s'est contenté de le faire à l'ancienne, la corde passant sur la poitrine, une épaule et entre les jambes pour se freiner.

— J'arrive, ne bougez pas.

Pierre est descendu prudemment, le corps en angle droit. Les jambes tendues contre la glace. Un faux mouvement aurait pu lui être fatal. Il a gardé ses crampons. À chaque pas, le métal a griffé la glace. Au bout de cinq minutes, il a pris pied sur le fond du glacier.

Sans lampe, il n'a distingué que les formes arrondies de l'immense gueule qui s'ouvrait devant lui.

Pierre déteste les glaciers. Il sait, comme tous les alpinistes, qu'une crevasse peut se refermer en un clin d'œil. Surtout quand elle se trouve aussi près du front de chute.

Un grognement. Tout proche. Pierre a écarquillé les yeux. Des graviers humides. Une draperie de glace vive. Il a avancé d'un mètre.

Un sifflement. Un cri de rage. Un choc comme un coup de matraque. Puis une douleur intense. Irrésistible.

Pierre s'est écroulé.

Maintenant qu'il est revenu à lui, il tente de comprendre. Sa nuque lui fait atrocement mal.

Vicky continue son monologue sans sortir du noir qui la dissimule :

— L'île de Santorin dessine dans la mer une demi-lune. Au milieu de cet arc de roches et de feuilles de lave, des îlots noirs ont surgi. Depuis quelques années, le volcan de Santorin, qui a dévoré une partie de la civilisation minoenne, a repris son activité. La terre tremble parfois.

Pierre ne peut s'empêcher de claquer des dents. Le froid entre en lui inexorablement. Malgré sa dureté, malgré son habitude. Il se dit qu'il ne doit pas montrer sa faiblesse. Mais le corps est le plus fort. Qui peut le commander vraiment ?

Il faut qu'il parle. Il demande :

— Pourquoi avez-vous tué Alfred ?

Un long silence passe. On n'entend que le bruit sec des craquements du glacier.

Pierre crie :

— Pourquoi avez-vous tué Alfred ?

Nouveau silence. Les craquements sortent de partout. Un glacier, ça vit au rythme lent de la gravitation. Ça se nourrit de chutes de neige et de froid, et ça se brise sur les pentes. Mille forces le travaillent. Mille fractures.

La voix de Vicky, un peu plus rauque :

— Tu vois, Claire, ces calottes blanches que tu aperçois sur le bord des falaises, ce sont les villages. Des villages tout blancs. Pas de la neige !

Le monologue semble sans fin.

Pierre écoute, sans autre choix.

Il essaie de déchiffrer ce qui est en train de se passer.

Sa tête lui semble lourde, il a du mal à la redresser.

Il est attaché, les mains dans le dos. Les pieds liés.

Dans le noir total. Impossible de savoir où il se trouve.

Vicky raconte.

Avec Claire, elles ont posé leurs valises dans un hôtel d'Akrotiri, au sud de l'île, parce que c'est plus proche des vestiges d'une vieille civilisation qui a brillé plus de trois mille ans plus tôt. Un bel hôtel avec piscine à débordement.

Pierre ne sait pas si celle qui se cache dans le noir délire ou si elle évoque des souvenirs pour le faire souffrir.

Il finit par penser qu'il s'agit un peu des deux. Délire et sadisme. Le plus difficile, se dit-il, est de ne pas pouvoir bouger.

Souviens-toi des bivouacs sur des marches de granit à plus de mille mètres du sol. Souviens-toi des mouvements impossibles. Des sangles. Des cordes.

Souviens-toi et résiste.

— Nous restons quatre jours à Santorin, dit Vicky. Claire adore. Surtout la plage rouge et celle, un peu moins connue des touristes, qui se trouve à Akrotiri. Le sable y est noir comme la lave qui s'est plissée entre les veines de scories blanchâtres. Nous nous sommes baignées toutes nues. Et puis nous avons fait l'amour longuement, lentement. Il n'y avait personne.

Pierre voudrait ne plus entendre cette jolie voix, un peu fanée, qui lève un à un les pans d'une vie inconnue. Il ne veut pas connaître sa sœur de cette façon-là.

Il hurle.

— Qu'avez-vous fait à Alfred ?

Une lumière aveuglante tout à coup. Pierre ferme les yeux.

— Comment avez-vous pu ?

— Le supplice ?

Vicky braque sa lampe sur le visage de Pierre pour l'éblouir.

— Je détruis ce qui a détruit votre sœur. Comprenez-vous ? Alfred est le premier de la liste.

— Et moi, je suis le dernier. C'est ça ?

Pendant quelques secondes, on n'entend plus que le bruit de l'eau qui rampe, invisible, sous le fond du glacier.

— La dernière, c'est moi, dit Vicky d'une voix cristalline. Nous allons mourir tous les deux. Parce que nous aussi, nous avons tué Claire. Chacun à sa manière.

Vicky éteint la lumière.

— Alfred était ce qu'on appelle communément un pédophile. Claire m'a raconté comment il la touchait… Quand elle était une petite fille toute mignonne et qu'elle rêvait encore du prince charmant.

Pierre voudrait douter de ce que lui assène Vicky. Il n'y parvient pas.

— Vous savez ce que votre mère a dit, quand Claire est venue se plaindre des agissements de ce taré ?

— Non, je n'étais sans doute pas là. Sinon, j'aurais tué Alfred de mes mains.

— Les grands mots… Votre mère a été plus pragmatique. Elle a dit à sa fille de ne plus s'approcher du pervers. Rien de plus.

Vicky fait jaillir à nouveau un faisceau de lumière et le braque sur le visage de Pierre.

— C'est votre cousin, n'est-ce pas ?

— Oui.

— Vous êtes tous cousins, dans votre bled. Alors on se tait pour ne pas rompre l'harmonie de ce charmant petit village. Et puis chacun possède sa petite histoire malsaine à raconter sur l'autre…

Pierre revoit les repas, les soirs mornes d'hiver. Son père qui parlait calmement, pesant chaque mot.

Sa mère qui ne disait que le strict nécessaire. Et les secrets accumulés au fil des générations, tellement lourds qu'ils en devenaient presque palpables.

Alfred ne regardait jamais Pierre dans les yeux. Alfred a témoigné pour le faire sortir de prison.

— Vous racontez des conneries !

Pierre hurle pour rejeter le plus loin possible ce que Vicky lui a dit.

— Claire était mythomane… Cette histoire, elle a très bien pu l'inventer !

Vicky ne répond pas. À quoi bon ? Pierre se renferme en lui-même. Son existence a toujours été simple, du moins en apparence. Parce qu'il a voulu qu'il en soit ainsi. Parcourir la montagne, mettre sa vie en jeu pour mieux la sentir cogner dans sa poitrine. L'amour de Paola, pur et immense. Toute sa vie a été loin de ce qu'il considère comme la saleté des hommes. Leur bassesse.

Pierre est resté un enfant, par choix. Avec cette redoutable prémonition que tout allait s'écrouler un jour.

Il s'en veut de ne pas avoir laissé la mort l'emporter avec Paola sur cette vire dérisoire dans la face nord de l'Olan.

Tu avais ta chance, ce jour-là. Tu l'as laissée filer. Ça t'aurait évité toute cette ordure, cette fange dans laquelle tu es en train de sombrer.

Tu as refusé le paradis.

Voici les portes de l'enfer.

Un craquement gigantesque ébranle les parois de glace. Vicky pousse un cri d'effroi.

— Qu'est-ce que c'est ?

— La grande mécanique, répond Pierre. Celle qui va nous broyer, lentement mais sûrement.

Vicky éteint la lumière. Elle a le souffle court.

Nouveau craquement, plus lointain.

— Le glacier avance, dit Pierre. Inexorablement. Et celui-là progresse vite.

Tu vas mourir ici.

55

Ingrid Montaz n'a jamais été aussi nerveuse. Elle a tiré ses cheveux en arrière, ce qui lui donne un air sévère. Depuis une heure, Portal est sur le gril.

— Vous aviez retrouvé la trace de Victoria, mais depuis elle a à nouveau disparu… Envolée ! Verdier est introuvable. Ils pourraient être ensemble ! Sans parler de ce Michel Cros dont on se demande s'il n'est pas un fantôme…

Portal hoche la tête. Il n'avait pas encore connu de magistrat à l'humeur aussi changeante. Ce matin, Ingrid n'a rien de séduisant. Elle martèle ses questions et passe en revue tous les P-V que le gendarme lui tend. Elle demande sèchement :

— Votre scénario, si vous en avez un ?

Portal se racle la gorge. Il redoute les moqueries de cette femme de justice. La nuit durant, il a tourné tous les éléments à sa disposition et forgé une intime conviction. Il dit :

— Victoria Braun a kidnappé Pierre Verdier de la même façon qu'elle a séquestré Alfred Magnin.

Ingrid lève les yeux et fixe l'adjudant quelques secondes.

— Vous croyez sincèrement qu'une femme qui n'a pas l'air de posséder une force herculéenne peut maîtriser un homme qui, lui, est un véritable athlète ?

Portal ne bronche pas. Il se contente de fouiller dans le cartable qui lui sert à transporter ses documents.

— Voilà un certain nombre de photos que j'ai prises sur le sentier qui monte au glacier. Les traces de pas que vous voyez sont celles de Victoria. Elle n'est pas redescendue…

Ingrid fronce les sourcils.

— Elle a pu emprunter un autre chemin !

— Impossible, tranche Portal. Pour les autres chemins, il faut être alpiniste.

Ingrid Montaz s'attarde quelques instants sur les photos. Puis elle dit :

— La suite ?

— J'ai longuement réfléchi à la présence du bonnet de Verdier.

— Je vous écoute.

— Selon toute vraisemblance, le vent a poussé ce bonnet jusqu'à l'endroit où on l'a découvert. Je pense qu'il se situait plus haut.

— Pourquoi ?

— Parce que le vent souffle depuis le nord. Si on trace une ligne selon le sens du vent, on peut penser que Pierre Verdier a pris pied sur le glacier au moment où il a perdu, d'une manière ou d'un autre, son bonnet. Il venait à une sorte de rendez-vous.

Ingrid Montaz écoute avec attention, assise dans son fauteuil.

— Et pourquoi donc ?

— Parce qu'on l'a appelé. Verdier monte et il se

retrouve prisonnier de Victoria, vraisemblablement au fond d'une crevasse.

Ingrid secoue la tête avec une moue dubitative et se dirige vers la fenêtre donnant sur l'Isère. Une chaîne de cabines rondes pendouille au câble du téléphérique de la Bastille.

— Pourquoi ?

— Pour tendre un piège à Pierre Verdier. Vous l'avez dit, Victoria n'a pas la force pour maîtriser un type du gabarit de Verdier.

Ingrid fixe les eaux boueuses de l'Isère. Sur le quai d'en face, un cordon de voitures avance avec peine. Depuis le début de la matinée, il pleut.

— Les recherches ont-elles repris ?

— Oui, répond Portal.

— Avez-vous fait part de vos... déductions aux équipes sur le terrain ?

— Oui. Mais il y a deux problèmes.

Ingrid se détache de la fenêtre et se tourne vers le gendarme.

— Lesquels ?

— Le glacier a beaucoup bougé pendant la nuit. Deux crevasses se sont refermées.

Ingrid connaît trop bien la montagne pour ignorer ce que cela signifie. Elle poursuit, sans émotion :

— Quel est le deuxième problème ?

— La présence de Pierre Verdier auprès de Victoria Braun. Si elle l'attire dans ce piège, c'est qu'il doit bien exister une raison.

Ingrid fronce les sourcils.

— Elle le croit coupable de la mort de Claire. Elle venge son amie.

— Si elle le croit coupable, c'est qu'elle a dû se forger une conviction. Elle doit avoir des preuves.

— Vous pensez ?

— Je crois qu'on est passé un peu trop vite sur la culpabilité de Pierre Verdier. Sa présence dans cette crevasse ne fait que conforter cette thèse. Victoria Braun sait des choses que nous ignorons.

Ingrid Montaz s'est de nouveau tournée vers la fenêtre. Elle fixe l'Isère qui a pris une couleur noire avec les pluies qui sont tombées. Les déductions du gendarme l'ont troublée. Comment ne pas le croire ? Se serait-elle trompée au point d'avoir été aveugle ?

— Il faut à tout prix les sortir de cette crevasse, affirme-t-elle sans détourner les yeux du cours de la rivière.

— Plus facile à dire qu'à faire, rectifie Portal en attrapant son képi. Je vais retourner là-haut et donner des ordres dans ce sens.

Au moment où il passe la porte, Ingrid le regarde en coin. Il ne saurait dire s'il y a de la crainte ou de la colère dans ce regard.

56

Un craquement sourd.

Les murailles de glace tremblent.

Vicky hurle. À tâtons, elle cherche sa lampe.

L'explosion, immense, et à nouveau le grincement sinistre. La glace pousse, plaque contre plaque. Nouveau craquement. Un filet de glace broyée coule depuis le haut de la crevasse.

Vicky a le souffle court. Elle braque sa lampe dans tous les sens. Le halo danse follement.

Pierre observe. Il attend.

Il n'a pas envie de mourir ici.

Sa mort, il veut la choisir.

L'endroit du glacier où ils se trouvent est très proche des barres rocheuses. C'est le plus instable.

Il y a de grandes chances pour que l'ouverture de la crevasse se soit fermée ou tellement réduite qu'elle interdit toute sortie.

Le silence revient.

Durant la nuit, Vicky a posé dans le dos de Pierre une couverture de survie qui l'isole du froid. Puis elle a sorti de son sac un duvet qu'elle a déplié pour le couvrir.

— Pourquoi tant d'attentions ?
— Je veux que vous souffriez longtemps.
— Pourquoi ?
— Je ne vais pas tarder à vous l'expliquer. Mais tout d'abord, je veux vous raconter quelques souvenirs. Je n'ai jamais eu l'occasion de les partager avec qui que ce soit.

Vicky éteint sa lampe et remonte la fermeture de son duvet. Elle dit :

— Le musée national d'Athènes se trouve au bord d'une artère que tout a rendue moche. À midi, dans la surchauffe du soleil, les trottoirs sentent la gomme brûlée. Ça pue l'urbain. « Derrière des palmiers salis par les vapeurs des bagnoles, la façade classique du musée a quelque chose de suranné. » C'est Claire qui le dit.

Chaque fois que Vicky prononce le prénom de Claire, sa voix se fait plus suave, plus jeune. Elle dit :

— Une grande porte donne sur des caisses anciennes et une consigne bricolée.

Vicky explique que des groupes de touristes sont agglutinés autour de leurs guides qui leur débitent, tranche à tranche, l'histoire épaisse de la Grèce. Claire est impatiente, elle ne s'attarde pas devant les *korês* aux formes graciles.

— « Viens, ai-je dit en saisissant le bras de Claire. Ayons un peu d'avance, sinon les touristes vont tout nous prendre. » On a traversé la première salle jusqu'à une statue monumentale. Claire ne connaît rien à l'archéologie, mais la beauté la touche. Je lui ai souvent cité des auteurs antiques. « Cette statue, on ne sait pas s'il s'agit de Zeus ou de Poséidon. On ne sait pas s'il tenait un trident ou la foudre. » Claire ne m'écoute pas. Peu lui importe l'identité du dieu. Elle détaille le corps nu que le bronze a figé pour toujours. Cette nudité parfaite l'envoûte. Elle détaille les pieds, la cambrure et les fesses, la poitrine forte et noble. La divinité semble vouloir faire un pas en avant, sans hésiter. Le bras gauche est tendu et vise une cible inaccessible. « Viens, dis-je. Je veux te montrer autre chose. »

Un grincement interrompt Vicky. Elle allume sa lampe. Pierre dit :

— Cessez donc d'allumer votre loupiote à chaque petit bruit qui vous angoisse.

— Je fais ce que je veux. Encore un mot et je vous bâillonne.

Dans le noir, Pierre effectue des mouvements pour ne pas s'engourdir. La corde qui lui lie les mains ne le blesse pas. Son sang circule dans ses doigts. Le nœud est parfait, impossible à défaire.

Quand Vicky sera fatiguée, il tentera de faire passer ses poignets sous ses fesses. Il en est capable. La pratique de l'escalade lui a donné une souplesse que les années n'ont pas anéantie.

Pour le moment, il se contente de se soulever en appuyant ses mains sur la glace. Il doit attendre que Vicky se lance dans ses longs monologues avant de bouger. Le sifflement que produit la couverture de survie à chaque geste risque de le trahir.

— Vous voulez bien me parler de Santorin ? demande Pierre.

Vicky respire fortement. Paola aussi avait ce symptôme, deux jours avant de mourir. Ça doit venir des bronches qui sont prises par le froid. Peut-être un œdème pulmonaire.

— S'il vous plaît. Parlez-moi de Santorin…

— Très bien, dit Vicky sèchement.

Elle tousse dans son poing pour s'éclaircir la voix. Puis elle dit :

— Ce voyage commence par une idée, venue soudainement. C'est la fin du repas. Un dîner dans un restaurant de la Bastille. Je lance après la dernière goutte de café : « J'en ai marre de geler. Je veux retrouver la douce chaleur de mon enfance. Je veux retourner en Grèce. » Je parle de couleurs aussi fortes que des gouaches, des odeurs de pin, de myrte et d'eucalyptus, de la mer chaude et lancinante le long des roches blanches. « Je ne connais pas la Grèce », dit Claire. « Allons-y ! » Ce ne peut pas être une mauvaise idée. Pour moi, c'est un peu comme un pèlerinage. Claire sourit à cette évocation religieuse, elle n'a rien du pèlerin. Elle préfère dire qu'il s'agit d'une lune de miel, de quelque chose d'exceptionnel. Cette expression ne me plaît pas vraiment car je la trouve ringarde et franchement déplacée pour un couple tel que le nôtre. Mais je ne veux pas vexer Claire qui fait parfois montre d'un romantisme de midinette. Alors je dis que, pour moi aussi, c'est une lune de miel. Claire paraît si heureuse que je partage ce petit rien de poésie. Elle me demande soudain pourquoi l'amour se tisse autour de ces niaiseries dont les femmes raffolent. Mais les béguins vont ainsi et elle ne pourra rien y changer. « Nous irons à Athènes, dis-je. Je connais très bien la ville. » Puis j'explique qu'après avoir voulu monter une pièce de théâtre que j'avais intitulée *La Mort du philosophe*, j'ai pris le large. J'ai suivi les traces de

Socrate jusque sur l'agora d'Athènes. Sur la Grèce antique, j'ai quasiment tout lu. « Ah bon ? » s'étonne Claire. Moi je me cale comme une importante sur la chaise du restaurant et bombe le torse. « Mets-moi à l'épreuve… » Claire me dévisage quelques secondes puis songe à une antique poétesse qu'elle avait dû lire un jour de détresse et dont elle a trouvé les vers sublimes. « Cite-moi quelque chose de Sappho. » Je ferme les yeux car j'aime la solennité et tout ce qui donne de l'importance. Puis, ménageant mon effet, je prends la main de Claire, la serre tendrement et récite, la voix plus douce que jamais :

Royale et immortelle Aphrodite,
fille de Zeus, pleine de ruses, je t'en supplie,
ne soumets pas mon âme aux dédains
ni aux chagrins.
Viens ! Jadis, entendant ma voix au loin,
tu m'avais écoutée
et laissant là le palais doré de ton père,
tu étais venue.
Battant des ailes et fendant le ciel,
les rapides colombes attelées à ton char
te menaient autour
de la sombre terre.
Et déjà tu étais là, ma déesse, le visage
souriant, soucieuse de la pensée et du désir
de l'âme insensée
qui t'avait appelée.
Qui dois-je persuader de t'aimer encore,
ma Sappho ? Qui t'a blessée ?
Si elle te fuit, elle courra bientôt vers toi.
Si elle refuse tes cadeaux, elle t'en offrira bientôt.

Si elle ne t'aime pas, elle t'aimera bientôt,
même sans l'avoir voulu.
Cette fois encore, viens à moi, délivre-moi de mes peines,
exauce les souhaits de mon cœur.
Sois mon alliée.

57

Portal a pris pied sur le glacier.

L'hélicoptère s'élève au-dessus de lui en brassant l'air froid. Le bruit des pales claque sur les parois des Aiguilles. Une odeur de kérosène, tenace, imprègne l'air. Un gendarme passe un brin de corde dans le baudrier de l'enquêteur pour l'assurer.

— Tout est parfait, mon adjudant. N'oubliez pas votre piolet.

Constant attend à cinquante mètres de là, penché au-dessus d'une crevasse. Portal marche en crampons pour la première fois de sa vie. Il a l'impression de se déplacer comme un crabe. Constant l'observe, indifférent.

— Ici, dit le brigadier du PGHM quand Portal arrive à sa hauteur.

Une broche est plantée dans la glace.

— C'est celle de Pierre Verdier ?

— À coup sûr. Le glacier a bougé. La crevasse s'est refermée. Ça a dû soulever cette langue de glace.

Constant désigne des trous dans la glace.

— Nous avons foré un peu partout. Il y en a sur des mètres. Les deux parois de la crevasse se sont collées.

Portal s'accroupit. De l'ouverture par laquelle est passé Pierre, il ne reste plus qu'une balafre livide. Un long trait sombre dans une carapace bleue.

— Vous voulez dire qu'il est là-dessous ?

— Affirmatif.

— Et combien de chances…

— Aucune, coupe Constant. Je…

Il reprend sa respiration. Pas d'émotion devant cet adjudant qu'il déteste par-dessus tout.

— La glace les a broyés.

Portal regarde obstinément la fine ouverture dans le glacier. Tout à coup une explosion retentit à une cinquantaine de mètres. Le sol tremble. Un sérac vient de se fracasser sur les barres rocheuses.

— Il faut creuser, dit Portal.

— Creuser ?

— Oui. Immédiatement. Avant que le glacier ne détruise tout.

Portal rejoint la zone d'atterrissage de l'hélicoptère et téléphone à Ingrid Montaz puis à son supérieur.

— Il faut faire appel au génie, mon capitaine.

— Vous êtes sûr qu'il est là-dessous ?

— Sûr à 99,9 %.

— Bon… Je vais demander à une compagnie du génie de montagne, les chasseurs alpins.

Le capitaine raccroche aussi sec. Quelques minutes plus tard, il rappelle :

— Le génie ne bougera pas avant demain. Ils seront là au lever du jour.

Portal jette un œil dans la direction de Constant. Il se sent à des années-lumière d'hommes tels que lui et Pierre Verdier.

58

Vicky s'est endormie. Elle a une petite respiration d'ange.

En écoutant ce souffle serein, Pierre se dit qu'il n'a rien compris à la vie. Celle qui a pu supplicier Alfred dort comme une enfant. Vaincue par la fatigue. Dans la tête de Pierre, ces deux images sont incompatibles.

La glace va les écraser.

Le glacier est une brute.

Mourir dans toute cette mécanique gigantesque ne lui fait pas peur. Au fond, il a toujours bravé le danger parce qu'il avait le mal de vivre. L'ivresse de l'extrême était une came bien plus dangereuse que celle qu'on se fout dans les veines. Combien sont partis ? Emportés par une avalanche, une corniche qui cède, une pierre qui frappe. Presque tous, murmure Pierre. Il lui semble qu'ils sont là autour de lui, les tombés, les disparus, les géants si fragiles.

Il revoit Nicolas, le grand au large sourire qui a chuté dans l'Annapurna. Lorsqu'on leur avait donné leur brevet de guide, Nicolas avait simplement dit : « On y est, Pierre. »

Il revoit Louis, avec son prénom vieillot, au relais

dans les Jorasses, sur l'éperon Walker. Le cul dans le vide, les pieds sur trois millimètres de granit. Avec le vent qui coupe comme un rasoir.

— Putain de moine, ça meule !

Louis est tombé comme un débutant, sur une mauvaise arête en Suisse. Pas de corde. Il n'aimait pas ça. Il a disparu dans les nuages qui s'accrochaient, têtus, à la paroi. On l'a retrouvé cinq cents mètres plus bas, complètement disloqué. Dans la poche intérieure de sa doudoune, des citations du dalaï-lama. L'une d'elles disait que le vrai bonheur ne dépend d'aucun être, d'aucun objet intérieur, il ne dépend que de nous.

Mourir ligoté. Impossible.

Pierre tente de passer ses poignets sous ses fesses. Il y parvient facilement.

Restent les jambes.

Il se maudit tout à coup de les avoir si longues. Faut les replier le plus possible et forcer. Les muscles sont engourdis, douloureux. Les articulations craquent.

Le premier pied, le droit, passe. Le second…

Pierre a l'impression d'avoir remporté une immense victoire. Comme s'il avait franchi un surplomb après avoir tiré sur les étriers pendant des heures.

Il est épuisé.

Dans le noir, il cherche le nœud qui entrave ses chevilles. La corde est imbibée d'eau à peine gelée. Le défaire lui prend quelques minutes. Immédiatement, il détend ses jambes. Il retient un cri de douleur. Ses cuisses sont crispées comme jamais.

Sa première pensée est de fondre sur Vicky et de la frapper. Elle n'est pas armée. Il ne risque rien.

Cette idée s'efface aussitôt. Il demeure assis dans le noir. Vicky a aimé sa sœur. Elle est un peu comme sa dernière famille. La seule qui puisse encore lui parler de Claire. S'il la tue, il ne restera plus rien. Plus d'attaches.

Le visage de Claire lui apparaît. Elle veut lui dire quelque chose, mais les mots s'évanouissent dans le vide. Pierre a toujours eu le sentiment que sa sœur voulait lui parler, lui dire un secret, mais qu'elle n'y parvenait pas.

Vicky se débat dans son duvet. Elle doit faire un cauchemar. Pierre pense que la pitié est un sentiment haïssable, un truc de curé mais c'est ce qu'il ressent à l'instant. Il éprouve de la pitié pour celle qui veut le supplicier à son tour.

Vicky est belle. Fine. Empressée et intelligente. Une intellectuelle. Elle lui rappelle Paola. Il se dit que Claire avait du goût. Qu'elle n'a pas aimé la première venue. Pierre est fier de sa sœur et de son amour caché.

Il réalise que si Claire avait pu parler de sa vie à Paris, les choses seraient différentes aujourd'hui.

Pierre se souvient du soir où il a appelé Claire pour lui dire que leur père était au plus mal. Elle n'était pas chez elle. Chez une amie. Était-elle chez Vicky ? Elle avait dit : « Je pars par le premier train. »

À ce moment-là, Pierre est à Chamonix, il annule son programme du lendemain et descend jusqu'à Saint-Vincent. Cela fait quelques mois qu'il n'y a pas remis les pieds. La dernière fois, tout allait bien.

Papa est allongé. Il ne bouge plus. Le docteur Marcelin lui a fermé la bouche d'un ruban de gaze qui transforme son visage ovale en un étrange emballage. Un instant, Pierre trouve qu'il ressemble à un œuf de Pâques, puis il repousse cette pensée incongrue :

il est interdit de rire devant la mort. Sinon, la mort peut se venger, c'est ce qu'il croit.

Pierre est seul. Tout raide lui aussi. C'est difficile de se donner une attitude quand la vie se caille, quand le sang devient marbre.

Pierre est arrivé trop tard, juste une heure trop tard. Papa est parti tout seul, il n'a pas désiré qu'on soit près de lui. Ceux qui vont mourir sont égoïstes, ils partent en solitaire, comme si l'endroit où ils vont ne se partageait pas, un peu comme un coin secret que l'on garde pour soi.

Tout de même, Pierre se morfond d'être arrivé trop tard. Le dernier baiser qu'il n'a pas posé sur son front encore tiède lui fait tout regretter. Il veut s'approcher et le toucher une dernière fois, mais il a peur. Il se dit qu'il risque de bouger, de se réveiller si jamais il le dérange.

Une douce lumière d'automne, la saison préférée de Pierre, entre par la fenêtre. Maman n'a pas encore fermé les volets. Elle pleure sur le coin de la table de la salle à manger.

Papa est sur un lit de fer. Les draps sentent encore le médicament et la lessive. Il est mort dans la parure vert pâle que Claire a achetée avec maman sur le marché. Toute une parure vert pâle. Elles ont aimé cette teinte tendre. Papa est parti dans la douceur de cette couleur d'amande.

Le vent s'est levé. Il y a toujours du vent en montagne, pas un jour sans que le souffle de la terre se fasse sentir. Un jour que Pierre se promenait avec papa le long du sentier qui monte vers le plan des Aiguilles, le vent a surgi de derrière une épaule de roche.

— C'est la bise ? avait demandé Pierre.

— Non, c'est du sud, avait répondu papa. Il surprend toujours et souvent il amène la pluie. Regarde.

Vers les sommets de Dévoluy, deux gros nuages noirs arrivaient, suivis par toute une nuée épaisse et grise. Ils n'allaient pas tarder à cacher le soleil.

— On dirait les ténèbres.

— Non, ils sont la vie. La pluie, c'est la vie.

Un instant, Pierre a cru que papa avait bougé. Le docteur Marcelin a croisé ses mains sur son ventre creusé par la maladie. « On dirait qu'il a vingt ans de moins. Comme si le supplice l'avait rajeuni. » Maman a dit que cela avait duré une journée complète. Le matin il n'allait pas, puis très vite il avait perdu connaissance, il délirait.

— Je vais retourner vers mon créateur. Je vais vers le jugement.

C'est ce qu'il a dit plusieurs fois avant de s'endormir subitement et de se réveiller vers midi.

— Les juges sont là, c'est la fin.

Pauvre papa, tu n'as pas à craindre cette justice. Tu as toujours été un juste, un vrai type courageux qui n'a pas un seul vrai péché sur la conscience. Et puis il a ajouté :

— J'aurais aimé connaître mes petits-enfants.

Et puis voilà. C'était fait. Il a ouvert la bouche pour chercher une dernière bouffée de vie. Maman a appelé le docteur Marcelin. Il n'était pas joignable. Elle a appelé les urgences, on lui a répondu que les urgences ne se déplaçaient pas pour une fin de vie. Que la mort n'était pas une urgence. Où avait-elle la tête ?

Maman est restée là avec son presque mort, déjà

inerte. Elle a regardé la vie foutre le camp sans rien pouvoir faire. Le cœur a flanché une première fois, comme un moteur qui tourne sur trois pattes. Puis une deuxième fois. À la troisième, la poitrine ne s'est plus soulevée. Maman a posé sa joue dessus comme elle avait coutume de le faire depuis leurs premières heures d'amour. Plus rien.

C'est à ce moment-là que le vent s'est levé.

Pendant longtemps, il a battu les volets en plastique et les a fait grincer à chaque poussée. Un drôle de son qui ressemblait à un appel. On aurait presque dit la voix de papa qui appelait maman.

59

Le jour n'est pas encore levé.

Les militaires ont été déposés à 6 heures. Une section de chasseurs alpins, le génie. Leur officier, le lieutenant Vergerin, est un type énergique, sec comme un coup de trique. Il a immédiatement demandé à miner l'entrée de la crevasse. Mais Portal s'y oppose. Un effondrement peut être fatal aux survivants, s'il y en a.

— Creuser va prendre du temps !

Portal tergiverse, il veut éviter de prendre la responsabilité d'un acte qui peut coûter la vie à deux personnes.

— Vous croyez qu'ils sont encore en vie là-dessous ?

— Pourquoi utilisez-vous le pluriel ?

— Parce que je pense qu'il y a une femme avec lui.

Le brigadier Constant se tient à l'écart. Il a donné son avis : jouer avec de l'explosif si près du front du glacier peut provoquer une catastrophe. Vergerin l'a regardé de haut. Maintenant, toute cette affaire ne concerne plus le sauveteur. Il a hâte de retourner à sa base. Si Pierre n'est pas déjà remonté, il faut craindre le pire.

Une équipe de télévision est arrivée à Saint-Vincent, dans le sillage du journaliste des faits divers du *Dauphiné libéré*. Le colonel commandant la zone de gendarmerie a décidé de laisser filmer, mais à bonne distance. Un cameraman s'est posté sur la moraine et fait des images au téléobjectif.

Toutes les heures, Portal informe Ingrid Montaz du déroulement des opérations. Il remarque que les questions de la juge concernent uniquement Pierre Verdier. Elle a donc un faible pour lui.

— Quel jour sommes-nous ? demande Vergerin qui a commencé à gratter son premier rapport.

— Le 29 juin, répond Portal.

Il réalise tout à coup que c'est l'anniversaire de Claire.

60

Vicky est agenouillée.

Elle n'a rien avalé depuis deux jours.

Ses lèvres articulent des mots sans souffle.

Sa raison commence à la quitter. Lentement.

Pierre marche vers les piolets. Vicky ne bouge pas. Elle n'en a plus vraiment la force. Tandis qu'il tranche les liens, il semble immense dans la lumière de la torche. Son ombre ondule le long de la paroi, comme celle d'un monstre venu des profondeurs.

Pierre met les piolets de côté et fouille dans le sac de Vicky.

— Il faut manger quelque chose, ordonne-t-il.

Dans le fond du sac, il trouve des barres de céréales. Il en donne deux à Vicky et se réserve les trois autres.

— Donnez-moi votre lampe.

Pierre inspecte le plafond de la grotte dans laquelle ils sont prisonniers. Il est impossible de sortir en creusant la glace. Il y en a sur des mètres. Il revient vers la fissure. Bouchée.

— Reprenez quelques forces et on va chercher à passer dans une autre crevasse.

— Pourquoi voulez-vous me sauver ?

— Parce que je n'ai pas le choix.

— Laissez-moi ici. Je ne mérite plus de vivre.

— Non, on a encore des choses à se dire.

Pierre fait le point sur son matériel et celui de Vicky. Ils ont de quoi grimper n'importe quel mur de glace si jamais une sortie se présente.

La cavité dans laquelle ils se trouvent finit par une faille entre deux grandes lames de glace. Un homme y passe facilement.

— Savez-vous quel jour nous sommes ?

Pierre se redresse au-dessus de son sac.

— Je… j'avais oublié…

— Nous sommes le 29 juin.

— L'anniversaire de Claire…

Vicky débouche sa gourde et la tend à Pierre.

— Vous en voulez ?

— Non, dit Pierre. Ça va aller. J'ai sucé un peu de glace.

Vicky lève les yeux vers lui, le regard froid et aigu comme une lame d'acier.

— J'ai mis dans cette gourde quelque chose que l'on buvait en Grèce, avec Claire. C'est un peu amer, mais ça donne des forces. Une recette antique que l'on donnait aux athlètes… J'en ai pris pour moi, mais je pense que tu en as plus besoin à présent.

Elle vient de le tutoyer. Pierre est touché au plus profond de lui par cette marque d'intimité. Il attrape la gourde et avale une gorgée. Un goût acide lui envahit immédiatement la gorge. Il ne peut retenir un rictus de dégoût.

— Dégueulasse, ta potion magique !

Du coin de l'œil, Vicky l'observe.

— Encore une gorgée, ça va te rendre fort.

Tout se met à vibrer dans un bruit assourdissant. Un bloc se détache de la voûte et se brise en mille morceaux sur le sol.

Pierre plaque Vicky contre la muraille du fond qui tremble elle aussi. Le glacier avance, centimètre par centimètre. La crevasse se referme comme les mâchoires d'un étau.

Quand Pierre fait jaillir de la lumière, Vicky est comme paralysée, incapable de faire le moindre geste. La gourde est au sol.

— Nous sommes vraiment très proches du front du glacier, explique Pierre. C'est pour cette raison qu'il bouge autant. Il faut tenter quelque chose au plus vite.

Pierre chausse rapidement ses crampons et s'arme de ses deux piolets de progression. Vicky ne le quitte pas des yeux. Chacun des gestes est posé, rassurant. Malgré le froid, malgré l'épuisement.

Il passe la corde autour du ventre de Vicky et fait un nœud de chaise. Puis il s'élance vers la faille. Les deux parois fuient vers le haut de la calotte glaciaire. Une lueur bleue, à plus de quinze mètres au-dessus du sol, indique que le plafond n'est pas très épais.

Pierre grimpe vite, plantant chaque piolet d'un geste sec et précis. De temps à autre, il se retourne pour s'assurer que Vicky ne s'est pas détachée. Elle le regarde, les yeux déjà dans le vague, laissant filer la corde entre ses doigts.

Au bout, la faille se resserre. À trois mètres environ, Pierre aperçoit la lumière du jour, éblouissante. Un filet d'air rampe sur la glace.

Le trou est minuscule, l'atteindre ne va pas être une mince affaire. Il faut creuser sur trois mètres la glace vive.

— On y est, Vicky ! On y est…

De l’endroit où il se trouve, Pierre ne peut pas voir Vicky. Il tire un coup sur la corde pour sentir sa présence. Deux petits coups lui répondent.

— Tu m’entends ?

Aucune voix.

Subitement, Pierre songe que dans un geste fou elle peut tirer de toutes ses forces et le faire basculer dans le vide. La chute serait fatale. Il plante un piolet le plus profondément possible et passe la corde en un nœud de cabestan autour du manche.

Le glacier n’a pas bougé depuis un bon moment. Le moindre mouvement pourrait coincer Pierre dans cette cheminée.

Une ombre passe devant le trou.

Pierre appelle. Il hurle.

— Au secours !

C’est la première fois de sa vie qu’il prononce ce mot.

Personne n’entend. L’ombre ne revient pas.

Le temps de mourir est enfin venu ?

— Non, hurle-t-il. Non !

Reste à creuser un passage.

61

Les hommes du génie ont mis deux heures à tailler une ouverture suffisamment large pour laisser passer un homme. Deux heures à piocher sur une profondeur de plus de deux mètres.

Constant a fait installer le treuil. Il est en train de chausser ses crampons. Il sera le premier à descendre. Depuis trois jours qu'il est sur la zone, le glacier bouge, refermant sa bouche froide sur la vie de son ami. Régulièrement, d'énormes blocs se détachent du front pour aller s'écraser sur la moraine. Ce bruit de tonnerre lui est devenu insupportable.

— On descend !

— Vous y allez le premier, brigadier ?

— Oui.

Constant passe le mousqueton attaché au câble du treuil dans l'anneau de son baudrier.

Ce matin, il a piqué sur son pull bleu marine son insigne de guide. Parce que c'est d'abord à cette fraternité-là qu'il appartient.

La gendarmerie n'a jamais été sa vocation. Il a passé le brevet d'aspirant dans la même promotion que Pierre. Ensemble, ils ont fait la Walker aux Jorasses.

Puis la face nord de l'Olan. Il est devenu gendarme parce que la clientèle lui faisait un peu peur.

— Je me sens pas, répondait-il quand on lui demandait pourquoi il ne guidait pas.

Jambes en équerre, Constant se place au-dessus du trou. Lentement, pas après pas, il entame la descente. Sa lampe frontale dessine des cercles qui dansent dans l'obscurité comme des farfadets.

Rejoindre le sol ne prend que quelques minutes.

— Arrivé, dit Portal dans le talkie.

— Reçu !

La cavité dans laquelle il se trouve est plus vaste qu'il ne l'imaginait. Ça a sacrément travaillé, se dit Constant en apercevant des blocs récemment tombés. Le sol est recouvert d'une couche de glace éclatée.

— Pierre, tu es là ?

Le silence.

— Pierre !

Constant tend l'oreille. Un long moment. Rien.

Le talkie crachouille :

— Vous me recevez ?

C'est Portal. Constant n'a aucune envie d'entendre sa voix nasillarde.

— Cinq sur cinq ! À vous.

— Si vous découvrez quelque chose, il est important de ne toucher à rien.

— Reçu.

Constant tourne le bouton du volume.

Sur sa gauche, la grotte se finit en une gorge hideuse, toute noire de la caillasse que le glacier broie, siècle après siècle.

À droite, la muraille s'élève en surplomb, taillée net, comme d'un coup de rasoir.

Un bloc a verrouillé tout récemment la partie droite de la crevasse. À cet endroit, la moraine est à vif. La roche est rabotée, pareille à une gigantesque rampe qui descend vers le vide.

Pas étonnant que ça bouge autant, se dit Constant. Le front du glacier se trouve sur un toboggan parfaitement lisse.

Tout près du bloc tombé, un objet insolite, récent. Un brin de corde.

Constant s'accroupit, observe quelques secondes. Le brin doit mesurer un peu plus d'un mètre. C'est de la corde d'alpinisme de 8 mm de diamètre.

Constant demande du renfort. Deux gendarmes du PGHM descendent dans la demi-heure qui suit, accompagnés d'un technicien de scène de crime.

— Il faut sonder ce bloc, dit Constant. C'est derrière que ça se passe.

De temps à autre, le glacier grogne. Le technicien n'en mène pas large. Il lève souvent les yeux vers le plafond.

— Fais vite, lui dit Constant, ça peut s'effondrer n'importe quand.

62

Pierre a avancé d'une cinquantaine de centimètres, guère plus. Il ne sait pas combien de temps a passé. Il imagine des heures. Il a dormi et il a du mal à sortir de cet étrange sommeil qui le terrasse. Est-ce un effet de l'épuisement ?

Une brûlure le fait souffrir dans la gorge. Il suce longuement de la glace pour se rafraîchir. Il frissonne, comme si une fièvre subite le prenait.

La glace est dure comme jamais. Il voit, devant lui, le jour décliner. Sortir avant la nuit ne sera pas possible. Il est épuisé. Ses coups de piolet se font moins précis. Depuis un moment, Vicky ne répond pas quand il tire la corde. Elle est toujours attachée.

Elle a dû s'endormir, se dit Pierre.

Il frappe la glace. Tantôt avec la pointe. Tantôt avec le plat du piolet. Avec toute la hargne qui lui reste. Les éclats le blessent au visage.

Au fur et à mesure qu'il progresse, la glace est moins cassante. Un bloc gros comme une boîte à chaussures se détache, puis un autre. Et à nouveau la partie dure et transparente à la surface.

À bout de forces, Pierre se cale sur ses crampons.

Il lui reste une barre de céréales. Mords dedans et mâche longuement avant d'avaler, se dit-il.

Un dernier mètre. Peut-être moins.

La lumière bleue a disparu. Tout est gris à présent. Un bruit de rotor passe soudain par le méat. Pierre hurle. Rien.

À l'autre bout de la corde, Vicky ne répond toujours pas. Pierre hésite à faire marche arrière. Les secours ne sont pas loin.

Ses mains sont meurtries. Les gants ont fini par s'imbiber d'eau. Le froid attaque le bout des doigts. Il masse ses phalanges et souffle dessus. Ce geste seul lui donne l'impression de se vider de ses dernières forces. Il se reprend, parle à haute voix, comme si un compagnon invisible était là, tout près de lui :

— Un mètre, c'est rien !

Un souvenir le frappe à ce moment-là.

Jusque-là, il s'est interdit de penser, mais il n'en a plus la force. Son esprit est confus.

Paola a ressenti les premières nausées un samedi après-midi. Un de ces moments de chaleur au cœur de la ville nauséabonds. Chamonix est polluée en été. L'air sale ne veut pas sortir de cette marmite humide. Paola a failli vomir, sans doute à cause des remugles des cuisines d'un restaurant ouvert sur la rue. À moins que ce ne soit autre chose.

Pierre pense que Paola lui a menti. Elle a voulu être enceinte sans le prévenir. Il a remarqué que ses seins ont gonflé comme de beaux fruits, les tétons toujours durs. La vie bourgeonne en elle. Mais elle a tout caché et cela, Pierre a du mal à l'admettre.

— Viens, dit-il. Allons nous installer à la terrasse d'un café, ce n'est pas loin.

Elle le suit, accrochée à son bras, essayant de ne pas perdre conscience. Elle entre dans le deuxième mois de grossesse.

Ils traversent la place Balmat et s'installent à la terrasse du bar des Cimes. Pierre commande une orange pressée et elle prend une eau minérale italienne.

— Pourquoi tu ne prends pas plutôt comme d'habitude une bière ?

Pierre a mis dans cette phrase tout ce qu'il peut cogiter depuis un quart d'heure. Il a remarqué que Paola ne boit plus d'alcool depuis cinq semaines. Il a noté que, parfois, elle repousse son assiette avec un rictus de dégoût. Il n'a rien dit, attendant qu'elle se livre. Qu'elle avoue qu'elle lui a menti sur la contraception. Au fond, ce n'est pas grave. Vouloir un enfant n'est certainement pas un crime. C'est la plus belle chose au monde. Mais le vouloir en secret…

Tout a commencé dans cet hypermarché du meuble dans la zone commerciale près de Saint-Symphorien. L'endroit où les couples viennent se vautrer dans du bonheur prêt à construire soi-même, prêt à monter à deux. Du bonheur pour tournevis ! Pierre est resté en arrière et a observé. Paola s'est arrêtée longuement devant les petits lits d'enfant, les couettes constellées d'étoiles, les motifs d'animaux craquants, les nounours. Elle a caressé des oreillers aux couleurs de môme.

— Une bière après un malaise ! s'étonne Paola. Je crois que c'est très mauvais, l'alcool, quand tu as des nausées.

Pierre la regarde avec tendresse. Et effroi. Il ne

veut pas d'enfants. Il a trop vu d'orphelins. Trop de copains bousillés par la montagne. Et de familles qui pleurent.

Paola avait acquiescé quand il lui avait fait part de sa volonté de n'être jamais père. Elle avait dit :

— Tu as raison. Moi aussi, cela me fait un peu peur. On en reparlera plus tard.

Plus tard est arrivé.

À l'intérieur, Pierre bout. C'est toujours dans son ventre que jaillissent ses émotions, les meilleures comme les plus redoutables. Il sait les mettre à couvert.

Garder cet enfant. Il n'a plus d'autre choix. Impossible de demander à Paola de mettre fin à sa grossesse.

Et la montagne. Sa raison de vivre depuis toujours. Sa drogue. Il doit bientôt partir pour l'Himalaya. Pour de longs mois. Et peut-être ne jamais revenir. Une avalanche, un pont de neige qui se dérobe, un bloc meurtrier. Tout peut arriver. Il aime Paola plus que tout. Mais…

Le bébé n'a pas voulu naître.

Paola a fait une fausse couche au troisième mois. Pierre l'a appris en revenant du camp VI du Makalu. Dans la tourmente. Après la grande victoire du sommet. Il n'a pas pleuré. N'a pas éprouvé de colère. Juste le sentiment d'être l'homme le plus grotesque au monde.

Il avale une dernière bouchée de la barre de céréales. Des nausées le soulèvent. Sans pouvoir les contrôler. Il serre les dents. Une bile noire s'échappe à la commissure de ses lèvres.

Il lève les yeux vers le filet de lumière qui perce

la carapace du glacier. La vie lui semble tellement froide, tout à coup.

Il n'a plus la force de creuser.

Tout vacille.

Il appelle des souvenirs, mais il ne voit que le champ noir du grand vide.

63

La nuit est arrivée vite. Et avec elle, ce silence que brouille seulement le cours rocailleux du torrent.

L'adjudant Portal n'a pas l'habitude de ce vide. Depuis trois jours, il loge dans un gîte, en retrait de Saint-Vincent. Une chambre aussi vaste qu'un studio, toute lambrissée de grosses planches de sapin. Rustique et confortable. Du balcon, l'adjudant peut contempler toute la vallée et la voir disparaître dans les ténèbres, immobile et peuplée d'ombres.

Tout paraît beau et hostile à la fois. Secret et impitoyable. Les premières étoiles apparaissent, l'une plus brillante que les autres, juste au-dessus de l'aiguille Sans-Nom.

Dans sa chambre, Portal a emporté tous ses dossiers. L'aller-retour à Grenoble lui fait perdre trop de temps. Son officier lui a signifié qu'il pouvait jouer cavalier seul pendant quelques jours. Le temps que durent les recherches sur le glacier.

Depuis deux jours, la température a chuté d'une dizaine de degrés. Après la canicule, tout le monde a l'impression de respirer. L'été touche à sa fin, a ironisé un gendarme du PGHM. Après le 15 août, ce ne serait pas étonnant qu'un peu de neige tombe sur les hauteurs, à partir des 3 000 mètres.

Portal a pris conscience que l'enquête sur la mort de Claire Verdier s'est enlisée. Il se souvient que son supérieur, alors qu'il était encore un béotien, lui disait de toujours revenir aux évidences. Si Victoria Braun séquestre Pierre Verdier, elle doit avoir des raisons valables.

La veille, dans l'après-midi, la juge Montaz a appelé son frère qui est guide de haute montagne dans la vallée de Chamonix. Il a été étonné de voir son visage au journal télévisé. Il a voulu plaisanter, mais c'est tombé à plat.

— Combien de chances ? a demandé Ingrid.

— Quasiment aucune ! Mais, connaissant le palmarès de Verdier, il risque de s'en sortir. Personne n'est aussi résistant que lui. Victoria, non.

— Elle est déjà morte ?

— Très probablement…

Ingrid a raccroché en murmurant :

— À présent, il faut trouver Michel Cros.

Le lendemain, Portal attend la première rotation d'hélicoptère pour se diriger vers le village voisin, La Palud. Guère plus d'habitants que Saint-Vincent. Les autochtones ne sont qu'une dizaine en hiver. Le village est plus resserré, en fond de vallon. Une rue principale et des travioles de part et d'autre qui grimpent sur les flancs. Les maisons de pierres plates et grises se tassent les unes contre les autres.

Portal gare sa voiture au centre du village et vise deux types qui discutent devant une ancienne écurie. Des anciens aux mains rudes, la casquette à carreaux baissée sur les fronts tannés.

Portal salue, échange quelques banalités sur les opérations en cours sur le glacier du Plan et exhibe la photo de Michel Cros.

— Vous connaissez ?

Moue sceptique. Celui qui a l'air plus vieux dit :

— Le visage ne m'est pas inconnu. Qu'est-ce tu en dis, Maurice ?

— Fais voir encore un coup, dit Maurice.

Le visage de Cros a été diffusé sur les chaînes de télé.

— C'est le type qui est recherché !

— Non, Fernand, je pense à autre chose.

— Michel Cros, dit Portal. Il n'avait pas de la famille par ici ?

Nouvelle moue dubitative. Fernand fixe la photo.

— Ce serait pas le fils de l'Aline ? Regarde, cet air qu'il a…

Maurice devient méfiant et fait une grimace équivoque. Portal insiste :

— Aline ?

— Une fille de notre génération qui est partie il y a longtemps. Jamais eu de nouvelles.

— C'était une Jaubert de Saint-Vincent, dit Fernand. À l'époque, son père tenait un petit hôtel, l'Éterlou. On allait boire des canons là-haut.

Les deux anciens regardent vers Saint-Vincent. L'hélicoptère vient de décoller et s'élève droit au-dessus de l'église comme un bourdon. Maurice dit :

— Paraît qu'il y a le Pierre Verdier, pris dans la glace…

— Oui, dit Portal.

L'hélicoptère décrit un cercle au-dessus de la vallée avant de grimper vers le glacier.

— Il était un peu cousin avec l'Aline, non ? demande Fernand.

— Oui, répond Maurice. Par la grand-mère. C'était une Cros, elle…

— Ils étaient tous un peu marteaux dans cette famille…

— Que voulez-vous dire par là ?

— Oh, ce sont des histoires de l'ancien temps, dit Fernand. La famille Cros n'est plus ici depuis plus de cinquante ans. Aline est partie quand elle avait la vingtaine… C'est pas d'hier.

— On avait le même âge, elle et moi, dit Maurice. Je vais sur mes quatre-vingt-trois…

— Nous recherchons Michel Cros. Nous pensons qu'il peut être toujours dans les parages.

— Il a bien une maison là-haut, à Saint-Vincent. Faut peut-être commencer par là !

— Une maison ?

— Celle qui est dans le virage, vers ces grands sapins. Vous ne pouvez pas la rater.

Retour à Saint-Vincent. Portal ne met guère de temps à trouver la maison des Cros. Les herbes sont hautes, des ronces ont grimpé le long de la porte d'entrée. La seule issue praticable reste l'écurie. Portal voit que les herbes ont été foulées tout récemment. Il dégaine son Sig-Sauer.

La porte n'est pas fermée. Portal pousse le battant et braque sa lampe à l'intérieur. Malgré l'été, il fait frais dans l'écurie, presque froid. Dans les enclos à moutons, il reste encore de la paille pourrie. Au fond de l'écurie, l'endroit où devaient se trouver le cheval et sans doute une vache. Les râteliers ont encore du foin couvert de toiles d'araignée.

Portal trouve la porte qui permet de communiquer immédiatement avec la grande salle de la ferme. Toutes ces maisons sont construites sur le même modèle, se dit-il.

Il y a un sac de couchage, des mégots écrasés. Quelqu'un est passé là. Y a vécu quelque temps. À l'abri des regards. Quelqu'un qui a pu tuer Claire Verdier. Une fois de plus, les certitudes de Portal vacillent.

D'après son expérience, l'occupation des lieux date d'il y a plusieurs mois. Une couche de poussière, déjà épaisse, recouvre le sac de couchage. Il prend plusieurs mégots et les glisse dans un sac plastique. Puis il récupère deux cheveux sur le sac de couchage et les place dans un sachet différent.

Sur un dossier de chaise est jetée une veste imperméable du type K.Way. Portal l'examine longuement et prend plusieurs photos. Une veste banale avec une capuche qui peut se replier dans la doublure du col.

Le gendarme mitraille toute la scène et repère une empreinte de pieds.

— Faut faire venir les techniciens, murmure-t-il.

Il revient sur ses pas, en essayant de ne pas polluer les lieux.

Tout à coup, un grincement, à peine perceptible. Puis un second. La porte de l'écurie a bougé. Portal éteint sa lampe et attend. Nouveau grincement, puis des bruits à l'extérieur. On court dans l'herbe autour de la maison. Il fonce vers la sortie, le Sig-Sauer à bout de bras.

Une ombre disparaît derrière les sapins. Une silhouette portant une capuche.

Portal a le temps de distinguer la chemise noire,

la carrure et la taille qui lui font penser qu'il s'agit d'un homme suffisamment jeune pour fuir en vitesse et d'environ un mètre quatre-vingts.

Il court à sa voiture, empoigne le talkie et veut demander une rotation immédiate de l'hélicoptère, mais le PC tarde à lui répondre. Un grondement lui fait lever les yeux. L'appareil de la gendarmerie vient juste de décoller, il disparaît derrière un promontoire. La zone d'atterrissage sur le glacier est hors de vue.

Portal démarre et descend sur quelques centaines de mètres, au cas où il verrait le fugitif. Sans résultat. Il fait demi-tour et remonte vers Saint-Vincent.

Au moment où il aperçoit le clocher, son portable lance deux bips stridents. Portal s'arrête sur le bas-côté et jette un œil à l'écran.

Un SMS de Constant :

Victoria Braun découverte.
État critique.
Pierre Verdier. Introuvable.

Portal répond :

Ne faites rien sans moi.

64

Pierre est revenu à lui. Après combien d'heures ? Il ne saurait le dire. A-t-il passé une autre nuit ? Il l'ignore. Tout s'entremêle, la réalité comme les visions que son cerveau ne maîtrise plus.

Le jour est toujours là. Un rai de lumière troue la glace. Est-ce la réalité ?

Son ventre est vide et douloureux. Il a l'impression qu'il se creuse davantage à chaque effort qu'il accomplit.

Il n'est plus qu'à une cinquantaine de centimètres de la sortie.

Sa gorge le brûle plus que jamais, il doit lécher la glace à plusieurs reprises pour s'hydrater.

— Tu sors aujourd'hui.

Ou tu meurs.

Au prix d'efforts surhumains, il tire sur la corde. Rien au bout. Il tire davantage. Le brin vient. Libre.

Pierre appelle d'une voix de caverne :

— Vicky. Vicky !

Elle s'est détachée. Elle est morte. Personne ne pourra jamais la trouver à temps.

Pierre hurle de rage. Il lui semble que le glacier lui retire une à une les dernières parcelles de sa vie.

— Tu vas sortir…

Il entend subitement des voix. Là, en dessous.

Paola le regarde en souriant.

— Allez, mon chéri, encore un effort. Les géants comme toi ne peuvent pas finir entre des mâchoires de glace.

— Aide-moi, je t'en supplie.

Paola disparaît.

Puis elle revient, allongée.

Le thanatopracteur a fait ce qu'il a pu. Le cercueil ne laisse voir que son visage entouré d'un feston de soie blanche. Ses mains et son corps sont cachés. Pierre a obtenu l'autorisation de sortir de l'hôpital. Il va un peu mieux. Il veut embrasser Paola une dernière fois. Se pencher sur son visage.

— Tu ne devrais pas, Pierre, a dit le docteur Marcelin.

— Je ne peux pas faire autrement.

— Il y a des images…

— Je sais.

Le visage de Paola porte encore les traces de la chute vertigineuse qu'elle a faite dans la face nord de l'Olan. Constant a fermé son anorak, baissé la capuche et tranché la corde qui la retenait à la paroi. Elle a volé de longues secondes avant de rebondir sur les premiers ressauts enneigés. Tout n'est que dévers dans cette maudite face. Impossible d'approcher un câble. Pierre a pu s'en sortir parce qu'il a franchi les dernières difficultés. Il n'avait pas d'autre choix.

Il serre les dents. Retient les larmes. La mâchoire de Paola est de travers. Le préparateur des morts a bouché les crevasses avec de la cire et collé les paupières. Le crâne est déformé. Mais elle reste toujours la plus belle.

Tu n'aurais pas dû venir.

Pierre essaie de se soulever pour embrasser son amour une dernière fois. Il n'en a pas la force. Une aiguille est plantée dans son bras droit. Une outre de plastique est suspendue au-dessus de lui.

Le père de Paola vient d'entrer dans la chambre mortuaire.

— Sortez-moi ce type d'ici !

Pierre ne dit rien. Pour cet homme riche et arrogant, il n'est que le paysan qui lui a pris sa fille. Sa douleur doit être immense.

Pierre ferme les yeux et, d'un signe de tête, ordonne à l'infirmier de le ramener à l'ambulance.

Coincé dans cette gueule de glace, il ne cesse de voir ce visage gris comme de la pierre. Il enlève ses moufles et réchauffe ses doigts.

Constant a dit que le sac de Paola était resté accroché à la paroi. Il n'avait pas eu le temps de le balancer dans le vide.

Ce sac, Pierre ira le chercher. Ensuite, il pourra mourir, si le diable veut de lui.

Il avale lentement la corde qui le reliait à Vicky et la love autour du piolet qui lui servait d'assurage. Ces gestes pourtant si anodins l'ont épuisé.

Il ferme les yeux, tremblant.

Paola lui fait un sourire.

— Tu verras le sommet, mon Pierre…

65

Portal reste interdit quelques secondes. La vue de ce corps blanchi par le froid le bouleverse. Un corps inerte qui hésite entre la vie et la mort.

Le torse de Vicky est légèrement voûté, sa tête penchée en arrière. L'épuisement total se lit sur cette femme toute tordue.

— À ton avis ? demande Portal à Constant.

— Urémie. La bave blanche sur les lèvres…

Portal n'insiste pas. Le tableau clinique ne l'intéresse guère.

— Elle a des chances ?

— Extrêmement peu.

Vicky est enveloppée dans une couverture de survie. Un médecin la perfuse, tandis qu'un autre introduit un tuyau dans sa trachée.

— Et Verdier ?

Constant secoue la tête.

— Rien.

— Comment ça ? Même pas un petit indice ?

Constant a vu les traces de crampons qui allaient droit au-dessus de lui et disparaissaient dans une faille. Il ne dira rien.

C'est lui qui a détaché Vicky.

Il a tiré plusieurs fois sur le brin, mais il n'a pas eu de réponse. Pierre doit être plus haut. Coincé dans un étau de glace. Mort ou presque.

Au moins, il s'est battu jusqu'au bout.

— Non, pas d'indices, répond sèchement Constant. Tout est fini à présent.

Portal observe la surface du glacier. Il a l'impression de se retrouver dans un lieu dont il ne peut rien déchiffrer. Hors de question de se résoudre à tout perdre.

Constant dit :

— Un de ces jours, le glacier rendra son corps. Ça prend plus ou moins de temps.

Il est ému en disant cela, mais tellement fort pour le cacher.

Tout à coup son regard se fige.

Un point noir sur la neige. Quelque chose qui bouge.

Pierre !

Constant court. Une main s'agite.

— Pierre !

Un visage sous la vitre floue de la glace.

— Il faut élargir le passage.

Les gendarmes donnent des coups de pic. On extrait Pierre. Il a le regard presque mort. Impossible de le mettre debout, ses jambes sont pareilles à celles des pantins.

— Pierre, tu m'entends ?

Les lèvres tremblent. Elles s'agitent sans pouvoir sortir un son. Sur le front, le froid a ciselé une large ride qui saigne en éclatant.

Pierre entend faiblement, comme à travers un

hublot. Les paroles lui parviennent, molles et dans une langue lointaine.

Le visage de Claire. Elle sourit. Tout s'arrête.

On l'installe à côté de Vicky à bord de l'hélicoptère. La turbine siffle immédiatement, crescendo, puis le bruit lourd des pales qui tournoient de plus en plus vite en faisant trembler la cabine.

Les portes des urgences de l'hôpital sont grandes ouvertes. Le brancard file sur les dalles luisantes.

— Température ?

— 28,5.

— Et elle ?

— 29, guère mieux.

Le chef de service fait une grimace.

— Cœur ?

— 39 pulsations minute. Et ça continue à baisser.

— Bradycardie majeure.

Les pupilles de Vicky sont dilatées. La respiration est quasi nulle. Pierre est dans le même état.

Ingrid Montaz a été prévenue par l'adjudant Portal. Elle arrive dans les minutes qui suivent, le visage tendu, ne cherchant pas à masquer ses émotions.

— J'ai besoin d'explications, docteur…

— Jamais vu un cas d'hypothermie aussi grave. Ils devraient déjà être morts. Et puis il y a cette bave noire.

— Il y a des chances ?

— Notre souci est d'éviter que le sang froid n'aille vers les organes, là où il y a encore de la chaleur. On va tout tenter.

— Répondez-moi. Il y a des chances ?

— Elles sont infimes.

Pierre ne sent plus rien. Ses yeux grands ouverts

regardent le néant. Son corps se durcit. Son visage est gris.

Vicky est immobile, comme morte. Elle ne réagit plus à aucun stimulus. Il n'y a que l'électrocardiogramme qui enregistre des pulsations à un rythme très bas et désordonné.

— Faites tout ce que vous pouvez, docteur…

— Je vous le promets, madame. Maintenant il faut nous laisser.

Pierre et Vicky sont à nouveau perfusés. Une grosse machine à oxygène arrive. Des tubes entrent dans les corps. Malgré la mort qui travaille, les cœurs ne flanchent pas.

L'interne sort de la chambre de réanimation. Il s'arrête devant le gendarme.

— Leur état est désormais stationnaire. Autant dire que c'est presque une bonne nouvelle. Leurs corps se réchauffent lentement.

Portal espère plus que jamais. Il veut savoir pourquoi Victoria Braun a attiré Pierre Verdier dans ce piège qui risque de leur avoir été fatal.

A-t-elle songé un seul instant à s'en sortir ?

Il ne le croit pas. Cet acte a quelque chose de désespéré.

66

Ingrid Montaz est furieuse comme jamais.

— Rien ne marche dans ce pays ! La justice, la politique, l'administration, rien.

La juge pousse rageusement un dossier et le fait tomber par terre.

— Et merde !

Portal attend que l'orage passe. Il a l'habitude de la colère des chefs. En principe, elle finit par se détourner sur lui. C'est son côté « dernier en tout » qui prend le dessus.

— Savez-vous pourquoi je suis en colère ?

— Non.

— Vous ne savez jamais rien, vous !

Portal se dit que le transfert colérique vient un peu plus tôt que d'habitude.

— Michel Cros a été arrêté ! Je l'ai appris par la PJ de Grenoble. Arrêté, entendu par un juge en procédure de délit flagrant et incarcéré sur-le-champ. Tout ça s'est passé à un étage au-dessous du mien et on ne m'a rien dit. Où allons-nous ?

Portal en a vu d'autres, de quoi remplir un grand bêtisier et donner froid dans le dos au bon citoyen.

— Interpellé hier matin, rage Ingrid. Vous le trouverez à la maison d'arrêt de Varces.

— La prison !

— Pour tentative d'assassinat. Il a frappé violemment un patron de bar de la banlieue de Grenoble, après lui avoir tendu un guet-apens. Un type charmant.

Portal réfléchit aussi vite qu'il peut. Dans ces cas de grosse émotion auxquels s'ajoute la douche froide d'une engueulade, il a la cervelle qui mouline lentement.

Deux jours plus tôt, il entrait dans la maison abandonnée de Michel Cros. Le fuyard, c'était bien lui. Il a ramassé des mégots et des cheveux pour analyse, il attend les retours qui ne viendront qu'en début de semaine prochaine.

Le gendarme confie à la juge qui l'écoute, distraite, toute l'histoire. Elle conclut :

— Je vais vous donner ce qu'il faut pour l'interroger en prison. La PJ va nous casser les pieds, mais on est prioritaires sur ce coup.

Vingt minutes après, Portal roule sur la rocade sud de Grenoble. Varces n'est qu'à une demi-heure du centre-ville.

La maison d'arrêt se tasse derrière des palissades de béton. On dirait une barre HLM déposée dans une boîte sale. Une longue file attend devant la porte principale. Des femmes trop maquillées tirent sur leurs clopes. Des hommes, plus rares, jettent des regards farouches autour d'eux. La plupart sont jeunes et déjà fatigués de vivre. Les parloirs vont commencer dans pas longtemps.

Portal se gare sur le parking du personnel pénitentiaire. Il double la queue, essuie quelques insultes et franchit des sas, des grilles, des verrous.

— Michel Cros est au C, dit un surveillant bâti comme un pilier. On l'emmène au parloir. Je vous préviens, il n'est pas tout frais.

— C'est-à-dire ?

— Les psys lui ont passé la camisole de médocs. Il est doux comme un agneau et aussi intelligent qu'un poisson rouge. Ça m'étonnerait que vous puissiez en tirer grand-chose…

— On va essayer.

Le surveillant marche lourdement. La détention est verrouillée. Partout, des éclats de voix, une odeur de suint mélangée aux détergents. Portal pense à Pierre Verdier qui est toujours entre la vie et la mort. Pierre a croupi ici pendant quatre mois.

Quatre mois, c'est rien, se rassure Portal. S'il avait été coupable, tout le monde m'aurait applaudi. Ingrid Montaz ne se serait pas entichée de lui.

Portal a envie d'en finir. Il espère qu'il n'est pas venu pour se trouver dans une impasse.

— Installez-vous. On va chercher le détenu.

Le parloir doit faire trois mètres sur trois. Murs lisses et d'un bleu qui hésite entre le gris et la laideur. La fenêtre découpe un carré de ciel lourd au-dessus des plis de montagne.

Portal pose une chemise devant lui. À l'intérieur, des photos de Claire, dans un ordre bien précis. Claire jeune, Claire quelques mois avant sa mort. Claire étendue dans la neige.

Sous les photos, le curriculum de Michel Cros. Il est le fils de Robert Cros et d'Aline Jaubert. Ni plus ni moins que le cousin germain de Suzanne et d'Alfred.

Cousin lointain, par sa mère, de Pierre Verdier… La mère de Marie Verdier était née Cros. La consanguinité aurait-elle des effets pervers ? ironise Portal en lui-même.

Première hospitalisation à l'âge de seize ans. Dangerosité pour lui-même. Décision de la famille. Deuxième hospitalisation pour tentative de suicide. Il vient d'avoir dix-huit ans. Il est placé en unité psychiatrique au bout de deux ans de séjour semi-fermé.

La porte du parloir s'ouvre. Michel Cros se présente dans l'embrasure. L'œil éteint, le visage cireux.

Portal se lève et tente un sourire de sympathie. Pas de réponse. Un surveillant épie chacun des gestes de Cros, au cas où…

— Asseyez-vous.

Cros s'exécute. Comme un automate.

— On vous a donné des médicaments…

Cros pose ses yeux sur le visage du flic. Sa langue est épaisse et veut sortir de sa bouche.

— Mmmmouais !

La voix passe par le nez, pâteuse.

— Quels médicaments ? Vous connaissez leurs noms ?

— Le… po… nex…

Un neuroleptique dont Portal a entendu parler. Quand tout a échoué, on l'administre à des doses plus ou moins fortes. Efficace à souhait. Il a pour particularité de tuer pas mal de patients.

— Vous rappelez-vous la première fois où l'on s'est vus ? Il y a quatre jours…

Cros hoche la tête. Ses yeux n'ont pas changé de direction.

— Vous souvenez-vous de Claire Verdier ?

Même geste de la tête. Portal se dit que l'interrogatoire et le Leponex lui réservent quelques surprises. Il prend le temps de relire ses notes.

— Claire… est ma… cousine, lance tout à coup Michel Cros. Loin… taine…, mais c'est… ma… cousine !

Portal lève les yeux. Cros a joint ses mains devant lui. Une tache jaune sur l'index et le majeur. Il doit fumer plus qu'une cheminée.

— Elle… était ma cousine et je… l'aimais… b… b… Beaucoup.

— Qu'est-ce que cela signifie pour vous ?

Cros secoue la tête pour montrer qu'il ne répondra pas à cette question.

— Vous souvenez-vous de la dernière fois où vous avez vu Claire ?

Cros gonfle sa poitrine. Sous ses sourcils épais et ses paupières lourdes, ses yeux se sont mis à luire d'un éclat dur.

— Claire… doit pas être là. Elle doit… être ailleurs. Il fait trop froid… pour… pour une petite fille. C'est… C'est… La dernière… fois.

— Je comprends bien, dit Portal. Vous avez tout à fait raison. Mais dites-moi où elle se trouve.

— Qu'est-ce que… vous… lui voulez ?

Cros tente de garder tout son sang-froid, il va sans doute en avoir besoin plus que de coutume.

— Je suis sûr que… vous… lui… voulez… du… du… mal. La gendarmerie veut… toujours du mal… aux fous.

— Claire n'est pas folle !

— Bien sûr… que si !

— Pourquoi dites-vous ça ?

Cros ricane de manière sordide. Sa voix s'est éclaircie, son regard a changé, étrangement éteint à nouveau.

— Vous… vous… savez très bien pourquoi je dis ça !

— Non, je vous jure que je ne le sais pas.

Nouveaux ricanements. Cros remue des épaules et des jambes. Le Leponex doit faire son effet, songe Portal.

— On est une… famille… de marteaux. Y a toujours eu des fous… chez nous. Claire n'a pas échappé à la règle.

— Moi, je la trouve tout à fait normale. Elle n'a rien fait qui indique qu'elle est folle. Pourquoi dites-vous le contraire ?

Cros relève la tête. Un sourire hideux lui fend le visage.

— Pour s'habiller… comme elle l'a fait… faut pas avoir l'électricité… à tous les étages.

Un rire amer secoue le prisonnier et laisse voir ses dents bousillées. Portal se tend.

— Parlez-moi de sa manière de s'habiller.

— Elle… elle… porte une jupe écossaise comme… celle… des… des… chanteuses quand j'étais petit. Surtout Sheila. Elle avait la… même jupe que Sheila. Et le pull à col roulé… Faut bien être marteau pour… pour… s'habiller de cette façon.

— Où est-ce que vous l'avez vue habillée de la sorte ?

Portal fouille dans le petit album qu'il avait préparé et trouve le cliché qui montre Claire allongée dans la neige.

— Cette photo évoque quelque chose pour vous ?

Cros regarde en coin puis détourne les yeux. Il se met à gémir et remue sa tête dans tous les sens. Un surveillant s'approche, prêt à intervenir.

— Regardez cette photo et répondez-moi. Claire ne doit pas être là, dans la neige. Il fait trop froid.

Cros gémit encore plus fort. Soudain, il attrape le rebord de la table et veut la soulever de toutes ses forces. Les pieds, qui sont vissés au sol, résistent. Portal, terrifié, se lève et recule jusqu'au fond de la pièce.

Cros se met à hurler. Une voix de bête fauve s'échappe de sa poitrine. On dirait que quelque chose se déchire en lui.

Deux gardiens que Portal n'a jamais croisés entrent dans la pièce, un infirmier suit. Ils se jettent immédiatement sur Cros et le plaquent sur la table, les bras en croix, le visage écrasé sous l'épaule d'un surveillant. Un filet de bave s'échappe de ses dents serrées. Un râle, long, qui bouleverse le gendarme.

Les menottes se referment. L'infirmier sort une seringue de sa poche et pique. Cros se détend d'un seul coup, son regard se brouille. On l'emmène, pantelant.

67

Portal a étalé sur la table de son salon, une à une, les photos de la scène de crime. Il veut vérifier les pièces du puzzle. Ce que Michel Cros a dit l'a profondément troublé. Il a vu Claire vêtue de la tenue qu'elle portait au moment de mourir. Il n'a pas tout dit.

Sur une vue d'ensemble, on aperçoit un tronc d'arbre. L'avalanche de printemps l'a coincé entre le rocher et les blocs énormes qui bordent le lit du torrent. Un échafaud parfait.

Claire a été pendue, puis détachée et couchée au sol par Pierre Verdier et le docteur Marcelin.

Portal ne peut pas pour l'instant interroger Verdier.

Il compose le numéro du docteur Marcelin, celui qui a vu le corps de Claire le premier.

— J'ai besoin de savoir, docteur… Lorsque vous découvrez Claire Verdier, que faites-vous ?

Marcelin marque un temps d'arrêt avant de répondre. Un signe que Portal enregistre immédiatement.

— J'ai essayé d'empêcher son frère de la voir. Par souci d'humanité. Ce n'était pas beau.

— Bien, dit Portal. Dans quelle position se trouvait-elle ?

— Elle était pendue…

Portal laisse filer un long silence.

— L'avoir détachée est une faute professionnelle, assène-t-il d'un ton glacial.

Le militaire espère un déclic. Le docteur s'emporte à l'autre bout du fil.

— Comment pouvez-vous dire une chose pareille ! C'est insensé. Je n'ai rien fait. Ni Pierre Verdier, d'ailleurs.

Portal se radoucit.

— Je ne vous accuse de rien, docteur. J'ai juste besoin de la vérité.

À nouveau, Marcelin se tait pendant quelques secondes.

— J'ai… Pierre voulait la détacher. C'est vrai, je l'ai aidé. C'était horrible à voir. De toute façon, qu'est-ce que cela changeait ?

Portal souffle. Il vient de marquer un point et réalise soudain qu'il peut saisir une chance d'en marquer un deuxième. Il dit, d'une voix plus calme :

— Si, cela change beaucoup de choses, docteur. Mais passons. Vous avez cru bien faire…

Le gendarme jette un coup d'œil aux photos et cherche celles où l'on voit la corde. Le brin qui a été détaché fait une boucle au-dessus de la tête de Claire.

— Où était amarrée la corde ?

La réponse est immédiate :

— Vous m'avez déjà posé cette question… À un tronc d'arbre mort qui dépassait au-dessus du rocher.

Portal se penche sur la photo et l'observe avec sa loupe.

— Vous êtes alpiniste ?

— Oui, répond Marcelin.

— Donc, vous connaissez les nœuds de corde ?

— Parfaitement. Je les ai même enseignés en cours de sauvetage.

— Quel était le nœud d'accrochage au tronc d'arbre ?

— Un nœud de chaise. Un nœud assez courant.

— Avez-vous eu du mal à le défaire ?

— Oui. C'est un peu l'inconvénient de ce nœud. Il est très solide, mais serre très fort.

— Et le nœud autour du cou ?

— Un nœud coulissant classique. Une boucle dans laquelle passe un brin de corde.

— Vous voulez dire que le nœud de chaise est un nœud propre à l'alpinisme ?

Marcelin hésite avant de répondre. Portal comprend qu'il n'est certainement pas seul. Sa secrétaire ne doit pas être loin.

— Je pense que le nœud de chaise est propre à l'escalade. Il se peut qu'il soit utilisé pour d'autres activités, comme la voile, mais je suis affirmatif… Avec le huit, c'est l'un des nœuds d'encordement les plus utilisés.

Portal raccroche après avoir signifié au médecin qu'il ne serait pas inquiété. Son second coup de fil est pour le brigadier Constant. Nouvelle leçon sur les nœuds d'escalade.

— Si vous deviez attacher une corde à un tronc d'arbre, comment vous y prendriez-vous ?

— Corde à simple ou à double ?

— Simple.

La réponse fuse immédiatement.

— Nœud de cabestan. C'est le plus rapide.

— Pourquoi pas le nœud de chaise ?

— Ah… Il est plus fiable, mais il est plus difficile à desserrer. Plus solide et plus fiable, par contre…

— Un nœud de spécialiste, en quelque sorte ?

— Oui.

Portal pense à Pierre Verdier.

En tant que guide, Verdier connaît parfaitement les nœuds. Celui qu'on appelle de « chaise » n'est pas facile à réaliser d'un seul coup. Il faut connaître la technique.

Portal songe à Victoria Braun.

Elle a bel et bien voulu tuer Verdier et elle a failli y parvenir. Pourquoi ?

Cette question, Portal se la pose en permanence depuis des jours.

Les faits sont têtus, se dit l'adjudant.

Seul un miracle peut sauver Victoria.

Parlera-t-elle ensuite ?

68

— État stationnaire pour Pierre Verdier.

Le chef de service des urgences a pris une mine de circonstance.

— Son corps a retrouvé sa température normale, mais il est toujours dans un état de semi-coma. Ce qui est tout à fait normal.

— Vous pensez qu'il va s'en tirer ?

— Je l'espère. Il paraît tellement fort.

Portal retire son képi et pénètre dans la salle de soins intensifs, le ventre noué. Pierre est sur la gauche, le visage immobile, les joues creusées par l'épuisement. Un pansement lui barre le front. Entre ses cils, on devine à peine la brillance de ses yeux, le regard étrangement fixe.

Une boîte bleue émet un bip régulier chaque fois qu'un chiffre à bâtonnets verts s'allume. La courbe du rythme cardiaque, ligne brisée de piques rouges, est régulière.

Portal se tourne vers le deuxième lit, face à celui de Pierre. Un drap vert est remonté jusqu'au menton de Victoria. Ses mains percées de cathéters sont posées à plat, toutes raides. Un tuyau flexible, de grosse taille, plonge dans sa bouche ratatinée. À chaque seconde, un souffle jaillit en sifflant d'un poumon artificiel.

— Désespéré, murmure le médecin.

— C'est-à-dire ?

— Elle a certainement de très graves lésions au cerveau. Le cœur s'est arrêté deux fois déjà. À vrai dire, nous la maintenons en vie.

Portal s'approche de la tête du lit. Le visage de Victoria est gris, de grosses veines sont apparues sur ses tempes, ses paupières sont comme du verre près de se briser. Elle est sereine, déjà loin et reposée. Le froid a laissé des traces de morsure sur les joues livides. Le coin des yeux est mouillé.

— La famille ? demande Portal.

— Elle a été prévenue, mais nous ne savons pas ce qui va se passer. Personne n'est encore venu.

La poitrine de Victoria se soulève faiblement à chaque poussée du respirateur. Le gendarme regarde en direction du couloir. Les stores ont été relevés. Un téléphone sonne quelque part. Une infirmière s'approche, petite silhouette dans ce bloc ultramoderne aux murs luisants.

— Le frère de Mme Braun vient d'appeler, lance-t-elle en passant la tête dans la salle de soins. Il est à la gare et ne devrait pas tarder.

Portal quitte la pièce et s'isole dans la salle d'attente des urgences. Il prévient Ingrid Montaz d'un texto lapidaire.

Les minutes qui suivent sont interminables. Portal garde les yeux rivés sur la porte des urgences qui va s'ouvrir d'un instant à l'autre. Dans sa loge, l'infirmière prépare un plateau de seringues. Le cliquetis des instruments rappelle au gendarme celui des autopsies.

Il aimerait se boucher les oreilles et ne plus entendre ce tintement métallique odieux.

La porte s'ouvre enfin. Un homme grand apparaît, la démarche nerveuse. Il jette des regards en tous sens et s'arrête à quelques mètres de la vitre qui sépare le couloir de la salle de soins. Portal ne le quitte pas des yeux. L'infirmière sort de sa loge.

— Monsieur Braun ?

— Oui, c'est moi.

L'infirmière lui tend la main, la mine grave.

— Le médecin sera là d'une minute à l'autre.

Portal remarque que l'homme ne laisse rien paraître de ses émotions. Il se lève et se dirige vers lui.

— Monsieur Braun, bonjour. Je suis l'adjudant Portal, de la section de recherches de Grenoble.

Braun se retourne et toise le gendarme.

— Bonjour.

La voix est cassante. Le regard froid.

— Je souhaite des explications.

Il aurait pu dire « j'exige » qu'il n'en aurait pas été moins désagréable.

— Je n'en ai pas, répond Portal sur le même registre. Ni moi ni personne d'autre.

Braun observe quelques secondes sa sœur. Aucune expression ne perturbe son visage osseux.

— Elle est allée au bout d'elle-même, dit-il d'un ton las.

Le chef de service arrive sur ces entrefaites. Il salue le frère de Vicky. Les deux hommes échangent quelques mots à voix basse.

— Votre sœur ne sortira pas du coma. Elle est en état de mort clinique. Nous pouvons la maintenir en vie encore longtemps. Mais vous devez savoir que cela ne sert à rien.

— Qu'attendez-vous de moi ?

— Nous pensons qu'il faut la laisser partir. S'acharner est inutile. A-t-elle un mari ?

— Oui, un type dont je ne sais pas grand-chose et qui se moque pas mal de la survie de sa femme. Faites votre devoir.

Portal s'interpose dans la conversation. À nouveau, Braun lui adresse un regard condescendant.

— Vous ne ferez rien, docteur… Ni vous, monsieur. Une enquête judiciaire est en cours, sous commission rogatoire de la juge Ingrid Montaz. Je vous interdis de débrancher le moindre appareil d'assistance.

Portal fixe Braun dans les yeux.

— Ai-je été assez clair, monsieur ?

— Parfaitement clair.

Braun regarde autour de lui, puis s'arrête sur sa sœur. Il hausse les épaules.

— Bon, je sers à quoi, moi, ici ?

— Vous êtes venu au chevet de votre sœur, dit Portal. Et si son état de santé n'a pas l'air de vous préoccuper, je peux vous dire que j'ai quelques questions à vous poser. Vous souhaitez être entendu ici ou dans les locaux de la section de recherches ?

— Ici même, allons au plus vite. Je dois regagner Paris dans les plus brefs délais.

Portal fait venir Marceaux, qui était resté à l'entrée de l'hôpital. Il demande un endroit avec une table et deux chaises, et l'infirmière le conduit dans la pièce qui sert aux internes. Braun s'assoit, méfiant désormais. Portal laisse passer de longues minutes, le temps que Marceaux paraisse et installe son ordinateur.

— Bien, dit-il. Vous allez témoigner sous procès-verbal, monsieur Braun. Comprenez-vous bien ce que cela signifie ?

— J'ai étudié le droit…

— Ce n'est pas la question que je vous pose. Contentez-vous de dire oui ou non. Je vous écoute.

— Oui.

Braun détourne les yeux. Il a croisé les jambes et posé une main sur la table, dans une posture de défi. Portal lui présente une photo de Claire.

— Connaissez-vous cette personne ?

— Bien sûr. C'était l'amante de ma sœur. Je ne sais plus son nom.

— Comment savez-vous que cette jeune femme était l'amante de votre sœur ?

— Mon père l'avait fait suivre par je ne sais plus qui. Il voulait en avoir le cœur net…

Portal prend quelques notes sur son carnet tandis que Marceaux finit de taper sur le clavier de son ordinateur portable.

— Le cœur net de quoi, monsieur ?

Braun souffle d'impatience.

— Ma sœur était une gouine et cela rendait mon père malade.

— Et vous, monsieur ?

— Moi ! C'est une chose qui me dégoûte.

— Qu'est-ce qui vous dégoûte ? Le fait que votre père ait fait suivre votre sœur ?

Braun a détourné les yeux. Il regarde dans la direction de la porte, comme s'il y devinait la présence de Victoria.

— Le fait qu'elle soit gouine me révulse.

— À cette table, on dit plutôt homosexuelle, rectifie Portal sur un ton glacial. Votre sœur vous a-t-elle parlé de son amie ?

Braun ricane. Ses doigts tambourinent sur la table.

— Ma sœur ne m'a guère parlé. Elle détestait les hommes… À part son père. Quand elle était enfant, ils étaient très proches. Moi, j'étais celui qui subissait toute la sévérité paternelle. Quand mon père a appris que sa fille était lesbienne, suite à sa petite enquête, il a failli faire une attaque.

Portal hoche la tête en tournant une page de son carnet.

— Quand avez-vous vu votre sœur pour la dernière fois ?

— Pour l'enterrement de mon père. Elle était effondrée. Elle ne m'a pas adressé la parole.

Portal et Marceaux enregistrent, sans émotion.

— L'amie de votre sœur s'appelait Claire Verdier. C'était une scientifique de très haut niveau et je sais qu'elle a vécu une histoire extrêmement forte avec Victoria. Voilà pour le registre des sentiments que, pour ma part, je trouve très nobles et très beaux.

Portal referme son carnet et pose son stylo dessus.

— Dans le registre pénal, Victoria Braun doit être mise en examen pour meurtre précédé d'actes de torture sur la personne d'Alfred Magnin, séquestration et tentative de meurtre sur la personne de Pierre Verdier, le frère de son amie.

Pour la première fois, Braun semble décontenancé.

— Mais… elle est morte !

— Pas encore, monsieur, même si j'ai la nette impression que cela vous arrangerait.

Braun se lève d'un bond et va pour sortir.

— Revenez, monsieur, ordonne Portal. Vous devez signer votre procès-verbal d'audition.

69

— Faut fermer toutes les portes, dit Portal à haute voix en jetant un coup d'œil sur les pièces importantes du dossier étalées sur une table. Boucler la « piste Cros », tout d'abord.

Marceaux l'écoute sans dire un mot. Son regard va d'une photo à l'autre.

Il a aussi déplié un plan de la région où il a tracé le chemin qui sépare le Villard de Saint-Vincent, en passant par le col des Hirondelles. Sur ce chemin, juste après le col, sur le versant du Villard, il se trouve une cabane de berger.

Marceaux est allé la fouiller, rien. Il pensait y trouver des vêtements de Claire. Une trace. Un simple indice. Il a fait le chemin dans les deux sens. Pour un bon marcheur comme lui, il faut compter deux heures, une pour chaque versant. L'hiver, il a estimé qu'une heure devait être ajoutée.

Portal appelle la prison de Varces. On lui passe l'infirmerie :

— Michel Cros est stabilisé. Il peut répondre à vos questions.

Il téléphone ensuite à la juge car la procédure doit

être respectée. Au bout de deux heures, il finit par avoir toutes les autorisations nécessaires et peut se présenter à la porte de la prison. Marceaux l'accompagne. On les conduit au parloir des avocats. Ils attendent de longues minutes, puis la porte s'ouvre.

Michel Cros est enchaîné aux poignets et aux chevilles, son pyjama glisse sur sa taille et découvre ses fesses. Deux surveillants le soutiennent et le font asseoir sans ménagement. Son regard se fige étrangement sur chaque chose qu'il rencontre. Malgré les soupçons très lourds, Portal éprouve de la pitié pour cet homme que la vie a battu et dont la dignité s'efface de jour en jour.

— M'entendez-vous bien, monsieur Cros, et comprenez-vous bien ce que je vous dis ?

Cros baisse la tête et regarde ses mains prisonnières.

— Oui…

— Je suis venu avec M. Marceaux qui m'assiste dans cette enquête. Il va vous poser quelques questions.

Portal adresse un signe de tête à Marceaux.

— Avez-vous déjà pratiqué l'alpinisme ?

— N… Non. Ça… me fait peur. Trop dangereux…

— Pourtant, on dit que vous êtes un bon marcheur !

— Oui. Marcheur… Mais… pas… l'escalade…

— Vous savez néanmoins vous servir d'une corde, faire des nœuds ?

— Non, monsieur.

— Parlez-moi du col des Hirondelles.

Cros se redresse et jette un œil autour de lui en évitant les deux gendarmes.

— Le… col… des Hirondelles ?

— C'est un endroit que vous connaissez ?

— Oui…

La voix est devenue plus faible. Plus froide aussi. Marceaux n'insiste pas et passe la main.

— Nous allons reprendre, dit Portal. Reprendre là où l'on s'était arrêtés la dernière fois. Vous vous souvenez ?

Pour toute réponse, Cros secoue la tête, les yeux toujours fixés sur ses doigts.

— Vous m'avez dit, lors de notre dernier entretien, que Claire était habillée d'une bien étrange façon. Vous souvenez-vous de ça ?

— Oui…

— Je crois que le mieux est de me dire ce que vous avez fait, monsieur Cros. Est-ce que vous me comprenez ?

Un cri rauque s'échappe de la poitrine du détenu. Son corps est soulevé par de légers soubresauts. On dirait qu'une force étrangère l'anime malgré lui. Et puis soudain, il s'immobilise.

Cros avale sa salive. Il a posé ses mains menottées sur la table.

— Que faisiez-vous à Saint-Vincent ?

— J'en avais assez de l'hôpital. J'ai voulu revoir le pays… de… ma mère. Je voulais voir Claire… En secret… Donc, je suis monté à Saint-Vincent. Voir le pays de… ma mère… Et celui de Claire.

— Depuis combien de temps y étiez-vous ?

Cros va pour répondre, mais il s'interrompt, comme s'il comprenait soudain que ce qu'il va dire a de l'importance.

— Quelques jours…

— Quelques jours, ça veut dire combien ? Un, deux, trois…

— Je ne… ne… me souviens plus.

La voix a changé. Un peu cassée, elle vibre et laisse transparaître un sentiment d'angoisse très fort. Depuis quelques minutes, Cros s'est mis à suer. Les premières gouttes sont apparues à la naissance des cheveux.

— Ce n'est pas si grave. Racontez-moi ce que vous avez vu…

Cros prend sa tête entre ses mains. Ses cheveux poivre et sel font des épis graisseux entre ses doigts meurtris.

— Elle… elle est venue me voir… Un après-midi. On a… On a… parlé… Tous les souvenirs… Quand on était des… enfants… Son père ne voulait pas qu'on se voie… J'étais de la famille… des… des… fous. Même la… la dernière fois… elle m'a dit que Pierre… Pierre ne savait pas qu'on se voyait…

Cros donne un coup de poing sur la table. Il pleure de rage et de tristesse. Un surveillant s'avance, Portal lui fait signe de rester à distance.

— Pierre ne savait pas ?

— Non… Nnnnnoon… Elle… a toujours eu peur de son frère… de ce qu'il pouvait penser… Elle m'a dit… Elle m'a dit…

Cros se tord les doigts avec une violence à faire peur. Du sang est apparu sur son pouce.

— Que vous a-t-elle dit ?

— Je… je… lui ai montré une photo de… quand on était jeunes. Elle… elle… a dit qu'elle voulait revenir à cette époque-là. Elle… elle… a dit qu'elle allait mourir.

Cros se griffe les mains. Il lève les yeux vers les surveillants et demande un peu d'eau. Ses lèvres sont sèches et dures, comme partagées par un coup de lame. On lui apporte un verre en plastique et on le fait boire.

— Je n'ai pas… Je n'ai pas… tué ma cousine, si c'est cela qui vous… amène. Je l'ai vue… mourir.

— Et comment ?

— Après avoir rencontré Claire… je… je suis allé dormir chez mon cousin qui… qui… habite au Villard… Le lendemain matin… je suis revenu à Saint-Vincent, en passant… par le col des Hirondelles… J'avais dit à Claire que je passerais par là… Elle… Elle est venue… par… par le chemin du Plan. Toute seule. Je l'ai vue de là-haut… depuis le pied des Aiguilles. Je suis descendu vite…

Cros a un petit cri. Un frisson le parcourt. Il ferme les yeux un long moment.

— Je… je… Quand… euh… je la vois… elle a passé la corde… autour du tronc d'arbre… Et elle saute… J'étais loin… J'ai couru… Tellement loin… Trop… Tard… Elle est toute raide…

Cros fixe Portal. Son regard est insoutenable, à la fois dur et ravagé. L'adjudant détourne les yeux.

— Qu'avez-vous fait alors ? demande Marceaux. Vous avez détaché le corps ?

— Non… Non… Je me suis enfui… caché…

— Où cela ?

— Plus haut… dans la forêt.

— Et ensuite, que s'est-il passé ?

— Après, aaaaaprès… Longtemps… Après… les… les… hommes sont arrivés.

Portal se souvient de ce que lui a déclaré le docteur Marcelin. Il a vu une forme disparaître dans les arbres.

— Pourquoi vous êtes-vous caché ?

— Pour pas… qu'on… m'accuse !

— Je ne comprends pas…

— Les fous… ils ont toujours… tort… avec les flics.

Les personnes brisées font de bons coupables, se dit Portal. C'est sur elles qu'on tape en premier. Michel Cros entre dans la liste, et Pierre Verdier en faisait partie lui aussi, à sa manière.

— Vous êtes en train de me dire que Claire, votre cousine, s'est suicidée. C'est cela ?

Cros s'est muré dans le silence. Il regarde ses mains meurtries par des gestes d'automutilation, des croûtes recouvrent le bout de ses doigts. Il donne l'impression d'avoir froid.

— Vous m'entendez, monsieur Cros ?

Le prisonnier se recroqueville sur lui-même, sa tête appuyée sur le rebord de la table. Un sifflement passe entre ses dents serrées. De plus en plus fort, de plus en plus repoussant.

Portal fait signe au gardien qu'il en a fini.

70

Ingrid Montaz écoute Portal. Tout le récit de Michel Cros.

— Qu'est-ce que vous en pensez ? demande le gendarme.

— Je pense qu'il ment en disant qu'il l'a découverte morte. Je pense que c'est lui qui a pendu Claire Verdier.

Portal est dubitatif.

— Il est vrai qu'on a du mal à croire à son histoire, dit-il. Cependant, je continue à douter.

— En tout cas, répond la juge, je vais le mettre en examen pour enlèvement, homicide volontaire, et tout ce qui s'ensuit. On verra comment il se défendra devant les assises.

Elle referme le dossier de Michel Cros et dit :

— Beau travail, adjudant.

— Merci, madame la juge. Mais il reste encore des zones d'ombre dans ce dossier.

— Lesquelles ?

— Pourquoi Victoria Braun a-t-elle voulu tuer Pierre Verdier ?

— C'est une question qui vous travaille. Je ne sais qu'en penser…

Portal ne s'attarde pas, il lui reste à boucler deux ou trois procès-verbaux. À peine a-t-il passé la porte qu'Ingrid décroche son téléphone.

— Passez-moi le service de réanimation…

Elle attend, plus impatiente que jamais.

— Service de réanimation, j'écoute.

— Je voudrais avoir des nouvelles de Pierre Verdier et de Victoria Braun.

Un silence. Ce doit être un remplaçant, se dit Ingrid.

— Vous êtes ?

— Ingrid Montaz, juge d'instruction au tribunal de grande instance de Grenoble.

— Je vois… Pour ce qui concerne Pierre Verdier, les nouvelles sont un peu meilleures qu'hier. La température s'est stabilisée à son niveau normal. Le rythme du cœur est à 60 pulsations. Je pense qu'il s'agit de son rythme normal…

— Toujours dans le coma ?

— Hélas oui, mais il a des phases de réveil. Nous le stimulons depuis quelques heures.

— Et Victoria Braun ?

Un silence. Quelques secondes.

— Il y a eu de grosses complications… D'abord une hémorragie cérébrale massive, puis une rupture de l'aorte. Nous avons tout essayé, mais c'est fini. Elle est décédée il y a quelques minutes. Nous allions vous appeler.

71

Le lendemain matin, Ingrid se lève tôt, prend son petit déjeuner et téléphone à nouveau à l'hôpital. Pierre n'est toujours pas sorti du coma.

À 8 heures, elle demande que Michel Cros lui soit présenté afin de lui signifier sa mise en examen. Elle attend en préparant le nouveau dossier. La justice, ce n'est parfois que du papier, des mètres et des mètres de papier qui s'accumulent autour d'elle, jusqu'à l'étouffer.

À 9 heures, elle voit par la fenêtre le fourgon cellulaire qui entre dans la souricière du tribunal. Trois détenus en sortent. Pas de Michel Cros. Elle appelle la maison d'arrêt de Varces. Au bout d'un temps qui lui semble interminable, elle finit par avoir le directeur de l'établissement :

— J'attends Michel Cros.

— Je crains qu'il ne vienne pas.

— Pourquoi ?

— Il s'est pendu dans la nuit. Les surveillants l'ont découvert ce matin en allant le chercher pour le descendre au greffe.

La tendance au suicide était l'un des points noirs du

dossier psychiatrique de Michel Cros. L'administration pénitentiaire en a-t-elle tenu compte ? Ingrid apprend qu'il a noué le drap de son lit et l'a attaché au barreau de sa fenêtre.

— A-t-il laissé un mot, quelque chose ?

— Non, rien. À part une photo.

— Une photo ?

— Oui, mais je n'en sais pas plus. Tout cela doit se trouver au greffe.

Elle raccroche et prévient Portal. Pour elle, cette pendaison ressemble clairement à un aveu. Plus besoin d'une mise en examen, mais d'un classement d'affaire.

À 10 heures, Ingrid a l'impression que sa journée qui ne fait que commencer a déjà duré trop longtemps. Elle attend des nouvelles de l'hôpital. Aussi bête qu'une jeune fille qui soupire en guettant un signe de son béguin.

Elle sort dans le couloir du tribunal pour se dégourdir les jambes et marche jusqu'à la machine à café dans le secret espoir de rencontrer un collègue. Tout le monde gratte derrière son bureau. Son voisin de cabinet auditionne un tueur du milieu. Des éclats de voix s'échappent de la double porte capitonnée.

À 11 h 30, le téléphone sonne.

— Pierre Verdier est sorti du coma.

— On peut le voir ?

— Il ne parle pas encore.

— Peu importe, je dois lui annoncer une nouvelle importante dans le dossier.

— Essayez de passer, on verra.

Ingrid descend en quatrième vitesse dans le parking en sous-sol du tribunal. Sa voiture a du mal à démarrer. Un instant, elle pense qu'elle va rester clouée dans ce cul-de-basse-fosse. Finalement, le moteur repart. La circulation sur les quais de l'Isère n'est pas facile, elle parvient à se faufiler sur les voies de bus et à rejoindre l'hôpital en un temps record.

Pierre a ouvert les yeux quand il a entendu sa voix. Elle doit retenir son émotion, ne rien laisser paraître de ses sentiments.

— Comment allez-vous ?

Pierre bouge faiblement la tête. Elle a l'impression qu'il lui a répondu par l'affirmative.

— Vous revenez de loin.

L'infirmière entre. Une vraie matrone.

— On ne peut pas lui parler, dit-elle. Attendez qu'on vous en donne l'autorisation.

— Je suis juge…

— Je sais qui vous êtes. Mais ici, c'est le chef de service qui commande et il a dit : pas de fatigue ! M. Verdier a besoin de repos.

— Quand pourra-t-on lui parler ?

L'infirmière fait une moue dubitative.

— Demain, je pense. Il a de la famille ?

— Non, répond Ingrid. Pas à ma connaissance.

72

Portal est devenu fébrile, ce qui lui déplaît. Il n'aime pas que les choses s'accélèrent. L'impression que son cerveau bafouille.

Victoria Braun est morte. Emportant ses secrets avec elle.

Portal téléphone à la prison de Varces. Au bout de quelques minutes interminables, il finit par avoir le gardien qui a découvert Michel Cros.

— On m'a dit qu'il avait quelque chose avec lui ?

Le surveillant répond sans hésiter :

— Une photo.

Portal ouvre son carnet et note.

— Vous pouvez me la décrire ?

— Je ne… Non. Enfin… À vrai dire, je ne l'ai pas bien vue.

— Qu'est-elle devenue ?

— Elle est probablement au greffe.

— Probablement !

Portal enfile une veste et fonce jusqu'à la prison. Au bout d'une heure de palabres à la porte, on le laisse entrer.

— Ce n'est pas très habituel, dit le directeur qui a

quitté son bureau pour descendre jusqu'au sas d'entrée. Normalement, un courrier du magistrat doit nous parvenir…

Portal s'excuse une fois encore et tempête contre les tracasseries administratives qui vont toujours à l'encontre de l'établissement de la vérité. Le directeur acquiesce sans plus de conviction.

Ils pénètrent dans le greffe. Le directeur demande à voir les effets de Michel Cros. On lui tend un petit carton de la taille d'une boîte à chaussures.

— Voilà.

Le directeur cède la place à Portal.

Pas grand-chose au fond de la boîte. Un vieux chapelet, une montre-bracelet dont le cuir est craquelé, une alliance en or et une photo dont les couleurs ont passé.

Claire et Michel.

Ils doivent avoir la quinzaine, guère plus.

Il a passé son bras par-dessus l'épaule de sa cousine. Tous deux sourient, un peu figés. Lui porte un jean et un polo noir où on devine l'emblème d'une université américaine.

Elle porte une jupe écossaise et un pull à col roulé un peu vert. Des bottes qui arrivent à mi-mollet.

— Où se trouvait cette photo exactement ?

— Sur son oreiller. Il l'avait posée, bien en vue, après avoir fait son lit. Il s'était rasé et venait de prendre sa douche. Voilà.

73

Trois jours sont passés.

Pierre a recouvré la parole. On l'a transféré dans une autre unité. Bientôt, il pourra sortir seul.

Une dernière vision de sa vie avant l'hôpital persiste : une mince couche de glace qu'il n'arrive plus à tailler à coups de piolet. Parce que la force l'a quitté. Il a seulement réussi à passer sa main à travers un trou.

La presse a titré :

LE MIRACULÉ DU GLACIER DU PLAN DES AIGUILLES

Un journaliste a fouillé dans le passé et s'est fendu d'une biographie de l'alpiniste. Histoire de dire que Verdier n'était pas le premier venu.

Dans le couloir de l'hôpital, il entend une voix qu'il connaît. La porte de sa chambre est ouverte, il aperçoit le visage d'Ingrid. Les infirmières lui ont dit qu'elle avait souvent pris de ses nouvelles. Pierre a compris qu'elle a de la tendresse pour lui, peut-être même des sentiments, mais il ne se sent plus capable de donner de l'amour. Il regrette presque d'être revenu du glacier.

— Bonjour, Pierre, comment allez-vous ?

— Bien, madame la juge. Et vous ?

— Par pitié, ne m'appelez pas madame la juge.

— Très bien… Ingrid.

Elle lui serre la main et la retient un peu plus longtemps qu'auparavant.

— J'ai une nouvelle pour vous, mais je ne sais pas si je dois vous en parler tout de suite.

— C'est à propos de ma sœur.

— Oui. Nous savons qui l'a assassinée.

La « nouvelle » n'a fait aucun effet sur Pierre. Il demande :

— Et vous allez le juger ?

— Hélas non. Il s'est suicidé dans sa cellule.

Pierre agrippe la poignée qui pend devant lui et s'assoit sur son lit.

— Dites-moi au moins son nom.

— Michel Cros.

Pierre ferme les yeux un instant. L'homme à la capuche qu'il a voulu tuer.

— Pourquoi lui ?

— C'était un déséquilibré, un grand malade…

— Je sais, dit Pierre. Mais je me souviens que, quand il venait en vacances à Saint-Vincent, il jouait pendant des heures avec ma sœur. Je crois qu'ils se sont souvent écrit par la suite. Elle aimait beaucoup son cousin, même s'il était bizarre.

Ingrid s'assoit dans un fauteuil, à côté du lit.

— Qu'allez-vous faire, une fois que vous serez remis ?

— Je vais redevenir ce que j'ai toujours été : un paysan.

Ingrid détourne les yeux. Elle murmure :

— J'aimerais avoir de vos nouvelles. Si… cela ne vous dérange pas.

Pierre lui prend la main et la serre.

— Moi aussi, dit-il. Si l'odeur de la campagne ne vous dérange pas trop. Passez, dès que vous en avez le temps. La maison sera toujours ouverte.

Elle le regarde.

— Je vous dois une explication… Vous voulez la connaître ?

— Bien entendu.

— Mon père était guide comme vous.

— Je sais, dit Pierre. J'ai connu votre frère… Il m'a dit un jour que sa sœur était devenue juge dans je ne sais plus quel endroit. Je m'en suis souvenu dès que je vous ai vue.

— Pourquoi ne pas m'en avoir parlé ?

Pierre sourit amèrement.

— Vous ne vous imaginez pas ce que c'est difficile de dialoguer avec quelqu'un qui ne rêve que de vous expédier en prison !

— Je sais et je le regrette.

— Parlez-moi de Vicky…

— Vicky ?

— Victoria Braun. Ma sœur l'appelait Vicky…

— Elle est… morte. Vous ne l'avez pas su ?

— Non.

Pierre détourne les yeux.

— Elle a voulu vous assassiner en vous attirant dans cette crevasse.

Pierre fixe Ingrid. Son regard a de pâles reflets de lune. Il dit :

— Elle aurait aimé vivre avec Claire. Être heureuse avec elle. Venir à la ferme et me connaître. Partager.

Au lieu de cela, elle n'a eu que le long silence et le mensonge.

— Elle a voulu vous tuer, Pierre !

— Elle a voulu me tuer pour mes silences.

— Ce n'est pas un crime qui mérite la mort !

— Dans vos codes, oui. Bien entendu. Mais dans la vie c'est tout à fait autre chose.

— Je ne vous comprends pas.

— Vicky a voulu me tuer parce que avec toute ma bonne conscience je n'ai jamais su comprendre Claire. Elle a tué Alfred parce qu'elle s'est vengée de tous ceux qui avaient fait du mal à Claire. Je ne peux pas lui en vouloir pour ça ! J'imagine leur vie faite de faux-semblants et de mensonges. Des rendez-vous presque secrets, des apparences qu'il faut sauver.

— Victoria Braun était mariée. Elle aussi a tué votre sœur, si je suis votre démonstration.

Pierre ferme les yeux. Il retient ses larmes.

— Le silence est un poison.

74

Le mois d'août est bientôt terminé. Pierre a retrouvé toutes ses capacités physiques et intellectuelles, comme dit le docteur Marcelin.

Il est tout seul à Saint-Vincent. Suzanne Magnin a été conduite dans un hospice pour petits vieux qui n'ont ni le sou ni l'envie de vivre. Elle ne parle plus, se nourrit peu. Pour sûr qu'elle ne passera pas l'hiver.

Depuis le 15 août, la lumière a changé. Plus douce, plus chaude. L'air est plus pur. Les montagnes semblent plus proches. Sur les arêtes, les premières neiges sont tombées. L'automne s'annonce beau.

Depuis qu'il est rentré chez lui, Pierre reçoit des appels d'Ingrid. Le soir, ils discutent parfois pendant plus d'une heure. Elle a mis du temps à l'apprivoiser, mais elle y est parvenue.

Il a raconté l'ascension de l'Olan. Les heures terribles. La vie sans Paola.

Ingrid a écouté tout simplement. Pierre, qui est un taiseux, s'est livré comme jamais.

Elle est venue passer deux après-midi. Ils sont allés se promener dans une autre vallée. Pierre ne monte plus au plan des Aiguilles. Il a mené Ingrid au vallon de Font Turbat et lui a montré sa montagne, la face nord de l'Olan. Elle a compris qu'il lui faisait un grand honneur. Il a décrit chacune des voies. Le nombre de fois qu'elles ont été rééditées.

Ingrid est très discrète, elle ne pose jamais de questions qui peuvent déranger. Elle connaît le métier de guide. Sa mère non plus ne posait pas de questions.

Pierre lui a prêté ses jumelles et il a dit :

— Tu vois cette vire, à même pas cent mètres sous le sommet. C'est là que Paola est partie.

Il n'a dit ça à personne et n'imaginait pas le faire un jour.

— Quand ce flic m'a interrogé, il s'est servi de ce drame pour me faire parler. Il y avait un poster de l'Olan dans son bureau. La face nord… Salaud.

Pierre a encore beaucoup de colère en lui.

Ingrid a posé sa tête sur son épaule et a laissé passer le temps. Pierre a dit :

— Il y a un souvenir que je dois aller chercher là-haut. Après, je serai en paix.

— Quel est ce souvenir ?

— Un sac à dos dérisoire. Il est resté accroché sur cette vire. C'est celui de Paola. Il faut que je refasse cette montée.

— Tout seul ?

— Oui.

Quand son père est parti, Ingrid a vu sa mère pleurer. Elle ne s'était pas interposée entre son homme et la montagne. Elle connaissait et acceptait cette règle. C'est pour cette raison qu'Ingrid a quitté Chamonix et qu'elle a fui la montagne.

Pour mieux y revenir.

Tu es une idiote, se dit-elle.

La semaine dernière, Pierre est monté jusqu'à Saint-Christophe, le temps de boire quelques canons avec les anciens. Constant était là. Il vit à Saint-Christophe.

— Faut que tu reprennes le métier, Pierre. Moi, si j'étais toi !

Les vieux ont insisté. Pierre a vaguement promis.

— Va y avoir des jaloux !

— Laisse-les faire !

Constant a bu un coup de trop. Il était si heureux de voir Pierre revenir dans des lieux qu'il avait désertés depuis tant d'années.

Aujourd'hui, Pierre a commencé la journée en allant fleurir la tombe de Claire. Il a cueilli des brassées de bruyères et les a déposées à côté du bouquet de Vicky.

En s'en revenant, il est passé devant la tombe d'Alfred. Ses sentiments se sont mélangés. La haine et la tristesse. Tout est dit. Il faut tirer un trait. Avoir vécu autant d'années à côté de tous ces secrets lui donne encore le vertige.

Vers midi, le facteur a klaxonné. Pierre était en train d'écouter les concertos brandebourgeois.

— Une lettre pour toi, Pierre.

— Entre seulement boire un canon !

— J'ai pas le temps et puis si jamais y a les gendarmes.

— Comme tu voudras !

Pierre ne comprend plus vraiment le monde qui l'entoure. La peur du gendarme, partout. Il pose la lettre sur la table.

D'emblée, il reconnaît l'écriture de Claire. Fine et déliée.

Le tampon a été barré d'un coup de stylo. Il y a une inscription en grec.

La lettre a été postée à Paris, quelques jours avant la mort de Claire. Elle est arrivée en Grèce puis a été renvoyée à l'expéditeur, sans doute parce que le destinataire ne vivait plus à l'adresse indiquée. Le tampon du lieu est inscrit en caractères grecs, incompréhensibles pour les béotiens.

La première impression est importante. Pierre a coutume de s'y fier. La prison et ce qui lui est arrivé par la suite n'ont fait que renforcer cette habitude.

Cette lettre n'est pas une lettre comme une autre. Elle atterrit à Saint-Vincent car Pierre a demandé à la poste de lui réexpédier tout le courrier qui arrive à l'ancien domicile de sa sœur.

Pierre observe.

L'écriture de l'adresse est fine, nerveuse et régulière. La calligraphie de Claire.

Le timbre, pour la réexpédition, est de travers, collé à l'envers. Il représente une statue de divinité, le tampon le couvrant à moitié.

Pierre ouvre l'enveloppe. Une photo est glissée à l'intérieur : un portrait de Claire relativement ancien à en croire les couleurs ternes. Peut-être une dizaine d'années.

Sur le cliché, Claire est d'une beauté enfantine, cheveux longs, les yeux pleins de caresses, rêveurs, la bouche malicieuse, pas de maquillage ni de bijoux.

Au dos de la photo sont tracés en diagonale, de la même écriture, un prénom et un nom : Claire Verdier. Au-dessous, une date : 27 mai 1989.

Et un poème :

Cette fois encore, viens à moi,
Délivre-moi de mes peines,
exauce les souhaits de mon cœur.
Sois mon alliée.

Pierre pose délicatement le cliché sur la table et ouvre davantage l'enveloppe. Dans le fond se trouve une branche sèche. Les feuilles, petites et dures, en forme de pointe de lance, sont vert foncé. Deux fleurs aux pétales ronds, blanc cassé, ont séché sans trop perdre leur couleur. Elles sentent encore le miel et l'encens. Pierre ne connaît pas cette senteur mais il reconnaît les fleurs, celles du bouquet que Vicky a déposé sur la tombe de Claire.

Pierre possède une grosse encyclopédie sur les végétaux, un cadeau de sa sœur. Pendant un temps de sa vie, il s'est intéressé aux plantes. Quand il était guide, il aimait s'arrêter dans les vallons et les alpages en compagnie de ses clients et parler un peu de botanique. Il choisissait toujours un coin à edelweiss, très rares, un autre endroit où il était sûr de trouver un lis martagon. Il avait séduit Paola de cette façon. En lui montrant un sabot de Vénus, une orchidée rarissime.

Pierre n'a pas feuilleté cette encyclopédie depuis des lustres. Tout ce que le curieux veut savoir sur les fleurs, les arbres, buissons, arbustes et plantes d'Europe se trouve dans ce bouquin lourd et coloré.

Un chapitre est consacré aux plantes du pourtour méditerranéen. L'identité de la brindille arrivée par la poste se révèle au bout d'une minute de recherche : myrte commun ou *myrtus communis* de la famille des *myrtaceae*, également « *nerte* ou herbe du *lagui* ».

Souvent utilisée pour la cuisine, surtout pour les viandes en sauce.

Pierre passe le brin de myrte sous son nez puis lit la dernière partie du texte de l'encyclopédie, à haute voix :

— Le myrte symbolise l'amour. Dans l'Antiquité, on l'attribuait à Vénus, la déesse de l'Amour… Ou Aphrodite, chez les anciens Grecs.

Pierre a récupéré l'ordinateur de Claire et tout ce qui va avec : imprimante et disque dur. Curieusement, les disques étaient vides. L'ordinateur ne contenait que des banalités. Claire n'avait rien laissé d'important. À moins que les sbires de l'adjudant Portal n'aient fait le ménage. Pierre a beaucoup réfléchi à cette éventualité. Il en a parlé à son avocat, qui lui a conseillé de se tenir le plus loin possible de la gendarmerie et de la justice.

Depuis peu, Saint-Vincent possède une connexion Internet. Ce sont les vacanciers qui l'ont obtenue du maire. Sans eux, le premier magistrat n'aurait rien fait. Il n'habite pas le village. Pierre, qui déteste la modernité, doit reconnaître que c'est bien utile et qu'il passe pas mal d'heures à se connecter. Il a très vite compris comment surfer sur la Toile.

Il allume l'ordinateur.

Première étape : décrypter le timbre collé sur l'enveloppe.

De l'alphabet grec, Pierre ne connaît que les caractères qui servent aux mathématiques : alpha, oméga, delta… S'agissant de noms propres, déchiffrer un mot grec ne devrait pas être insurmontable, à condition de posséder un alphabet. Pierre en trouve un sur Internet et il l'imprime sur-le-champ.

Ensuite, il s'arme d'un crayon à papier, d'une gomme, et il trace les lettres : alpha, kappa, rho, omega, tau, eta… **Ακρωτήρι**.

Après quelques hésitations, la translittération lève le premier secret du timbre, la ville d'expédition : Akrotiri, un village de l'île de Santorin. Le village dans lequel Claire et Vicky se sont aimées.

Jusqu'à présent, Pierre a refusé de fouiller dans la vie de Claire. Il se souvient parfaitement de ce que lui a raconté Vicky. Il n'a pas voulu mettre des images dessus.

Santorin se trouve au sud-est de la mer Égée, presque au milieu de la Méditerranée. La littérature consacrée à l'île décrit un paysage très aride, planté de vignobles, des maisons trapues adossées aux pentes, des falaises noires nées de l'activité volcanique.

Santorin est très touristique. Claire y est allée à plusieurs reprises en compagnie de Vicky.

Pierre observe à nouveau, longuement, une photographie de Vicky. Son regard mélancolique, détaché du cadrage du cliché, agit sur lui comme un aimant. Il a le sentiment d'être attiré au fond d'un gouffre, que des signaux lui sont envoyés sans qu'il puisse les comprendre.

De qui est le poème tracé au dos de la photo ?

Pierre entre les quatre vers dans le moteur de recherche.

La réponse apparaît, quasi instantanée : Sappho, une poétesse du VIe siècle avant notre ère.

Le poème est un extrait d'une prière à Aphrodite.

Accueille, immortelle Aphrodite, déesse,
Tisseuse de ruses à l'âme d'arc-en-ciel,

Le frémissement, l'orage et la détresse
De mon long appel.
J'ai longtemps rêvé : ne brise pas mon âme
Parmi la stupeur et l'effroi de l'éveil,
Blanche Bienheureuse aux paupières de flamme,
Aux yeux de soleil.
Jadis, entendant ma triste voix lointaine,
Tu vins l'écouter dans la paix des couchants
Où songe la mer, car ta faveur hautaine
Couronne les chants.
Je vis le reflet de tes cheveux splendides
Sur l'or du nuage et la pourpre des eaux,
Ton char attelé de colombes rapides
Et de passereaux.
Et le battement lumineux de leurs ailes
Jetait des clartés sur le sombre univers,
Qui resplendissait de lueurs d'asphodèles
Et de roux éclairs.
Déchaînant les pleurs et l'angoisse des rires,
Tu quittas l'aurore immuable des cieux.
Là-bas surgissait la tempête des lyres
Aux sanglots joyeux.
Et toi, souriant de ton divin visage,
Tu me demandas : « D'où vient l'anxiété
À ton grave front, et quel désir ravage
Ton corps tourmenté ?

Qui te fait souffrir de l'âpre convoitise ?
Et quelle Peithô, plus blonde que le jour
Aux cheveux d'argent, te trahit et méprise,
Psappha, ton amour ?
Tu ne sauras plus les langueurs de l'attente.

Celle qui te fuit te suivra pas à pas.
Elle t'ouvrira, comme la Nuit ardente,
L'ombre de ses bras.
Et tremblante ainsi qu'une esclave confuse,
Offrant des parfums, des présents et des pleurs,
Elle ira vers toi, la vierge qui refuse
Tes fruits et tes fleurs.
Par un soir brûlant de rubis et d'opales
Elle te dira des mots las et brisés,
Et tu connaîtras ses lèvres nuptiales,
Pâles de baisers. »

Pierre parcourt d'autres pages encyclopédiques, se perdant parfois dans les méandres du Net. Au bout de ses recherches, il note sur une feuille volante, en larges lettres, le nom de la déesse en alphabet grec : **Αφροδίτη.**

— Tu es née de la mer… lit Pierre à haute voix. Là-bas, du côté de Chypre et de Cythère…

Des endroits qu'il ne connaît pas.

À l'aide d'une punaise, il fixe la feuille sur le mur à côté de la fenêtre et revient sur le site. En fin de page, une image, sans doute la plus célèbre de toutes, représente la déesse : la naissance de Vénus de Sandro Botticelli. Le regard ressemble à celui des statues de l'Antiquité, doux et lointain.

Pudique. C'est la première impression que donne cette image. Claire était très pudique elle aussi. Au point de ne jamais rien dire de ce qu'elle gardait au fond du cœur.

Les yeux de Pierre vont de la photo de Vicky à l'image de la Vénus de Botticelli. Il croit un instant que les deux visages sont identiques. N'y tenant plus, il va chercher les portraits qu'il a rapportés de l'appartement de Claire. Il les étale sur la table et imprime la photo de la peinture.

Vicky ressemblait à s'y méprendre à la Vénus de Botticelli, jusque dans l'expression de son visage.

Pierre est ému. L'élégance du dessin le touche, le parfait équilibre entre la hauteur du front, la longueur du nez et celle du bas du visage jusqu'à la pointe du menton. Vicky avait les mêmes lèvres charnues, les mêmes yeux au charme discret, secret et hors du temps.

La Vénus de Botticelli représente la perfection de la beauté, conclut Pierre. Il ne connaît rien à l'art, mais il la trouve magnifique. Beauté du corps et du visage, au-delà de la sensualité. Beauté de la femme qu'elle est, mais aussi beauté de ce qu'elle exprime. Charme, invitation à l'amour.

Mais quel amour ?

Le réservé, le pudique et le tendre, répond Pierre. C'est de cette façon qu'il voit l'amour entre Claire et Vicky.

Aphrodite personnifie l'éternel féminin. Rien d'érotique. Juste la beauté qui inspire des sentiments véritables.

Dans l'enveloppe, il reste une feuille de papier que Pierre découvre.

Ma belle amoureuse,

Tu avais dit : « Je reviendrai. » Mais tu es restée loin, froide et indifférente. J'ai attendu. Longtemps. Trop longtemps.

On dit souvent que le temps passe vite. À moi, il

me paraît sans fin. Ces journées qui doivent te sembler si courtes, je les passe à attendre le sommeil comme un coma qui me guérira.

J'ai froid. Tout autour de moi, les visages se figent. Je suis étrangère à moi-même. Au-delà de mon histoire.

L'amour que j'ai reçu, l'amour que j'ai donné, cet amour qui devait nous unir à jamais n'est plus rien.

« Rien », « jamais », ces mots sont cruels quand on parle d'aimer.

As-tu patiemment compté les jours sans moi ?

As-tu lentement désiré me voir ?

As-tu langui ? Soupiré ? As-tu connu l'effroi ?

Je me suis enfermée dans le silence, il y a bien longtemps, dans mon travail.

Je me suis contentée du souvenir. De la fleur d'un rire.

Je suis née d'une terre rude, mais vraie, j'ai vécu sur des champs fatigués par l'orgueil et l'artifice.

Plusieurs fois, dans mes cauchemars, je t'ai vue morte. J'ai voulu te blesser. J'ai désiré que tu souffres au-delà de toute souffrance. Te poignarder et te regarder te vider. T'arracher patiemment à la vie. Lentement.

L'amour donne de drôles d'idées.

Oui, j'ai failli te tuer. Tu as eu la chance d'avoir échappé à la mort.

J'ai choisi un autre supplice.

Il y a quelques jours, j'ai reçu une lettre d'un garçon de Saint-Vincent. Il s'appelle Michel et il fut mon amoureux quand nous avions seize ans. Je l'avais complètement perdu de vue. Sa lettre m'a bouleversée. Il n'a rien fait de sa vie, si ce n'est aller d'hôpital psychiatrique en hôpital psychiatrique. Il n'a jamais cessé de penser à moi. J'ai réalisé tout à coup qu'il avait été le seul être qui m'avait aimée éperdument, d'un amour pur et beau. Comme fut le nôtre. Et qui m'aime encore, malgré toutes les années qui ont passé.

J'ai dit à Michel que je serais bientôt à Saint-Vincent, pour les congés de la Toussaint. Il a promis de venir me voir. Pas facile pour lui car je pense qu'il doit être sans domicile fixe.

Michel... Le seul à qui j'ai dit que je n'aimais pas les hommes et qu'une histoire entre lui et moi était tout simplement impossible. Malgré ça, il a continué à m'aimer. Lui, le fou. Cette vérité me bouleverse, elle a fait éclater beaucoup de choses en moi.

Dans quelques jours, je serai à Saint-Vincent. Je vais monter au plan des Aiguilles, à l'endroit où nous sommes restées tout un après-midi à nous dire des mots tendres. Plusieurs fois l'année, j'y vais comme à un pèlerinage. Il ne me reste plus que ça.

C'est là que je veux embrasser la mort. Je sais que tu ne me survivras pas longtemps.

Claire

Épilogue

Le Dauphiné libéré en date du 10 septembre :

L'alpiniste Pierre Verdier a trouvé la mort alors qu'il répétait l'une des grandes voies rocheuses qu'il avait ouvertes au pic de l'Olan (massif des Écrins). Son corps a été découvert par les hommes du PGHM au pied de la paroi, après une chute de près de huit cents mètres.

Parti en fin de semaine, Verdier avait projeté de répéter en solitaire la fameuse voie Paola, course mythique. D'une extrême difficulté, nécessitant à la fois de la technique et de l'endurance, le grand pic de l'Olan avait déjà été le théâtre d'une tragédie quand Paola Berg, la compagne de Pierre Verdier, avait perdu la vie, épuisée, à une longueur de corde du sommet. Pierre Verdier avait réussi à se sauver grâce à une constitution hors du commun.

Dans le milieu du grand alpinisme, la mort de Pierre Verdier a retenti comme un coup de tonnerre. Son nom était associé aux plus belles réussites, tant dans les Alpes qu'en Himalaya. « Nous perdons un géant des cimes, a déclaré Claude Faure, président du Syndicat national des guides, un homme de tous les records. Tellement fort qu'on le croyait immortel. »

Le brigadier Constant referme le journal. Il n'a pas eu le cœur d'aller descendre un canon au bar des Cimes de Saint-Christophe en compagnie des anciens. Il n'a pas eu le cœur de parler, de raconter.

Sur la table, il a posé le dernier piton que Pierre a planté, à même pas un mètre sous le sommet de l'Olan, au bout de la voie Paola. Un vieux piton, tout rouillé et tordu comme un vieux bonhomme, qui datait d'une époque : l'école des guides, l'insouciance. Michel Constant avait mis du temps à le sortir de la fissure où Pierre l'avait fiché. Avec toute sa hargne.

— Ce clou, je le garde, avait dit Pierre vingt ans plus tôt, avec son sourire imparable, au sommet des Jorasses. Il nous a sauvé la vie. Plus rien ne peut nous arriver.

Il fait bon pour une soirée d'automne. La dernière douceur avant la neige et l'hiver. Là-haut, dans le ciel rougeoyant, les Aiguilles se déparent lentement du jour, dames noires au bout des casses rudes.

Mes plus vifs remerciements vont à mon éditrice, Céline Thoulouze, qui m'a tendu la main dans un passage difficile, et à Maya, l'aide précieuse.

Composition et mise en pages
FACOMPO, LISIEUX

Imprimé en France par CPI
en décembre 2016
N° d'impression : 3020970

POCKET - 12, avenue d'Italie - 75627 Paris Cedex 13

Dépôt légal : novembre 2016
Suite du premier tirage : décembre 2016
S26943/04